LANDLIEBEN

Ein sommerlicher Liebesroman

KATRINA VERDE

1. Kapitel

Irene kramte gestresst in ihrer Handtasche, verzweifelt auf der Suche nach ihrem Telefon. Sie war später dran, als sie es geplant hatte, und die Fußgängerampel vor ihr wollte einfach nicht umspringen. Die Autos brausten rund um die Verkehrsinsel, auf der sie anhalten musste, kein Zeichen von Verlangsamung, auf keiner Seite. Sonne brannte ihr auf den Rücken, verstärkt durch den dunkelblauen Blazer, den sie trug, und für einen Moment fühlte sie sich überhitzt und unbeweglich, wie gefangen.

Als die Ampel endlich grün wurde, eilte Irene über die Straße, mittlerweile mit ihrem Telefon in der Hand, hektisch am Lautstärkeregler klickend, während der vertraute Ton der Verbindungsherstellung in ihr Ohr tutete. Aber am anderen Ende hob niemand ab.

Irene versuchte sich zu erinnern, was sie und Frank heute beim Frühstück besprochen hatten. Ihrer Erinnerung nach hatte er den Nachmittag nicht verplant, während sie bei einem der größten Eisgeschäfte der Stadt die Agentur, die sie gemeinsam mit Frank führte, präsentierte. Eigentlich hätte er jetzt erreichbar sein sollen.

Präsentationen bei Kunden im Lebensmittelbereich waren immer schon ihre Aufgabe gewesen, während sich Frank eher um die B2B-Kunden in ihrem Portfolio kümmerte. Irene hatte ein Händchen für Kampagnen, die sich an unterschiedliche Bevölkerungsgruppen richteten, vor allem, wenn es um Essen oder Trinken ging. Und der Erfolg sprach für sie.

Seit etwas mehr als fünf Jahren führte sie gemeinsam mit Frank ihre Agentur in der Wiener Innenstadt. Irene hatte Frank während ihrer Jahre als Senior Consultant in einer Wiener PR-Agentur kennengelernt. Die Arbeit an einem gemeinsamen Projekt als Kollegen führte zu mehreren gemeinsamen Arbeitsessen, gemeinsam verbrachten Nächten, der ersten gemeinsamen Wohnung und schließlich der gemeinsamen Agentur, die beständig und zufriedenstellend wuchs.

Ihr privates und berufliches Leben griffen unaufgeregt ineinander, manchmal mehr, manchmal weniger, und Irene hätte sich als zufrieden bezeichnet, wenn man sie gefragt hätte. Sie versuchte regelmäßig nicht daran zu denken, dass sie niemand danach fragte.

Und so drängte sie sich an diesem ersten heißen Juni-Nachmittag des Jahres durch die engen Gassen der Innenstadt. Die Touristen waren heute besonders langsam unterwegs und verzögerten Irenes Powerwalk ins Büro immer wieder aufs Neue. Sie blieben unkoordiniert und unerwartet stehen, um die Stadt und jedes ihrer Gebäude fotografisch festzuhalten, um sich zu orientieren, die Straßenschilder zu entziffern und mit ihren Stadtplänen und Google Maps zu vergleichen. Am schlimmsten waren die Reisegruppen, die sich quer über die Gassen verteilten und sich gegenseitig ihre Entdeckungen zuriefen. „Herbert, das *musst* du gesehen haben!“ Und keine drei Sekunden später rammt dich Herbert mit dem graublonden Schnauzer fast aus dem Weg, weil er nur der Stimme folgend, die seinen Namen rief, losmarschiert ist. Ohne Rücksicht auf Verluste.

Irenes Ungeduld wuchs mit jedem weiteren touristischen Hindernis vor ihr. Mit jeder weiteren Minute Verzögerung fiel ihr auch ein weiteres To-do ihrer unendlich langen Liste an Aufgaben ein, die sie heute noch zu erledigen hatte. Drei Kunden warteten auf ihre Rückmeldung zu aktuellen Kampagnen-Fortschritten, ein Fotograf verlangte nach seinem Briefing und ein Caterer behauptete, seine Rechnung sei noch nicht bezahlt worden. Und das waren mal nur die Punkte, die ihr jetzt auf dem Rückweg ins Büro eingefallen waren. Wer weiß, was sich sonst noch seit ihrem Meeting mit den Eisproduzenten in ihrem E-Mail-Postfach getan hatte.

Satzfetzen aus dem gerade beendeten Meeting liefen ihr zusätzlich zum To-do-Staccato durch den Kopf, in der verzweifelten Bemühung, dass sie die wichtigsten besprochenen Punkte nicht vergaß, während Irene schon wieder anhalten musste, um eine besonders träge Touristengruppe passieren zu lassen. Innerlich stampfte sie mit dem Fuß auf.

Wenn es wenigstens nicht so heiß gewesen wäre.

Die Inhaber des Eisgeschäftes waren ein Brüderpaar, das sich innerhalb weniger Jahre an allen wichtigen Standorten in Wien niedergelassen hatte und sich über lange Schlangen vor ihren Geschäften während der Sommermonate freuen konnte. Vor Kurzem haben die beiden Brüder Investoren gefunden, die eine Expansion des Eis-Imperiums in einige Bundesländer unterstützen würden, verbunden mit der Bedingung, dies nur mit einer ausgeklügelten Marketingstrategie zu begleiten. Das handgestrickte Inhouse-Marketing der Eis-Firma war mit dieser Aufgabe überfordert, weshalb man sich mehrere Agenturen zur Präsentation ins Haus geholt hatte.

Irene war etwas verärgert gewesen, dass Frank sie – trotz freien Terminkalenders – nicht zu dem Termin begleitet hatte. Die Anzahl der teilnehmenden Personen vermittelte dem Kunden immer einen bestimmten Eindruck: Zu viele Agenturmitarbeiter wirkten oftmals zu teuer für den Kunden, zu wenige Mitarbeiter sahen nach zu geringer Manpower aus.

Und tatsächlich hatten sich die Brüder gleich in ihrer zweiten Frage danach erkundigt, ob Irene den Account allein betreuen würde. Irene hätte lieber über ihre inhaltlichen Ideen für die Kampagne gesprochen, als sich lange rechtfertigen zu müssen, dass sie genügend erfahrenes Personal beschäftigten, das eine Kampagne dieser Größenordnung bewältigen konnte. Mit Frank an ihrer Seite wäre dieser Eindruck nicht entstanden. Außerdem unterstrich das Erscheinen beider Geschäftsführer die Bedeutung, die die Agentur dem Kunden beimaß.

Irene schnaufte irritiert in Erinnerung an diesen Moment des Meetings. Ihr war der Blick, den sich die Brüder zugeworfen hatten, nicht entgangen. Und auch wenn ihre Präsentation danach besonders konzentriert und mit außergewöhnlich konstruktiven Fragen verfolgt worden war, war Irene verärgert über dieses unnötige Hindernis. Sie wollte diesen Kunden gewinnen – nicht etwa, weil die Agentur den Etat unbedingt benötigen würde. Nein, ihr waren das Eisgeschäft und die Pläne der Brüder sympathisch. Die Produkte beflügelten ihre Kreativität und sie hatte bereits einige Ideen, wie sie die Kampagne gerne anlegen wollte.

Es würde nun aber noch ein paar Tage dauern, bis sich die Brüder entschieden hatten. Irene wusste von zumindest zwei weiteren Agenturen, die auch im Rennen waren, und sie wusste, dass sich Kunden bei so umfangreichen Auswahlprozessen oftmals lange Zeit ließen. Also hieß es warten.

Irene wäre gerne beim schnellen Gehen ihre unzufriedene Anspannung losgeworden, aber es gelang ihr kaum, ein zufriedenstellendes Tempo zu erreichen, während sie durch die Stadt eilte.

Kurz bevor sie ihre Agentur erreichte, liefen drei Volksschulkinder im Zickzack über den Gehsteig und Irene bemühte sich eifrigst darum, eine Kollision zu vermeiden. Sie giftete die Frau an, die sie für die Mutter hielt, lächelte halbherzig, aber freundlich genug den Kindern zu und marterte ihr Hirn nach möglichen neuen Agenturstandorten, die weniger von Touristen und Freizeit-geplagten Menschen umzingelt waren. Aber bevor ihr eine Alternative einfiel, rettete sie sich in den kühlen Eingang des Altbaugebäudes, in dessen Dachgeschoß ihre Agentur lag.

Irene atmete tief durch.

Im Eingang des Büros empfing sie Stille. Der Empfangstisch war nicht besetzt und auch sonst fehlten die üblichen Geräusche, die den Alltag ihrer Agentur normalerweise begleiteten: das Klappern der Tastatur, das Gemurmel leise geführter Gespräche. Irene hielt inne und ließ sich von der kühlen Luft des klimatisierten Dachgeschoßes umwehen.

Nochmals atmete sie tief durch.

Dann nahm ihr Hirn die automatische Arbeit wieder auf und rief Erinnerungen ab, wo sich die einzelnen Mitarbeiter gerade befanden. Irene wusste von zwei Terminen außer Haus, eine Mitarbeiterin hatte den Nachmittag frei und Stella vom Empfang war wahrscheinlich gerade unterwegs, um eine Besorgung zu erledigen.

Irene ließ sich von der unerwarteten Stille einhüllen. Sie holte sich frisches Wasser aus der Küche, um sich etwas abzukühlen, bevor sie sich endlich an ihre Arbeit machen konnte. Ein weiteres Mal probierte sie, Frank telefonisch zu erreichen, aber erneut hob er nicht ab, also widmete sie sich ihren E-Mails. Vermutlich war er spontan zu einem Termin gegangen und hatte ihr einfach nicht Bescheid gegeben.

Ein lautes Geräusch im hinteren Bereich der Agentur riss sie plötzlich aus ihren Gedanken. Irene hielt die Luft an, erschrocken versuchte sie über den in ihren Ohren pochenden Puls hinwegzuhören, woher der Lärm gekommen war. Sie vermutete den Ursprung des Geräusches dort, wo die Besprechungsräume lagen. In Gedanken ratterte sie die Möglichkeiten durch: ein Windstoß, der ein Buch umgeworfen hatte. Ein Bild, dessen Nagel aus der Wand gefallen war. Oder ihr Gehirn, das ihr einen Streich gespielt hatte. Womöglich hatte sich auch nur der Parkettboden wegen der Hitze bewegt.

Gerade als sie sich wieder ihren Mails zuwenden wollte, hörte sie das Geräusch nochmals. Und diesmal erkannte sie es. Ein Sessel war verrückt worden und sie hörte leise Stimmen.

Irritiert, aber ohne zu zögern setzte sich Irene in Bewegung. Wieder ging ihr Hirn alle Verpflichtungen der Mitarbeiter durch. Eigentlich sollte sie allein im Büro sein …?

Hatte Frank doch noch eine Besprechung hier im Büro anberaumt, von der sie nichts wusste? Langsam näherte sie sich den Besprechungsräumen. Das Geräusch wiederholte sich mittlerweile häufiger, regelmäßiger, dazu Stimmengemurmel, Kichern (*Kichern?!*), dazwischen das Möbelstück, das verrückt wurde.

Irene quetschte ihr Hirn nach einer Erinnerung aus, im Versuch, der Verwirrung zu entkommen, während sie auf den Besprechungsraum, aus dem das Geräusch kam, zuging. Hatten sie eventuell ein Event in den kommenden Tagen geplant und Stella baute dafür die Besprechungsräume um? Irene war so irritiert, dass sie zielstrebig auf die letzte Tür des Korridors zuschritt. Jene Tür, die zu einem der Besprechungsräume führte.

Noch einmal hörte sie das Verrücken eines Möbelstücks und gleichzeitig eindeutig den Schmerzensschrei einer Frau. Stella!

Irene beschleunigte den Schritt und noch beim Öffnen der Tür rief sie ins Zimmer: „Stella, hast du dich verletzt?“

„Nein“, seufzte die Empfangsmitarbeiterin mit heiserer Stimme. Stella saß mit dem Rücken zur Tür auf dem Konferenztisch, die Beine breit geöffnet, vollkommen aufgelöst und … entspannt?

„Wie bitte?“, Irenes Stimme wurde eiskalt.

„Ich komme gleich“, stöhnte Stella und Irene wurde kurz schwarz vor Augen, als sie die Situation vor sich zu begreifen begann. Wie in einem schnell geschnittenen Film registrierte sie einzelne Dinge: die offene Bluse von Stella. Den hochgerutschten Rock. Zwei umgeworfene Sessel. Ein geöffnetes Fenster. Zwei Champagnergläser. Eine aufgerissene Kondomhülle. *Eine aufgerissene Kondomhülle!* Der Schmerzensschrei, der keiner war.

Mit der flachen Hand schlug Irene auf den Tisch, um die Aufmerksamkeit auf sich zu lenken. Ernsthaft? War das ihr Leben? War es wirklich nötig geworden, Mitarbeiter darauf aufmerksam zu machen, dass sie Sex in Konferenzräumen zu unterlassen hatten?

Irenes Hirn rutschte sofort wieder in den Chefinnenmodus und listete alle möglichen Fragen, die ihr einfielen, auf: Musste sie Stella nun kündigen? Wie desinfiziert man Konferenzräume? Wie kommuniziert man ein Sex-Verbot im Büro an die Mitarbeiter?

Wer war das überhaupt, der Stella offenkundig so in Trance versetzen konnte, dass sie sich nicht einmal von ihrer Chefin ablenken ließ?

Als hätte sie diese Frage tatsächlich laut ausgesprochen (vermutlich war es aber der Schlag auf den Tisch gewesen, der die beiden schlussendlich doch auf dem Weg zum Höhepunkt abgelenkt hatte), tauchte zwischen Stellas Beinen ein leider viel zu bekannter Lockenkopf auf. Frank.

Irene fühlte einen elektrischen Schlag durch ihren Körper jagen, gefolgt von lähmender Taubheit. Für einen Moment fühlte sie weder ihre Beine noch ihre Arme, es kribbelte bis in ihre Fingerspitzen und auch ihr Kopf wurde ganz leicht.

Das war's jetzt, dachte sie. Jetzt ist alles vorbei.

So fühlt es sich also an, wenn einem der Boden unter den Füßen weggerissen wird.

„Irene", flüsterte Frank, für einen Moment ähnlich schockiert wie sie, aber vermutlich aus anderen Gründen. „Warum bist du schon im Büro? Du hättest uns nicht sehen dürfen."

Ernsthaft? DAS fiel ihm in dieser Situation ein?

Aber Frank legte noch eines drauf: Mit einer unbedachten Geste wischte er sich großflächig über den Mund und lenkte gerade damit Irenes Aufmerksamkeit auf sein verräterisch glänzendes Kinn. Und auf sein offenes Hemd. Und die geöffnete Hose. Und das sachgemäß verwendete Kondom.

Irene spürte nur mehr Übelkeit.

Aus den Augenwinkeln nahm sie wahr, wie Stella die Augen verdrehte, sichtlich genervt davon, gerade unterbrochen worden zu sein.

Das ließ schließlich die Wut durch die Taubheit brechen.

Und löste damit Irenes Zunge.

„Ach, der Chef geht heute selbst auf die Knie! Wie aufopfernd!“, zischte Irene, triefend vor Zorn und Spott, während Franks Augen schmäler wurden.

„Es ist nicht so, wie es aussieht“, sagte er mit ruhiger Stimme, während Stella hochnäsig ihre Fingernägel kontrollierte.

Von all den Dingen, die Frank sich in den vergangenen Minuten gerade geleistet hatte, war es schließlich diese, ihre Intelligenz beleidigende Aussage, die etwas in ihr einrasten ließ.

Es war alles vorbei.

Irene atmete einmal tief durch, um ihr Hirn zum Schweigen zu bringen. Ihre Verantwortung als Arbeitgeberin, als Aushängeschild der Agentur, ihr Leben als private wie berufliche Partnerin von Frank – nichts davon hatte mehr Relevanz.

Nichts davon konnte bleiben. Nichts davon war es wert, diesen Vertrauensbruch, diese öffentliche Demütigung zu ertragen.

„Ich will niemals jemals wieder irgendetwas von irgendwem von euch hören“, sagte Irene mit so tiefer, unaufgeregter Stimme, dass sie selbst überrascht war. Dann drehte sie sich um und ging aus dem Raum.

Vor dem Besprechungszimmer setzte leichtes Zittern ein.

Beweg dich, befahl ihr eine Stimme in ihrem Kopf.

Ein Schritt nach dem anderen.

Geh einfach weiter.

Hol deine Tasche und geh aus dem Büro.

Und Irene folgte den Anweisungen des Überlebenstriebs in ihr. Sie griff nach ihrer Tasche, ihrem Laptop und ihrem Telefon und verließ die Agentur, ohne auch nur einmal zurückzublicken. Erst als sie auf die Straße trat und sich von der Hitze der Stadt einhüllen ließ, atmete sie wieder etwas langsamer.

Frank hatte ihr nicht einmal hinterher gerufen.

2. Kapitel

Nach dem dritten Gin Tonic löste sich der Krampf in ihrem Magen und auch das Zittern der Knie ließ langsam nach. Irgendwo in der Bar lachte eine Männerrunde laut auf und Irenes Wut wurde erneut angefacht. Das selbstgefällige Lachen der fremden Männer erinnerte sie an Frank. Waren dies auch Chefs, die sich nichts scherten, die sich nahmen, was sie wollten?

Als wäre sie in ihrem eigenen Albtraum gefangen, wiederholte sich die Szene aus dem Besprechungsraum immer und immer wieder in ihrem Kopf. Stellas vollkommen unbeeindruckter Blick. Franks Reaktion. Keiner der beiden hatte sich auch nur ansatzweise dafür geniert, beim Sex unterbrochen worden zu sein! Niemandem war es unangenehm gewesen, dass es gerade sie war – Franks Freundin! Stellas Chefin! –, die die beiden erwischt hatte!

Auch der dritte Gin Tonic hatte die Fassungslosigkeit noch nicht abtöten können. Oder die Erinnerung auslöschen.

Der Barkeeper füllte ihre Schüssel mit Knabbereien unaufgefordert nach und stellte ihr ein Glas Wasser daneben.

Irene sah ihn hasserfüllt an. Er lächelte leicht und zuckte mit den Schultern.

Sie hätte gerne eine Freundin angerufen, aber ihr fiel niemand ein, mit dem sie hätte reden wollen. Außerdem war ihr Telefon abgedreht, wie sie verwirrt bemerkte. In ihrem leichten Rausch hatte sie für einen Augenblick Mühe, sich zu erinnern warum, aber schließlich fiel ihr ein, dass sie das Telefon während des zweiten Gin Tonic abgeschaltet hatte. Nachdem Frank zum fünften Mal angerufen hatte. Was auch immer er ihr nun noch sagen wollte.

Wahrscheinlich wollte er wissen, wohin er ihre Sachen schicken sollte.

Irene lachte bitter auf und erregte erneut die Aufmerksamkeit des Barkeepers, der sie fragend ansah. Diesmal zuckte sie mit den Schultern.

„Wie oft sehen Sie Leute wie mich hier an der Bar?“, fragte sie ihn. Er lachte leise.

„Täglich“, sagte er.

„Und was machen die anderen?“, fragte sie.

Er dachte kurz nach.

„Die meisten steigen irgendwann in ein Taxi und fahren nach Hause“, antwortete er.

Nach Hause …

Sie hatte kein Zuhause mehr. Nur mehr eine Wohnung, für die sie die Hälfte der Miete bezahlte. In der sie ihre Sachen aufbewahrte. In der Frank und Stella vielleicht auch …

Sie atmete tief durch, um die Übelkeit zu bekämpfen.

„Und was machen die ohne Zuhause?“ Irene lachte, um den Barkeeper davon abzulenken, wie ernst sie die Frage eigentlich meinte.

Er lächelte sie an. „Jeder hat irgendwo Wurzeln …“, murmelte er vielsagend und wandte sich einem Pärchen am Ende der Bar zu.

Wurzeln. Irenes Hirn lief langsamer als normalerweise und sie begann, den dritten Gin Tonic zu bereuen. Sie griff nach dem Wasserglas, das ihr der Barkeeper vorhin aufgedrängt hatte, nun dankbar dafür. Sie trank gegen den Nebel in ihrem Gehirn an, gegen die immer wieder aufwallende Übelkeit, gegen die Panik, nicht zu wissen, wohin sie wollte. Sie brauchte Bewegung. Sofort.

Irene bat um die Rechnung, gab dem Barkeeper ein großzügiges Trinkgeld.

„Alles Gute“, sagte er, während sie vom Barhocker rutschte.

Sie sah ihn eine Zeit lang an, ihre Reaktionszeit verzögert vom Alkohol und dem Drama des Nachmittags.

„Ich würde jetzt sehr gerne etwas Bedeutsames, Weises oder Cooles sagen, aber mir fällt einfach nichts ein“, gestand Irene. „Wenn man ein Klischee lebt, ohne es zu merken, und das auch noch implodiert – nur aufgrund eines Zufalls! –, dann hat man jede Coolness verspielt.“ Irene lachte bitter.

„Morgen ist ein neuer Tag“, hörte sie den Barkeeper noch hinter sich. Dann trat sie auf hinaus auf die Straße.

3. Kapitel

Irene ließ sich durch die Straßen treiben. Sie folgte einigen Touristengruppen, bog gelangweilt in eine kleine schattige Gasse ein und verfluchte jede Person, die ihr entgegenkam und nicht auswich. Sie hatte keinen Platz, nirgendwo. Gehen half. Das lenkte ab. Brachte sie auf andere Gedanken. Weg von der düsteren Wahrheit, dass sie auf einen Schlag ihren Job und ihr Zuhause aufgeben musste. Ohne selbst daran schuld zu sein. Die nachlassende Trunkenheit machte sie durstig. Während sie sich bei einem Foodtruck anstellte, um Wasser zu kaufen, wurde sie von einem Touristen-Ehepaar angesprochen und nach dem Weg zum Bahnhof gefragt.

Bahnhof! Das war eine Idee! Ihr Hirn begann, wieder an Fahrt aufzunehmen: ein Blick auf die Uhr, als würde sie dort den Fahrplan ablesen können. Dann traf sie eine Entscheidung.

Das Touristen-Ehepaar sah sie verwirrt an, offenbar hatte sie nicht geantwortet. Sie erklärte den beiden den kürzesten Weg zu ihrem Ziel und setzte sich selbst in Bewegung.

Motiviert vom Gin Tonic ließ sie keine Zweifel und kein Zögern aufkommen. Falls der Fahrplan noch gleich war wie vor 15 Jahren, konnte sie den nächsten Zug erreichen.

Nach einer guten Stunde Zugfahrt erschien ihr ihre Idee nicht mehr so sensationell wie noch vor Kurzem in der abendlichen Hitze mitten unter Touristen in der Innenstadt. Das Gefühl der Niederlage, des Scheiterns nagte an ihr.

Ihr Hirn hatte ein Eigenleben entwickelt. Wenn es ihr nicht regelmäßig Szenen der Begegnung mit Stella und Frank ausspielte, verhöhnte es sie mit aufwühlenden Fragen, eine schmerzhafter als die andere: Wann war sie so blind geworden, dass sie die Fragilität des Lebens, das sie sich aufgebaut hatte, übersehen hatte? Wie konnte sie Frank so viel Vertrauen schenken? Welche Anzeichen hatte sie übersehen? Warum fiel ihr keine einzige Person ein, die sie jetzt sehen wollte? Sogar ihre aktuelle Reise, zurück an jenen Ort, an dem sie zumindest kurzfristig willkommen sein dürfte, war ein Kompromiss.

Irene spürte, wie die Wirkung des Gin Tonic endgültig nachließ und zu den Schmerzen ihres Geistes gesellte sich der obligate Kopfschmerz. Ein Kellner drehte seine Runde durch den Waggon, also bestellte sie Wasser und

Rotwein. Solang sie allein war, ging sie den Schmerzen aus dem Weg.

Kurz bevor ihre Haltestelle ausgerufen wurde, wurde Irene fahrig. Der Alkohol machte sie unruhig. Außerdem war es draußen finster geworden und die Stille im fast leeren Zug irritierte sie.

Ganz hinten im Waggon saß ein Mann und schnarchte. Sie hatte vor einer halben Stunde in einen anderen, kürzeren Zug umsteigen müssen, der nun alle paar Minuten an einer Haltestelle stehen blieb. So nach und nach tröpfelten die Fahrgäste in die Landschaft, die wegen der Dunkelheit nicht mehr zu erkennen war, aber die Luft, die bei jeder Station durch die Tür in den Waggon wehte, war vertraut. Es roch nach Sommerferien und Kokosschokolade, nach Ausflügen ins Freibad und der Klarheit eines Sommergewitters.

Irene erlaubte sich, in lang vergessen geglaubte Erinnerungsfetzen zu verschwinden, ausgelöst von den Gerüchen der Landschaft, und kehrte so für Momente zurück in eine Welt, in der sie nie erwachsen gewesen war, in der sie keine Verantwortung gehabt hatte. Aus der sie um jeden Preis weggewollt hatte, solang sie dort leben musste.

Das Leben ist voller Ironie, dachte sich Irene.

Ihre Station wurde aufgerufen und mit zittrigen Beinen und vom Alkohol benebeltem Gehirn bewegte sie sich zum Ausgang. Der Schaffner verabschiedete sich bei der Tür. Sie war viel zu betrunken, um sich über ihren Auftritt Gedanken zu machen, aber für einen Moment erkannte sie die Neugier, die in seinen Augen lag. Wer war die Frau in ihrem eleganten dunkelblauen Kostüm, die offenkundig nach Alkohol roch und nichts außer einer Handtasche bei sich hatte, schien er sich zu fragen. Gute Frage, dachte Irene, während sie ihm zunickte. Die Antwort kannte wohl niemand.

Dann trat sie hinaus auf den Bahnsteig, hinaus in die dunkle Sommernacht, leicht durchbrochen vom spärlich beleuchteten Bahnhof. Was für ein Elend.

Selbst in dieser zurückhaltend beleuchteten Umgebung erkannte Irene, dass sich rund um den Bahnhof seit Jahren nichts verändert hatte. Das Gebäude war beinahe baufällig, so wenig Beachtung war ihm geschenkt worden. Nicht einmal die Aufschriften und Graffiti der Jugendlichen schienen mehr geworden zu sein in den vergangenen 15 Jahren. Ein paar ausgeblichene Schriftzüge zogen sich über die bröckeligen Wände des Wartehäuschens. Wenn es nicht einmal mehr die Jugend wert fand, hier zu rebellieren, war man wirklich ein bedauernswerter Fall.

Verloren.

Vergessen.

Wie sie.

Irene seufzte, übermannt von Selbstmitleid. Der Zug fuhr wieder an und sie blieb allein am Bahnsteig stehen. Niemand war mit ihr ausgestiegen und während sich das Brummen der Lok in die Ferne verabschiedete, setzte ein bodenloses Gefühl von Einsamkeit ein. Was machte sie hier nur?

Es dauerte Minuten, bis sie die Geräusche der lauen Sommernacht wahrnahm. Das Zirpen der Grillen, das weit entfernte Lachen aus einem Garten, der etwas weiter südlich vom Bahnhof lag. Das leichte Surren des beleuchteten Schilds der Haltestelle.

Frischthal.

Sie musste sich bewegen. Wieder merkte sie, wie die Betrunkenheit nachließ, aber der Nebel immer noch über ihrem Hirn lag.

„Mach etwas!“, sagte Irene laut und nur für sich.

Also suchte sie nach ihrem Telefon, wohl wissend, dass sie den Anruf nicht mehr weiter vor sich herschieben konnte. Ihr Display zeigte zahllose vermisste Anrufe, Nachrichten und E-Mails an. Der Großteil von Frank. Frustriert stöhnte Irene auf und stampfte mit dem Fuß auf den Boden.

Sie ignorierte die Nachrichten und umging jede Ablenkung, indem sie einen Namen ins Suchfeld eingab, den sie seit Jahren nicht mehr angerufen hatte. Zu all dem Elend, das sie bereits empfand, gesellte sich jetzt auch noch schlechtes Gewissen dazu. So heftig, dass sie das Gefühl hatte, ihr schnürte es die Kehle zu.

Beweg dich, befahl ihr die Stimme in ihrem Kopf erneut und endlich klickte sie auf den Telefonhörer neben dem Namen.

„Irene?“ Die Stimme am anderen Ende krächzte. Verschlafen. Oder einfach nur alt. Hoffentlich nur verschlafen. Irene verlor sich in Gedanken. Das schlechte Gewissen drückte auf ihren Magen.

„Hallo?“, sagte die Stimme am anderen Ende und riss Irene aus der Stille.

„Ja“, sagte sie leise. Dann hörte sie nur ein oder zwei Atemzüge. Sie wusste, sie musste mehr sagen. Sich entschuldigen. Zumindest dafür, die andere Person aufgeweckt zu haben. Aber ihr fiel nichts ein.

„Ich bin am Bahnhof“, brachte sie nach einigen Augenblicken des gemeinsamen Schweigens heraus.

„Bist du betrunken?“, wurde sie nun gefragt. Irene hörte den Ärger in der Stimme, der die Verwirrung und jedenfalls die Sorge übertönte.

„Ja, Nana“, sagte sie leise. Dann übermannte sie ein Schluchzen und Tränen, die den ganzen Tag darauf gewartet hatten, sich zu zeigen, brachen aus ihr hervor. So heftig, dass Irene ohne ein weiteres Wort einfach auflegte.

Sie stolperte auf eine Bank zu, die mitten am Bahnsteig stand. Der Bank fehlte eine Planke im Rückenteil, aber nichts konnte Irene mehr egal sein in diesem Moment. Ihre Tränen öffneten die Schleusen zu all den verwirrenden, schmerzhaften Gefühlen, die sie seit dem Nachmittag zu vergessen versucht hatte. Die Enttäuschung und Irritation über Franks Verhalten, die Verzweiflung über den Zusammenbruch ihres als sicher empfundenen Lebens, die Angst vor der Zukunft, die Orientierungslosigkeit.

Irene hatte immer einen Plan. Selbst in Situationen, die kaum planbar waren, wusste sie meistens einen Ausweg oder zumindest eine Marschrichtung. Sie war niemals ohne Ziel, niemals ohne Idee, wie es weitergehen konnte. Und nun saß sie hier, mitten im Nirgendwo, und hatte nichts außer ihrer Handtasche bei sich. Sie heulte und schluchzte, wissend, dass sie hier niemand hören konnte. Schon gar nicht bei dem Lärm, den die Grillen machten.

Minuten oder Stunden später ließen die Tränen langsam nach. Irenes Gesicht glühte von der Anstrengung des Heulens und sie fühlte sich so müde, wie seit Jahren nicht mehr. Sie kramte in ihrer Handtasche nach Taschentüchern. Im Hintergrund war der Motor eines Autos zu hören, das immer näherzukommen schien. Als es nah genug war, um von der bedauerlichen Laterne des Bahnhofs beleuchtet zu werden, erkannte sie Nanas alten Jeep.

Sie war gekommen.

Und durch all die Schmerzen, die ihren Körper bis in die Fingerspitzen ausfüllten, brach ein Funke Hoffnung, nicht gänzlich allein auf der Welt zu sein.

Irene erhob sich und ging langsam auf den Jeep zu. Die Scheinwerfer blendeten sie und sie nutzte die Zeit, in der sich ihre Augen an das viele Licht gewöhnen mussten, um endlich ihre Nase zu putzen. Die Tür des Jeeps öffnete sich, aber die Person, die ausstieg, war nicht Nana. Nana war klein und zierlich und sicher nicht größer als der Jeep. Sicher auch nicht so muskulös.

Irene fluchte laut vor sich hin, als würde das dabei helfen können, den Nebel aus Alkohol und Tränen und Gefühlen, der offenkundig ihre Wahrnehmungsfähigkeit beeinträchtigte, zu lichten.

Also blieb sie stehen.

„Irene?“, fragte eine dunkle, eindeutig männliche Stimme über den laufenden Motor hinweg.

Sie nickte zaghaft.

„Nana schickt mich“, sagte der Mann ungeduldig, „steig ein.“

„Ich kann Sie nicht sehen“, sagte Irene leise.

Sie hörte den Mann ungeduldig schnaufen, aber er beugte sich zurück ins Auto und drehte den Motor ab. Die Scheinwerfer erloschen und nur mehr das Licht des Bahnhofs beleuchtete die surreale Szene.

Der Mann trat um die geöffnete Autotür herum auf sie zu. Er trug alte Jeans und ein noch älteres T-Shirt. Er war groß. Und sichtlich verärgert.

„Wo ist dein Gepäck?“, fragte er sie, seinen Unmut nicht verbergend. Er sah sich am Bahnsteig um, aktivierte die Taschenlampe an seinem Telefon und leuchtete den Weg auf und ab.

„Ich habe keines“, murmelte Irene. Sie hielt den Blick auf den Boden gerichtet. Sie fühlte sich nicht in der Lage, mit einem Fremden in irgendeiner Form zu interagieren.

Aus den Augenwinkeln nahm sie wahr, wie er sie von Kopf bis Fuß musterte.

„Steig ins Auto“, wiederholte er, etwas ruhiger, aber immer noch streng genug.

Die Müdigkeit wallte ein weiteres Mal durch sie durch, also gab sie auf. Wenn das die einzige Möglichkeit war, diesem düsteren Loch von Bahnhof zu entkommen, sollte es so sein.

Irene setzte sich schließlich in Bewegung und nahm am Beifahrersitz Platz. Sie schnallte sich an und starrte aus dem Fenster. Dumpf und weit entfernt, wie in einer anderen Realität, nahm sie wahr, wie der Mann neben ihr ins Auto stieg und anstartete. Sie hörte ihn leise sprechen, vermutlich am Telefon.

„Ich habe sie gefunden“, sagte er leise.

Und: „Sie hat kein Gepäck bei sich.“

Dann einige Male „Nein“ und „Ja“ und „Ich weiß nicht“. Dann lachte er leise und legte auf.

Irene schloss die Augen. Wenn das ihr Leben war, wollte sie nichts mehr davon hören, sehen oder spüren.

4. Kapitel

Irene erwachte bei Sonnenlicht, umgeben von Vogelgezwitscher. Sie spürte eine dicke Decke rund um sich, ihr Kopf lag weich gebettet. Die Luft roch nach frühem Morgen und die Bettwäsche nach ihrer Kindheit. Für einen Moment fühlte sie sich glücklich.

Dann setzte der Kopfschmerz ein.

Und die Erinnerung.

Durchbrochen von einem elendig trockenen Mund, der zum Teil nach Gin, zum Teil nach Rotwein schmeckte. Ihr Magen rebellierte leicht.

Schließlich fiel ihr ein, wo sie war.

Und all die Schmerzen kehrten wieder.

Irene bohrte ihr Gesicht tiefer in den Polster, zog die Decke über ihren Kopf und versuchte, die Realität auszublenden, aber das Pochen in ihrem Kopf war stärker und verhinderte jeglichen Versuch, sich weiter im Traumland zu verstecken. Sie brauchte Wasser. Und Kopfwehtabletten.

Sie schlug die Decke zurück und sah, dass sie immer noch ihr Kleid vom Vortag anhatte. Wie war sie überhaupt in einem Bett gelandet? Die Frage blieb unbeantwortet, als Irene bemerkte, wo sie sich befand, und sich von der Vertrautheit der Umgebung, der wohlbekannten Einrichtung im Zimmer ablenken ließ.

Es war alles wie früher. Die vielen Bücher im Regal an der Wand, das offene Fenster, das den Blick auf die Äcker neben dem Grundstück freigab, der Dachgiebel aus dunklem Holz über ihr, die altmodischen Balken, die den Raum und das Dach stützten, das Vogelgezwitscher vor dem Fenster, das Versprechen eines neuen Tags.

Langsam setzte sich Irene in Bewegung. Verdrängte die Erinnerung an früher, an die glücklichen und unglücklichen Stunden, die sie hier verbracht hatte. Verdrängte die Erinnerung an den Vortag. Verdrängte das schlechte Gewissen, das sie quälte, weil sie erst jetzt wieder hier war. Weil sie damals alles hinter sich gelassen hatte, ohne zurückzublicken. Ohne Kontakt zu halten.

Was für ein verkorkstes Leben!

In ihrer Handtasche fand sie Schmerztabletten. Dann tappste sie langsam vom ersten Stock ins Untergeschoß. Trotz der verquollenen Augen fand sie den Weg in die Küche ohne Probleme. Beschämt dachte sie daran, dass es auch nicht das erste Mal war, dass sie mit einem fürchterlichen Kater durchs Haus schlich.

Wie spät war es eigentlich?

„Du bist früher munter als gedacht", sagte eine Stimme hinter ihr, als sie in die Küche trat. Irene fuhr herum und sah sich einer Frau gegenüber, die schwächer und kleiner schien, als sie sie in Erinnerung hatte. Sie trug dünne graue Leggins und eine weiße Tunika, ein Anzeichen dafür, dass es ein heißer Sommertag werden würde. Ihre Haare waren grau, kräftig und fielen ihr lang über die Schulter. Aber das Gesicht war dünn und von Falten übersäht, die gesamte Statur wirkte so zerbrechlich, dass Irene kurz der Atem stockte.

„Guten Morgen Nana", sagte sie leise, weil sie schon wieder Tränen in den Augen spürte.

Nanas Blick bohrte sich durch sie durch wie immer. Ihre Augen waren klar und blau und unverwüstlich und strahlten die gleiche Sicherheit aus wie eh und je. Nana nickte leicht.

„Guten Morgen Irene", sagte sie ruhig und Irene schluckte die Enttäuschung, dass Nana sie bei ihrem echten Namen nannte, runter. Niemals hatte sie sie Irene gerufen, außer wenn sie sich gestritten hatten. Sie hatte immer Kosenamen für sie, vor allem morgens, wenn Irene nicht aufstehen wollte.

Irene schluckte gegen das Pochen im Kopf an, gegen die vielen Gefühle und gegen die Verlegenheit, hier vor Nana zu stehen.

Nana seufzte leicht, dann setzte sie sich in Bewegung. Ging an Irene vorbei zur Kaffeemaschine und stellte die Tasse, die sie in Händen gehalten hatte, darunter.

„Es gibt Frühstück“, sagte sie ruhig mit neutraler Stimme, „bedien dich.“

Schweigend arbeiteten sie nebeneinander. Nana kümmerte sich um ihren Kaffee, Irene fand ein Wasserglas und nahm ihre Kopfwehtabletten ein. Dann lehnte sie sich an die Küchenzeile und beobachtete Nana, bis diese innehielt und sich ihr zuwandte.

„Ich …“, begann Irene, aber ihr fiel zu viel gleichzeitig ein. Sie hatte das Gefühl, sie musste sich entschuldigen. Für alles. Vor allem für den Überfall gestern Abend. Aber die richtigen Worte fanden keinen Weg.

„Ich …“, versuchte sie es erneut, aber verlor den Mut, als sie in Nanas blaue Augen blickte. Irene seufzte und sah zu Boden.

Nana stieß sich von der Küchenzeile ab und berührte Irene leicht am Oberarm.

„Leg dich nochmals hin“, sagte sie dann, „wir haben Zeit.“

5. Kapitel

Irene verschlief den ganzen Tag. Erst als die Sonne vor dem Fenster langsam das Ende des Tages ankündigte, war sie wach genug, um wieder Durst und Hunger zu verspüren. Hauptsächlich Durst.

Widerwillig schlug Irene die Decke zurück und überwand sich, aufzustehen. Direkt neben ihrem Zimmer war ein Badezimmer und ohne Licht aufzudrehen, um dem schattigen Raum genügend Helligkeit zu geben, schälte sie endlich ihr Kleid vom Vortag von sich, ebenso die Unterwäsche, die sie darunter getragen hatte. Sie fühlte sich eklig und abstoßend. Ohne zu zögern, stellte sie sich unter die Dusche, trank aus der Wasserleitung, während ihr das Wasser über den Kopf brauste. Langsam begann sie, wenn auch nur ansatzweise, wieder ein Gefühl für sich selbst zu verspüren.

Eingewickelt in ein Badetuch huschte sie zurück in ihr Zimmer und kramte im Kasten herum. Nana hatte in den vergangenen Jahren einiges umgeräumt, aber Irene fand ein Regal mit alten Kleidungsstücken aus ihren Teenagerjahren. Sie zog ein weites Sommerkleid, das nicht einmal damals modern gewesen sein konnte, hervor. Fürs erste musste dieses den Zweck erfüllen, ihren mittlerweile erwachsenen Körper ausreichend zu verhüllen.

Ihr auf Erledigung gedrilltes Gehirn begann damit, eine Einkaufsliste zu erstellen. Sie benötigte Unterwäsche, normale Straßenkleidung und vieles mehr. Sie dachte an die Kleidung, die sie in ihrer Wohnung zurückgelassen hatte. Der Gedanke, diese jemals selbst wieder abzuholen, war absolut unvorstellbar.

Irene seufzte und kramte weiterhin planlos durch ihre alten Kleidungsstücke. Ganz hinten im Regal versteckt fand sie Sportschuhe, ihre alten Laufschuhe, und unwillkürlich musste sie lächeln. Irene lief immer noch regelmäßig, aber nicht mehr so schnell wie damals. Früher war jeder Lauf eine Herausforderung, eine Möglichkeit, ihre Grenzen auszuloten, sich zu überwinden. Heutzutage lief sie zum Spaß. Sie mochte die körperliche Anstrengung, die so im Gegensatz stand zur Anstrengung, die der Stress im Job mit sich brachte.

Mit sich gebracht hatte.

Irene schluckte gegen die Erinnerung des Vortages an.

Sie ließ die Sportschuhe mitten im Raum stehen und beschloss, der Begegnung mit Nana nicht mehr weiter aus dem Weg zu gehen.

Sie fand die alte Frau in einem Schaukelstuhl hinter dem Haus, ein Buch im Schoß, eine Karaffe mit eiskaltem

Wasser neben sich. Irene entdeckte zwei Trinkgläser und wieder schien sie von Emotionen, die sie schon lang nicht mehr empfunden hatte, übermannt zu werden.

Als sie sich näherte, hob Nana den Kopf, betrachtete sie einen Augenblick und legte dann ihr Buch zur Seite. Sie füllte das zweite Trinkglas mit Wasser und nickte leicht in diese Richtung. Irene nahm das Glas und trank gierig.

Außer dem Schaukelstuhl fand sich keine Sitzgelegenheit auf der Terrasse hinter dem Haus, also nahm Irene direkt auf dem Holzboden Platz. Sie lehnte sich an die Hausmauer und richtete ihren Blick in die gleiche Richtung, die auch Nana für sich gewählt hatte.

Vor Irenes Augen erhob sich ein mächtiger Zaun aus unterschiedlichen Pflanzen: Bäume und Büsche, alle wohlbekannt, aber wesentlich höher gewachsen, seit sie sie das letzte Mal gesehen hatte. Hinter den Büschen befand sich ein weiteres Grundstück und durch die Hecken konnte man die blaue Farbe eines anderen Hauses durchschimmern sehen.

Als Irene ein Teenager gewesen war, hatte hier ein sehr altes Ehepaar gewohnt, das in den Sommermonaten Tag für Tag im Garten gesessen war und die Leute, die in der Gegend vorbeigekommen sind, beobachtet hatte. Gelegentlich sah man sie Zeitung lesen, aber meistens saßen sie auf ihrer Gartengarnitur und sahen auf die Straße hinaus.

In einem Eck von Nanas Gartens entdeckte Irene ein Hochbeet mit noch eher zaghaft gewachsenen Pflanzen. Wie es eben typisch war für den Frühsommer, der erst seit wenigen Tagen erkennbar war, aber mit seinen Temperaturen bereits einen intensiven Vorgeschmack auf die Sommermonate lieferte.

Das Grundstück war riesig und Erinnerungsfetzen an früher durchzogen ihr Hirn. Glück, Lachen, Trauer, Streit, Liebe – all das war erlebbar gewesen hier in dieser grünen Oase. Aber kein Gefühl war so stark gewesen wie die Sehnsucht nach der Welt dahinter, außerhalb der Kleinstadtgrenzen, fern der geschützten Welt. Damals war es hier einfach nicht genug.

Irene seufzte im Versuch, die brennenden Tränen abzuwenden, aber es gelang ihr nicht.

Aus dem Augenwinkel sah sie verschwommen, wie Nana ihr nicht nur ihren Blick, sondern ihren gesamten Körper zuwandte. Irene schluckte.

„Schön, dass du hier bist“, sagte Nana leise.

„Es tut mir leid“, flüsterte Irene.

Nana lachte leicht auf. „Was genau?“

Irene dachte nach.

„Dass ich dich gestern aufgeweckt habe.“

Nana nickte leicht.

„Dass ich heute den ganzen Tag geschlafen habe.“

Nana nickte noch einmal.

„Dass ich nie zurückgekommen bin.“

Nana verharrte regungslos, sah sie an. Irene hob den Blick und fand sich den bekannt starken, blauen Augen gegenüber. Dem Blick, dem nichts entging, der aber auch nichts verschleierte.

„Jetzt bist du ja da“, sagte Nana und lehnte sich in ihrem Schaukelstuhl zurück, richtete ihren Blick wieder in den Garten, zu den drei Birken, die das Eck des Grundstücks auf einer Seite markierten.

Sie schwiegen eine Weile.

„Was brauchst du jetzt?“, fragte Nana dann in die Stille hinein.

„Einen Ort zum Schlafen. Und Zeit“, antwortete Irene ohne zu zögern zu ihrer eigenen Überraschung.

Nana nickte wieder. „Und sonst?“

„Ich muss nochmals ganz von vorn anfangen“, sagte Irene leise und Nana wandte sich ihr wieder zu.

„Es ist alles weg“, sagte Irene und die Tränen belegten ihre Stimmbänder, „der Job, die Wohnung …“, sie schluckte mehrmals, „… der Mann.“

Nana hob neugierig die Augenbrauen und Irene schluchzte auf.

„Es war alles mit ihm verbunden“, murmelte sie zwischen den Schluchzern, „und er hat alles kaputt gemacht.“

„Wie?“, fragte Nana.

Irene schüttelte den Kopf, um die Erinnerung loszuwerden, aber es half nichts.

„Mit der Empfangsassistentin.“ Sie schluchzte und lachte gleichzeitig auf.

Nana holte Luft, sagte aber nichts.

„Im Besprechungszimmer", sagte Irene durch die Tränen und schnaufte daraufhin wütend, „am Tisch im Besprechungszimmer." Die Abscheu und Wut und Enttäuschung waren aus jeder Silbe herauszuhören.

Nana legte ihren Kopf schief und sah weiterhin ruhig zu ihr. Irene wusste, das war das meiste an Mitleid, das sie von Nana erhalten würde. Ein schiefgehaltener Kopf und Aufmerksamkeit. Immerhin.

„Ich habe seit Jahren nicht mehr so viel geheult", sagte Irene nach einigen Minuten und wischte mit den Händen über ihre Augen, ihr Gesicht, aber das half kaum. Sie hätte ein Taschentuch gebraucht, konnte aber nicht aufstehen. Wollte nicht weggehen. Die wenigen Augenblicke gemeinsam mit Nana waren die komfortabelsten und ruhigsten Momente seit einer gefühlten Ewigkeit. Die Stadt und das Büro, Frank und Stella, waren so weit weg. Wieder drückte Müdigkeit auf ihren Kopf und Irene lehnte sich weiter zurück an die Hausmauer.

„Ich habe jeden Fehler gemacht, vor dem du mich jemals gewarnt hast", sagte Irene schließlich und sie hörte Nana lachen.

„Es war mein Fehler, zu glauben, dich davor beschützen zu können", sagte Nana mit so freundlicher und ruhiger Stimme, dass Irene erneut Tränen über die Wangen liefen.

„Darf ich ein paar Tage hierbleiben?", fragte Irene nach einigen Augenblicken.

„Selbstverständlich“, antwortete Nana schnell, „solang du möchtest.“

„Danke“, flüsterte Irene.

Sie saßen gemeinsam auf der Terrasse und ließen den Abend über den Garten hereinbrechen. Irgendwann griff Nana wieder zu ihrem Buch und las weiter. Solang das Licht ausreichend war.

Als die ersten Fledermäuse in der Dämmerung erkennbar waren, zogen sie sich ins Haus zurück.

„Schlaf gut“, sagte Nana ruhig, als Irene wieder in den ersten Stock hinaufstieg, wo sich ihr Schlafzimmer befand. Wieder kein Kosename. Irene seufzte.

Es war Waffenstillstand, aber Nana hatte ihr noch nicht vergeben.

6. Kapitel

Irene kam langsam zu sich, wand sich zwischen der Realität des neuen Tages und der Illusion des Traums, der sie noch nicht loslassen wollte. Irgendwann ließ die Müdigkeit nach und sie schlug ihre Augen auf. Ein Moment der Orientierungslosigkeit passierte schnell, dann fiel ihr wieder ein, wo sie war. Warum sie hier war. Und die Unruhe überkam sie.

Auch wenn es bereits sehr hell war, schien der Tag noch jung zu sein. Auch die Vögel klangen, als wären sie gerade erst aufgewacht, und die Welt vor ihrem Fenster hörte sich noch unberührt vom Alltag an.

Irene streckte sich. In Ermangelung von Kleidung hatte sie nackt geschlafen, bei offenem Fenster, nur bedeckt von einer dünnen Sommerdecke. Sie spürte die weiche Bettwäsche auf ihrer Haut, genoss die Freiheit, sich unbemerkt nackt bewegen zu können. Sie seufzte leise und atmete die frische Morgenluft ein.

Beweg dich, sagte die bekannte Stimme in ihrem Kopf und gleichzeitig fiel Irenes Blick auf ihre alten Laufschuhe, die sie gestern mitten im Zimmer stehengelassen hat.

Schnell schlug sie die Decke zurück. Sie wusste, was sie zu tun hatte.

Die ersten Schritte waren ungewohnt. Ihr Körper fühlte sich steif an, die Muskeln kalt, obwohl sie die Wärme ihres Betts noch im Nacken spürte. Sie hielt ihr Tempo zurück, lief nicht so schnell, wie sie es gerne gewollt hätte, um den Druck und die Angst und die Schmerzen loszuwerden. Sie kontrollierte ihren Lauf, konzentrierte sich auf ihre Schritte, auf das Zwicken in den Knöcheln, das nach ein paar Minuten nachließ. Sie beobachtete ihren Atem und zählte mit.

Sie lief durch einige Wohnstraßen, in denen noch kein Mensch zu sehen war. Es musste noch früher sein als angenommen. Irene ließ sich von ihrer Erinnerung leiten, bis sie einen Schotterweg entlang eines schmalen Flusses, der unter einer verwachsenen Böschung dahinplätscherte, erreichte. Hier war es schattiger und ein leichter Lufthauch kühlte vom Wasser herauf und gab ihr Kraft, weiterzulaufen.

Sie kannte den Weg, hatte eine Ahnung, wohin sie gelangen würde, wenn sie dem Fluss ein Stück folgte.

Irene spürte, wie ihr Körper lockerer wurde, die Muskeln wurden wärmer und langsam gab sie die Kontrolle auf.

Ließ ihre Beine das Tempo bestimmen, atmete schneller und richtete sich dabei auf. Ihre Arme wurden lockerer und das Zwicken in ihren Schultern ließ nach.

Das ist Freiheit, kommentierte die Stimme in ihrem Kopf. Irene schloss ihre Augen und genoss die Anstrengung. Die Leichtigkeit des Durchatmens. Den vertrauten Geruch der Luft.

Der Weg mündete nach einiger Zeit in den Parkplatz eines Einkaufszentrums, das Irene noch nie gesehen hatte, aber sie kannte die Gegend gut genug, um sich davon nicht irritieren zu lassen. Früher war hier eine unbenützte Wiese gewesen.

Langsam lief sie über den noch leeren Parkplatz, der Asphalt bereits jetzt unerbittlich heiß, aufgewärmt von der Hitze der vergangenen Tage, die hier ohne jeglichen Baumschatten leicht gespeichert wurde.

Irene spürte Durst und erstmals auch wieder etwas wie Hunger, also beschloss sie, zurückzulaufen.

Auf dem Rückweg entdeckte sie weitere Neuerungen, etwa einige Wohnhäuser in unmittelbarer Nähe zum Einkaufszentrum, die unfassbar hässlich waren, deren Balkone aber vor Leben und Freundlichkeit strotzten. Die Menschen, die hier lebten, schienen im Wettbewerb zueinander zu stehen, wer die üppigeren Blumen und bequemeren Balkonmöbel besaß. Jede einzelne Wohneinheit strahlte Zufriedenheit und etwas Einladendes aus, das in Irene eine unbekannte Sehnsucht auslöste. Sie schüttelte den Kopf, um das Gefühl und die damit verbundene Verwirrung loszuwerden.

Nach einigen Minuten landete sie wieder auf der Hauptstraße, die ins Stadtzentrum führte, und Irene entdeckte bekannte Gebäude: Wohnhäuser von ehemaligen Schulfreundinnen, kleine Geschäfte, die es schon immer gegeben hatte, unterbrochen von einigen neuen Geschäftslokalen. Der Brunnen am Hauptplatz plätscherte leise vor sich hin und das erfrischende Geräusch zog Irene an, motivierte sie dazu, stehen zu bleiben.

Sie keuchte vor Anstrengung und hielt ihre Hände unter das kalte Wasser, bis sie taub wurden und fuhr sich dann damit über den Nacken und durch ihre Haare.

„Das ist kein Trinkwasser“, lallte eine Stimme hinter ihr und Irene zuckte zusammen, fuhr erschrocken herum. Auf einer Bank im Schatten einer riesigen Linde, die den Eingang zum Park neben dem Rathaus markierte, saß ein Mann in ihrem Alter. Die Körperhaltung und auch die halb geschlossenen Augen schrien nach durchzechter Nacht.

„Nicht schrecken“, kicherte der Mann, etwas zeitverzögert, aber dennoch auf ihre erste Reaktion gemünzt.

„Ich dachte, ich bin allein“, sagte sie und schalt sich gleichzeitig, dass sie geantwortet hatte. Sie hatte zwar lange genug am Land gelebt, um sich vor Betrunkenen nicht zu fürchten – die große Anzahl an Festen ermöglichte einem, sich bereits früh eine Routine im Umgang mit Feiernden anzueignen. Sie wusste daher allerdings auch, dass sich Gespräche oder gar Diskussionen mit Illuminierten niemals auszahlten.

Ihr rann der Schweiß von der Stirn, mehr noch als während des Laufs, was eine übliche Reaktion war, wenn sie das hohe Lauftempo nicht kontrollierter reduzierte. Noch einmal drehte sie sich zum Brunnen und sammelte etwas Wasser in ihren Handflächen, um damit ihre Stirn zu kühlen.

Sie hörte den Mann hinter sich leicht fluchen. Als sie sich umdrehte, bemerkte sie, dass er Schwierigkeiten hatte, von der Bank aufzustehen.

„Brauchst du Hilfe?“, rief sie ihm zu, während er doch langsam stehend zu Balance fand.

Er richtete seinen Blick auf sie und langsam wurde dieser ärgerlich, fast wütend. Irene zog eine Augenbraue hoch, um ihre Verwirrung zu verschleiern. Als er ihr in die Augen sah, blitzte etwas in seinem Blick auf und löste in Irene für einen Moment ein fast vergessen geglaubtes Gefühl aus: Neugier.

Und das knisterte in ihrem Nacken.

„Niemals“, keifte er sie an.

Das Knistern erlosch so schnell, wie es gekommen war und Irene fühlte sich provoziert. Dreh dich um und geh, rief die Stimme in ihrem Kopf, aber sie atmete dagegen an, gebannt von dem fremden Mann vor ihr, mit den dunklen Augen und dem sportlichen Körper, seine elegante Fitness nicht einmal beeinträchtigt von seinem offenkundig übernächtigen Zustand.

„Glaubst du wirklich, du kannst hier einfach so auftauchen und Andrea nimmt dich wieder auf?“, zischte ihr der Mann entgegen.

„Wie bitte?“, antwortete Irene scharf, obwohl sie ihn sehr wohl verstanden hatte. Sein Lallen hatte nachgelassen, aber dennoch brauchte sie einige Augenblicke, um zu verstehen, dass er Nana bei ihrem eigentlichen Namen, Andrea, genannt hatte.

„Wer bist du überhaupt?“, fragte sie fassungslos und Wut machte sich ungebremst in ihr breit.

„Sie hat nicht auf dich gewartet.“ Er flüsterte nahezu, was seinem Zorn noch mehr Kraft gab. „Glaubst du, du kannst hier einfach auftauchen, zweimal nach Nana heulen und schon springt der ganze Ort für dich?“

Sie gingen beide langsam aufeinander zu und starrten sich wütend an. Nach einigen Schritten waren sie sich nah genug, dass Irene ihn als jene Person erkannte, die sie vor zwei Nächten am Bahnhof abgeholt hatte. Die Erkenntnis beruhigte ihre Gesichtszüge und der Mann verlangsamte seinen Schritt.

Noch bevor sie etwas erwidern konnte, drehte sich der Mann plötzlich von ihr weg und übergab sich in einen Mistkübel, der zwei Schritte von ihm entfernt am Gehsteig stand.

„Ach, verdammt!“, fluchte Irene lauthals quer über den Hauptplatz und stampfte auf.

Was war bloß aus ihrem Leben geworden? Von der beständigen Regelmäßigkeit einer erfolgreichen Agentur, zufriedener Kunden und einer – zumindest bis vor Kurzem – funktionierenden Beziehung war sie in einem Irrsinn gelandet. Kaum war sie aus ihrem eigenen Hin und Her aus Trunkenheit und verletzter Benommenheit aufgewacht, fand sie sich an einem unerträglichen Hitzemorgen am Ende der Welt wieder und stritt mit einem Fremden, der kurz vor einer Alkoholvergiftung stand.

Was sollte das alles?

Sie fluchte noch einige weitere Male etwas leiser vor sich hin, bis sie neben dem Mann stand, der mittlerweile halb über dem Mistkübel lehnte, seinen Arm am Rand aufgestützt und seine Stirn darauf abgelegt.

Irene berührte ihn mit ihren noch vom Brunnenwasser kalten Finger im Nacken und er zuckte kurz zusammen.

„Geh weg", murmelte er in seinen Arm.

„Vergiss es", antwortete Irene streng, „ich bringe dich jetzt nach Hause."

„Geh weg", sagte er nochmals, hob aber seinen Kopf.

„Nein."

„Beeil dich", sagte Irene ungeduldig. Sie drehte ihm den Rücken zu und deutete auf ihre Schulter. „Halt dich fest."

Zu ihrer Überraschung spürte sie kurz darauf seine Hand genau dort, wo sie hingedeutet hatte und sie setzte sich in Bewegung.

„Du bist verschwitzt", murmelte er.

„Ich bin gelaufen", antwortete Irene trocken.

Nachdem sie nicht wusste, wo der Mann wohnte, ging sie in Richtung Nanas Haus los. Sollte Nana noch nicht munter sein oder nicht wissen, wo er wohnte, konnte er zumindest bei ihnen im Garten seinen Rausch ausschlafen.

Obwohl, so wie er vorhin Nana verteidigt hatte, schienen sich die beiden gut zu kennen. So gut, dass er auch über Irene Bescheid wusste. Das kurz aufflammende schlechte Gewissen wurde gleich wieder von der wütenden Unruhe überdeckt, die seit ihrer Abreise aus Wien immer wieder aufflammte. Sie hätte noch mehr laufen sollen, um sich besser zu fühlen.

„Ich bin normalerweise …“, begann der Mann hinter ihr zu sprechen, aber Irene unterbrach ihn sofort.

„Ich will es nicht wissen“, sagte sie lauter als nötig.

„Aber ich …“, fing er nochmals an.

„Sei still!“

„Warum?“

„Ich will nicht mit dir reden.“

„Warum?“

Weil du mich irritierst.

„Weil du unfreundlich warst und ich jetzt nicht reden will“, sagte Irene schließlich mit einem Seufzen.

Sie gingen schweigend bis zu Nanas Haus, wo Nana selbst bereits im Garten saß und aus einer riesigen Kaffeetasse trank. Falls sie überrascht war, ließ sie es sich nicht anmerken. Nur eine Augenbraue zuckte leicht, als sie den Betrunkenen, der sich an Irenes Schulter in den Garten führen ließ, sah und erkannte.

Dieser kicherte leicht und murmelte etwas wie „Erwischt!“, als er Nana sah, dann ließ er Irenes Schulter los und steuerte den leeren Liegestuhl neben Nana an, ließ sich drauffallen und schloss seine Augen.

„Harte Nacht?“, fragte Nana sanft. Er lachte leise, antwortete aber nicht.

Nana wandte ihren Blick Irene zu und musterte sie von Kopf bis Fuß, die dunkelbraunen Haare, die sie schlampig nach oben gedreht hatte und die uralten Sportsachen, die sie aus ihrem Kasten ausgegraben hatte. Dennoch huschte etwas wie Zufriedenheit über Nanas Blick.

„Wie spät ist es?“, fragte Irene.

„Etwa halb sieben“, antwortete Nana.

Irene nickte. „Ich gehe unter die Dusche“, sagte sie dann, froh, dass Nana wie immer keine Fragen stellte.

Aus dem Liegestuhl war leichtes Schnarchen zu hören und sowohl Nana als auch Irene mussten leise lachen.

7. Kapitel

Nach einer kühlenden Dusche fand sich Irene in der Küche wieder, wo Nana ein üppiges Frühstück aufgetischt hatte. Es gab Eierspeis', Brot, Marmelade, Schinken. Und Kaffee.

„Greif zu!", forderte Nana sie auf. „Du hast kaum etwas gegessen, seit du angekommen bist." Sie seufzte kurz, als Irene zögerte. „Ich weiß nicht, ob du das überhaupt isst. Heutzutage hat ja jeder irgendeine Allergie oder schont die Tiere …" Ihre Stimme wurde leiser und Irene musste lächeln.

„Ich zögere nur, weil ich nicht weiß, womit ich beginnen soll", sagte sie leise. „Danke!"

Ihre Blicke trafen sich und Nana lächelte leicht, dann nickte sie.

„Vielleicht sollte ich Tom wecken", murmelte Nana daraufhin und wandte sich in Richtung Küchentür, um nach draußen zu gehen, „er hat ausgesehen, als könnte er auch etwas feste Nahrung benötigen …"

Irene hörte sie vor der Küche lachen und wenige Augenblicke später war Nana – erneut lachend – retour. Tom sei nicht mehr im Garten, informierte sie sie. Irene lächelte und schluckte ihre Neugier über den Betrunkenen, den sie im Ortszentrum aufgelesen hatte, hinunter. Sie beschloss, das Thema zu wechseln.

„Ich bräuchte ein paar Sachen", begann sie langsam und vergewisserte sich, dass sie Nanas Aufmerksamkeit hatte. Diese hob neugierig ihre Augenbraue.

„Kleidung, in erster Linie", sagte Irene und fühlte sich verlegen.

Nana nickte.

„Es gibt ein neues Einkaufszentrum", begann Nana zu erklären, aber Irene stoppte sie mit einem Nicken, erzählte von ihrer Laufroute.

„Die Geschäfte öffnen um 10 Uhr", sagte Nana, „du kannst das Auto nehmen." Dann stand sie auf und bewegte sich in Richtung Rückseite des Hauses.

„Kommst du mit?", fragte Irene mit lauter Stimme, weil sich Nana so schnell entfernte.

„Nein, nein", rief Nana eher in den hinteren Teil des Gartens als zu ihr, „ich habe zu tun."

Kopfschüttelnd widmete sich Irene wieder ihrem Frühstück.

Das Einkaufen machte sie müde. Und durstig. Sie hatte im Sportgeschäft begonnen, vor allem, weil es das auffälligste Gebäude unter der Ansammlung an Geschäften war. Sie hatte sich Laufgewand für den Sommer, neue Laufschuhe, einen Bikini und Yoga-Outfits für die Freizeit besorgt und dem Personal im Geschäft wohl den besten Umsatz seit Wochen beschert. Irene hatte das Gefühl, dass die Angestellten kurz davor waren, sie bei der Verabschiedung zu umarmen, und musste darüber lachen.

Nach dem Sportgeschäft fand sie einen Dessousladen, in dem sie sich mit ausreichend Unterwäsche eindeckte, und ein Schuhgeschäft, in dem sie sich Flip-Flops besorgte. Wenn es so heiß blieb, brauchte sie keine weiteren Schuhe außer diesen und ihren Laufschuhen. Nun fehlten ihr noch normales Sommergewand, Shorts und T-Shirts, aber der Durst siegte. Nach einer kurzen Umdrehung entdeckte sie einen kleinen Laden, der in dieser symmetrischen, unpersönlichen Anordnung des Einkaufszentrums hervorstach. Vor dem Lokal waren zwei Tische mit jeweils zwei Sesseln positioniert und über dem Eingang hing ein großes Holzschild, auf dem „Kaffeekränzchen Vol. 2“ stand. Neugierig näherte sich Irene und zwängte sich mit ihren Einkaufstaschen durch die Eingangstür. Das Mädchen hinter der Bar hatte ihr den Rücken zugewandt und rief ihr einen freundlichen Gruß zu, als sie Irene das Lokal betreten hörte. „Ich bin gleich bei dir!“, rief sie und wirbelte weiter hinter der Theke hin und her.

Das Lokal war unheimlich klein und hatte neben der kurzen Theke nur für zwei weitere Tische Platz. Am hintersten Tisch saßen zwei Frauen, die ihr Gespräch unterbrachen, als sie Irene durch die Tür kommen gesehen hatten. Nun sahen die beiden mit unverhohlener Neugier zu ihr. Irene grinste und nickte den beiden freundlich zu. Sie konnte buchstäblich sehen, wie die Räder ihrer Gehirne auf Hochtouren liefen. Wer ist sie? Woher kommt sie? Zu wem gehört sie? Warum wussten wir noch nicht, dass sie in der Stadt ist?

Die Gesichter der beiden Frauen lösten bei Irene keine Erinnerung aus, weshalb sie sich wieder wegdrehte und der Vitrine an der Theke widmete, wo mehrere Kuchen und Süßspeisen ausgestellt waren. Eine sah köstlicher als die andere aus und Irene war lange genug mit der Auswahl beschäftigt, bis die Bedienung sich ihr widmen konnte.

„Was kann ich für dich tun?“, fragte das Mädchen hinter der Bar freundlich und Irene hob den Kopf. Bei genauerer Betrachtung sah sie gar nicht so jung aus, nur wenige Jahre jünger als Irene und die beiden Frauen beäugten sich kurz schweigsam, aber lächelnd.

Einen Moment später bemerkte Irene eine Form des Wiedererkennens in den Augen ihres Gegenübers und lächelte verunsichert.

„Wir kennen uns“, sagte die junge Frau, nun übers gesamte Gesicht strahlend. Sie streckte ihre Hand über die Theke. „Bella“, stellte sie sich daraufhin vor, „Annabella eigentlich. Du hast dich früher immer über meinen Namen lustig gemacht.“ Bella kicherte, während Irenes Erinnerung einsetzte.

Bella war tatsächlich nur wenige Jahre jünger als sie, ein oder zwei Schulstufen unter ihr, und war kurz vor Irenes

Schulabschluss mit einem ihrer Schulfreunde liiert gewesen, weshalb sich ihre Wege mehrmals gekreuzt hatten. Irene erinnerte sich an eine immer freundliche, blond gelockte und überhaupt nicht schüchterne Annabella, die sogar Irenes Witze über ihren Vornamen mit mehr Humor, als sie verdient hatten, hingenommen hatte.

Irene lächelte entschuldigend. „Das tut mir leid", sagte sie leise. „Ich fürchte, ich bin immer noch nicht lustiger mittlerweile."

Das brachte ihr schallendes Gelächter von Bella ein und Irene konnte nicht anders, als auch zu lachen. Die Muskeln, die sie dafür benötigte, fühlten sich fast steif an und für einen Augenblick überkam sie wieder die Erinnerung, weshalb sie eigentlich in der Stadt war. Warum ihr eigentlich nicht zum Lachen zumute war.

Irene zog ihre Schultern hoch und ließ sie schnell wieder fallen, aber Bella ignorierte ihre kurzfristige Irritation.

„Wie trinkst du deinen Kaffee? Ich lade dich ein!" Bella deutete auf die Schiefertafel über ihr, auf der zahlreiche Kaffee-Varianten aufgelistet waren.

„Vielen Dank", sagte Irene, „ich nehme gerne einen Cappuccino. Und ein Glas Wasser. Shopping macht durstig." Sie keuchte und Bella lachte erneut auf. Sie deutete auf Irenes Taschen.

„Mich wundert, dass ich noch nicht gehört habe, dass du hier bist. So viel hat hier seit Wochen niemand mehr auf einmal gekauft. Warte noch 15 Minuten, dann begrüßt dich der Bürgermeister." Bella lachte über ihren eigenen

Witz und Irene stimmte mit ein. Nicht nur aus Höflichkeit.

Bella begann, ihren Kaffee zuzubereiten. „Das war übrigens kein Scherz mit dem Bürgermeister“, lachte sie, „wenn er hört, dass du wieder hier bist, kommt er auch, ohne deinen Tagesumsatz zu kennen.“

Irene schaute verwirrt genug, um Bella auch ohne Frage zum Weiterreden zu bringen.

„Du kannst dich noch an Otto erinnern?“, fragte sie und Irene nickte. Das war jener Schulfreund, mit dem Bella damals befreundet gewesen war.

„Ihr beide wart doch mal zusammen …“, begann Irene leise und unterbrach sich, nicht wissend, wie die Geschichte zwischen den beiden ausgegangen war.

„Ja!“, Bella lachte fröhlich. „Das sind wir immer noch! Oder wir sind es wieder. Also, wir waren mal zwei Jahre dazwischen getrennt. Aber das ist schon wieder so lange her, dass wir es fast vergessen haben.“ Bella lachte ihr fröhliches Lachen und ihre blonden Locken wippten vor Fröhlichkeit. Irene grinste wieder.

„Und Otto kennt den Bürgermeister?“, fragte sie nach.

„Otto *ist* der Bürgermeister!“, rief sie durch das Lokal.

Die Frauen am hinteren Ende hatten ihre eigene Konversation seit Minuten gänzlich eingestellt und hörten den beiden ungeniert zu. Bella folgte Irenes Blick und grinste verschwörerisch, während sie Irenes Cappuccino und Wasser auf den Tresen stellte.

„Vielen Dank“, sagte Irene und griff danach, „ich denke, ich werde mich nach draußen setzen.“

Bevor sie sich jedoch in Bewegung setzte, sah sie sich nochmals im Geschäft um.

„Mir gefällt das Lokal“, sagte sie freundlich, „seit wann arbeitest du hier?“

Bella kicherte erneut. „Mir gehört der Laden!“

Irene hob überrascht ihre Augenbrauen hoch.

„Das ist bereits das zweite Geschäft, deshalb steht auch Volume 2 auf der Tafel. Gestartet habe ich mit dem ‚Kaffeekränzchen‘ am Hauptplatz, gleich neben dem Rathaus.“

Irene überlegte, ob ihr das Geschäftslokal aufgefallen war, aber sie musste gestehen, dass sie von der Begegnung mit dem betrunkenen Tom zu abgelenkt gewesen war, um ihrer Umgebung allzu viel Bedeutung beizumessen.

„Wie toll!“, rief sie aus und gratulierte Bella herzlich.

„Ich bin heute nur hier, weil Maria, die normalerweise hier Vormittagsdienst macht, ein krankes Kind zu Hause hat und ich für sie einspringe.“

Bella sah sich um, zuckte kurz mit den Schultern und begann dann, einen weiteren Kaffee zu richten.

„Wenn du Zeit hast, setze ich mich kurz zu dir“, sagte Bella, „dann erzähle ich dir, was du in den vergangenen Jahren hier verpasst hast.“ Sie lachte nochmals auf, aber etwas weniger herzlich als zuvor. Dann flüsterte sie: „Es war so wenig, dass sich das während eines Espressos ausgehen würde."

Irene musste lachen.

„Das ist gut", sagte sie augenzwinkernd, „ich weiß nicht, ob ich mehr Informationen verdauen kann. Ich bin noch nicht darüber hinweg, dass Otto Bürgermeister ist."

Das brachte ihr ein weiteres Lachen von Bella ein, so herzlich, dass sich Irene wunderte, wieso sie so wenige Menschen kannte, die so unaufgeregt freundlich sein konnten wie Bella.

Sie waren beim zweiten Kaffee, als Bella endlich den Mut zu fassen schien, nach Irenes Einkaufstaschen zu fragen. Irene schmunzelte. Während der vergangenen Stunde hatte sie Bellas fröhlichem Geplauder gelauscht. Bella hatte von Leuten erzählt, an die sich Irene gut erinnern konnte, und auch von ein paar Leuten, von denen Bella der Meinung war, sie müsste sich an sie erinnern. In allen Fällen beschrieb Bella einen kurzen Abriss des Werdegangs oder eine Anekdote, die sich in den vergangenen Jahren zugetragen hatte. Kein einziges Mal war sie unfreundlich oder gar boshaft. Irene erinnerte sich noch gut an die Art, wie in dieser Stadt getratscht wurde, und Bella schien dagegen gänzlich immun zu sein. Es war eher wie ein Schnelldurchlauf durch die Geschichte ihrer Generation, ähnlich den ersten Szenen vor dem Beginn einer neuen Serienstaffel, die die Highlights der vergangenen Staffel in Erinnerung rufen sollten.

Aber während Irene von ihrem zweiten Cappuccino trank und Bella ein weiteres Kompliment für den köstlichen Kaffee machte, bemerkte sie, wie Bellas Aufmerksamkeit auf ihre Einkaufstaschen fiel.

„Hast du deinen Koffer verloren?“, fragte sie so ehrlich interessiert und gänzlich ohne Unterton, dass Irene lächeln musste.

„Ich bin ohne Koffer angereist“, sagte sie leise und im Versuch, ihre Emotionen im Zaum zu halten. Wollte sie darüber reden?

Bella schlug sich die Hand über den Mund. „Ist etwas mit Nana?“, fragte sie ehrlich schockiert und irritierte Irene damit. Sie brauchte einen Augenblick, um Bellas Logik zu verstehen. In Bellas Augen gab es wohl nur einen Grund für eine Anreise ohne Koffer, nämlich eine überstürzte Abreise aufgrund eines Notfalls hier in der Stadt.

Irene schüttelte vehement den Kopf. „Nein“, sagte sie laut und unmissverständlich, „Nana geht es gut. Sehr gut sogar. Denke ich …“ Sie dachte nach. Natürlich, sie war älter geworden, sah zerbrechlicher aus, als sie es in Erinnerung hatte, aber sie bewegte sich schnell und auch ihr Geist war flink wie eh und je.

Irene lachte leise auf. „Sie durchschaut mich immer noch mit nur einem Blick“, sagte sie und fragte sich gleichzeitig, wie viel Bella eigentlich über ihre frühere Zeit wusste.

Bella nickte höflich und unverbindlich. Irene hatte in der vergangenen Stunde gelernt, dass dies Bellas Art war, ihr Raum für ihre Erzählung zu geben, also holte sie Luft. Aber dann schwieg sie. Was sollte sie auch sagen?

Sie deutete auf die Einkaufstaschen. „Das ist eine lange Geschichte“, sagte sie und lachte dann kurz bitter auf, schüttelte den Kopf. „Nein, eigentlich ist es eine kurze Geschichte. Ich brauche nur etwas länger, um sie erzählen zu können.“

Bella nahm einen Schluck aus ihrem Kaffee und sah sie über den Rand der Tasse an. Sie nickte, als sie die Tasse wieder abstellte.

„Das klingt nach einem Gespräch, das wir eher mit Alkohol führen sollten und nicht beim Kaffee“, sagte sie daraufhin mit einem Augenzwinkern und Irene lächelte sie dankbar an.

Bella nickte noch einmal, ohne etwas zu sagen. Ihre Angewohnheit, Gespräche mit sich selbst mit Körperbewegungen zu begleiten, war Irene nach dieser Stunde des Zusammensitzens so sympathisch, dass sie noch mehr lächeln musste.

„Was hältst du davon, wenn du mir deine Telefonnummer gibst, und ich überlege mir, wie ich dich langsam wieder ins hiesige Nachtleben einführe“, Bella zwinkerte schelmisch. Das „hiesige Nachtleben“, wie Bella es formulierte, war ein Wirtshaus, eine Bar und einige Cafés, die länger als 20 Uhr geöffnet hatten, nicht mehr.

Sie tauschten ihre Nummern aus und als Irene ihre Visitenkarte über den Tisch schob, krampfte ihr Magen leicht. Außerdem erinnerte sie sich daran, dass sie ihr Telefon seit Tagen nicht mehr eingeschalten hatte.

„Vielleicht rufst du eher direkt bei Nana an", sagte sie daraufhin nachdenklich, „ich sollte mir erst ein neues Telefon kaufen."

Bella hob überrascht ihre Augenbrauen hoch. „Bist du auf der Flucht?" Sie lachte zögerlich.

Irene schüttelte lachend den Kopf. „Nein, ich will nur nicht erreichbar sein." Sie dachte an ihre Kunden und daran, dass sie seit beinahe 48 Stunden kein einziges E-Mail gelesen hatte. Das hatte sie seit Jahren nicht mehr gemacht. Sie wusste, sie musste sich heute Nachmittag um ein wenig Ordnung kümmern.

Irene verdrängte den Gedanken schnell wieder und erhob sich vom Tisch. Bevor sie sich zum Gehen wandte, fragte sie Bella noch nach einem akzeptablen Bekleidungsgeschäft, dann umarmten sich die beiden Frauen herzlich.

„Das hat sehr gut getan", sagte Irene zu ihrer eigenen Überraschung und Bella lächelte sie freundlich an.

„Bis bald", sagte sie und begann, den Tisch abzuräumen.

Irene war schon ein paar Schritte weit entfernt, als sie Bella nochmals rufen hörte.

„‚Seitenweise' gibt es immer noch", rief sie ihr entgegen.

„Ja?" Irene lächelte bei der Erinnerung an das Buchgeschäft, in dem sie gefühlt Jahre ihrer Kindheit verbracht hatte. Vielleicht kannte sie Bella doch besser, als sie sich erinnern konnte.

Bella nickte. „Ja", sagte sie, „ich lese immer, wenn ich nicht erreichbar sein will."

Irene spürte, wie sich ihr Lächeln übers gesamte Gesicht ausbreitete.

„Danke, Annabella Imbissteller!“

Wie es ihre Art war, lachte Bella schallend über den wie immer schlechten Reim über ihren Namen und Irene dankte es ihr mehr, als Bella es sich wahrscheinlich vorstellen konnte.

8. Kapitel

Auch dem Geschäft, das Bella ihr empfohlen hatte, bescherte Irene den wohl besten Umsatz des Monats. Sie kaufte Shorts und T-Shirts und einige Sommerkleider, bequeme und unaufgeregte Kleidung, gerade passend, um sich hier in der Stadt unauffällig bewegen zu können.

Wieder zurück in Nanas Haus trug sie die vielen Taschen an einer kopfschüttelnden Nana vorbei in ihr Zimmer, warf alles auf ihr Bett und schlichtete das gesamte Gewand sorgfältig in den Kasten. Als sie das letzte Kleid in den Kasten hängte, bemerkte sie Nana im Türstock lehnen.

„Hast du Hunger?", fragte Nana unbeeindruckt.

Irene nickte.

„Gut", sagte Nana, „Zeit wird's."

Dann ging sie und Irene folgte ihr.

Während des Mittagessens erzählte Irene von ihrer Begegnung mit Bella und ihren Erlebnissen in den Geschäften. Nana hörte freundlich und aufmerksam zu, stellte aber keine Fragen. Sie saßen auf der Terrasse hinter dem Haus, wo neben dem Schaukelstuhl nun plötzlich auch ein Tisch mit vier Stühlen und ein weiterer bequemer Sessel standen.

„Wo sind die Möbel her?“, hatte Irene gefragt, als sie sich zum Essen niedersetzten.

„Tom hat sie aus dem Keller geholt“, hatte Nana geantwortet.

„*Ich* hätte dir helfen können“, hatte Irene daraufhin leicht schmollend gesagt und sich etwas lächerlich gefühlt.

Nana hatte nur abweisend gewunken und dann das Gespräch zum Tagesgeschehen gleiten lassen. Irene hatte seit ihrer Flucht aus ihrem alten Leben wenige Nachrichten gelesen, hauptsächlich weil ihr Telefon immer noch abgedreht war, aber Nana berichtete über einige Geschehnisse auf der Welt. Dann schwiegen sie.

Die Hitze hüllte sie ein und lullte sie in eine schläfrige Sommerstimmung.

Als Nana auf ihrem Sessel langsam einzudösen begann, erhob sich Irene leise, um den Tisch abzuräumen. Nana hob kurz schläfrig den Kopf, aufgeweckt vom Klappern der Teller, aber Irene wies sie an, sich einen bequemeren Ort zum Schlafen zu suchen. Nana grinste, bewegte sich aber nicht.

All dies – die Gespräche beim Mittagessen, das Wegräumen des Geschirrs, die Geräusche eines Hitzetags –, all dies versetzte Irene in der Zeit zurück. Als wäre sie wieder 17 Jahre alt, fast 18 und erfüllt von einer Aufbruchsstimmung, deren Erwartungen niemals erfüllt worden sind. Irene erinnerte sich, wie langweilig sie diesen fixen Tagesablauf in Nanas Haushalt gefunden hatte, wie sehr sie aus diesem starren System ausbrechen wollte. Und jetzt? Jetzt fühlte es sich komfortabel an, bekannt, gewohnt nahezu. Der Kontrast zu ihrem Leben mit Frank wurde noch deutlicher. Dieser Ort, wo jetzt nur noch ein Loch voller schmerzlicher Erinnerungen vorhanden war, der Ort, von dem sie dachte, es sei ihr Zuhause, fühlte sich so fern an. Und fremd.

Irene atmete tief ein, kämpfte gegen die Schmerzen in ihrem Bauch an. Wie nennt sich dieses Gefühl, das so weh tut?, fragte sie sich im Stillen.

Orientierungslosigkeit antwortete die Stimme im Kopf.

Beweg dich!, hörte sie daraufhin wieder und sie folgte. Erneut.

Irene lief in ihr Zimmer und kramte nach ihrem Laptop und ihrem Telefon. Sie packte beide Geräte und lief wieder in den Garten. Sie suchte sich einen Platz im Schatten, nicht zu nah bei Nana, um sie nicht aufzuwecken.

Ihr Computer fuhr hoch und die Nervosität, die sie dabei spürte, pulsierte durch ihren gesamten Körper. Kurz schloss sie die Augen, atmete tief durch und erstellte im Kopf eine Liste an Dingen, die sie machen musste, um ihre Angelegenheiten in Ordnung zu bringen. Sie sortierte diese nach Prioritäten und begann mit der Arbeit.

Als erstes bestellte sie sich ein neues Telefon, das in den kommenden Tagen an Nanas Adresse geliefert werden würde. Dann richtete sie eine Rufumleitung von ihrem Firmenhandy zur Telefonnummer der Agentur ein. Sollte Stella nun all ihre Anrufe entgegennehmen.

Als nächstes stornierte sie den Dauerauftrag, mit dem sie monatlich ihren Anteil an der Miete und dem Haushalt ihrer gemeinsamen Wohnung an Frank überwiesen hatte.

Sie legte sich eine neue E-Mail-Adresse an und schrieb einem Rechtsanwalt, mit dem sie vor einigen Jahren eine markenrechtliche Angelegenheit für einen Kunden geklärt hatten. Sie bat ihn darum, sich um ihre Kündigung und Auszahlung aus der Firma, die sie ja gemeinsam mit Frank besaß, zu kümmern.

Während sie sich einen Kaffee mit Eiswürfeln machte, überlegte sie, ob sie ihre Kunden informieren sollte. Sie war seit beinahe zwei Tagen durchgehend für niemanden erreichbar gewesen. Der Großteil ihrer Kundenkontakte war sicher bereits auf der Suche nach ihr bei Stella oder Frank oder einem ihrer anderen Mitarbeiter gelandet. Da gab es nichts mehr zu retten.

Sie brachte ein kühles Glas Wasser mit auf die Terrasse und stellte es neben die schlafende Nana, die sicher bald mit Durst aufwachen würde. Dann setzte sie sich wieder an ihren Computer.

Sie schrieb dem IT-Verantwortlichen ihrer Firma, einem externen Einzelunternehmer, der 24 Stunden am Tag vor dem Computer zu verbringen schien. Irene bat ihn, ihre Agentur-Mail-Adresse einfach zu löschen, sodass jeder, der ihr schrieb, eine Fehlermeldung erhalten würde.

Der IT-Typ war natürlich dagegen und argumentierte hin und her, schlussendlich setzte sie sich aber durch.

Am Ende der Diskussion fand sie auch ein Mail des Rechtsanwalts in ihrer neuen Mailbox, der sie um einen Rückruf bat. Irene sprang von ihrem Stuhl auf und suchte frenetisch nach dem schnurlosen Festnetztelefon, das Nana immer noch hauptsächlich benützte.

Es dauerte 45 Minuten, bis sie mit dem Rechtsanwalt alle Details ihrer Anliegen durchbesprochen hatte, und sie dankte ihm im Stillen, dass er das Mitleid in seiner Stimme so gut wie möglich unterdrückte und sich hauptsächlich um die Erledigung ihres Auftrags kümmerte.

Irgendwann tappste Nana durchs Haus und rumorte in der Küche herum, aber Irene ließ sich nicht beirren. Immer mehr Erledigungen fielen ihr ein und kurz nach Ende des Telefonats mit dem Rechtsanwalt fand sie sich wieder auf der Terrasse und bestellte sich einen neuen Laptop. Dann arbeitete sie sich durch ihre Finanzen. Sie hatten gut gewirtschaftet, die Agentur hatte viel Gewinn abgeworfen und ihr persönlicher „Notgroschen" war so üppig, dass er ihre aktuellen Ausgaben ohne Probleme auffangen konnte. Sie konnte es sich auch leisten, einige Zeit lang nicht zu arbeiten.

Sie atmete tief durch, genoss den ersten Moment der Entspannung. Dann startete ihr Hirn wieder durch und erinnerte sie an weitere Erledigungen. Sie löschte all ihre Social Media-Profile, gänzlich unsentimental und ohne zu

Zögern. Sie tauchte ab, wollte nicht gefunden oder kontaktiert werden. Bis ihr neues Telefon und der neue Laptop geliefert wurden, gab es noch diese kleine Verbindung zu Frank, aber es konnte nicht lange dauern, bis auch dies ausgelöscht worden war.

Irgendwann würde sie sich auch darum kümmern müssen, ihre Sachen aus der Wohnung zu holen, aber diesen Gedanken verdrängte sie derzeit noch.

Als sie endlich ihren Laptop zur Seite legte, fühlte sie sich ausgebrannt. Die Schmerzen waren wieder da und sie atmete in kurzen Atemzügen, um dagegen anzukämpfen. Ihre Arme begannen zu zittern, aus der Tiefe ihrer Körpermitte heraus, als würde sie fiebriger Schüttelfrost überfallen. Sie bemühte sich, ruhiger zu atmen, das Zittern zu kontrollieren, aber es wollte ihr nicht gelingen. Ein frustrierter Schrei brannte ihr auf den Lippen, aber alles, was sie zustande brachte, war ein leichtes Seufzen als sie den Kopf in ihre Handflächen bohrte und sich mit den Ellbogen auf ihren Knien aufstützte.

Wenige Augenblicke später spürte sie Nanas Handfläche zwischen ihren Schulterblättern. Sie übte leichten Druck aus und die Stelle am Rücken wurde warm. Irenes Atem verlangsamte sich etwas.

„Wie nennt sich das Gefühl, das du gerade fühlst?“ fragte Nana. Wie früher.

„Schmerzen“, antwortete Irene.

„Genauer“, forderte Nana sie ruhig auf.

„Schock“, flüsterte Irene, „Enttäuschung.“ Sie atmete tief durch. „Niederlage.“ Tränen brannten hinter ihren

Augen, aber sie hielt sie zurück. Mit ihren Handflächen und leichtem Druck auf ihre Stirn.

Sie atmete noch zweimal tief durch, dann schüttelte sie Nanas Hand so freundlich wie möglich ab und stand auf.

„Haben wir Wein im Haus?"

9. Kapitel

Als die Weinflasche halbleer war, stand Otto plötzlich vor ihr. Nana hatte sich zurückgezogen, hatte Irene den Raum und die Ruhe gegeben, die sie glaubte, zu benötigen. Irene war daraufhin mit ihrem Weinglas und der geöffneten Flasche vors Haus gezogen, hatte sich in einem der Liegestühle dort ausgebreitet und die Kirschen im Baum gezählt, bis die Dämmerung einsetzte.

Dann war Otto da.

Er lachte, als er sie sah. Umarmte sie kurz.

„Was machst du da?“, fragte er.

„Ich betrinke mich mit Weißwein“, antwortete Irene mit einem Schulterzucken. Sie bot ihm ein Glas an, aber er schüttelte den Kopf.

„Wie geht's Bella?“, fragte Irene, um seinen Fragen auszuweichen. Otto lachte erneut kurz auf.

„You made her day“, sagte er leise und liebevoll.

„Das ist nett”, flüsterte Irene zurück und versuchte ein Lächeln. Als es ihr nicht wirklich gelang, nahm sie einen weiteren Schluck aus ihrem Weinglas.

Sie schwiegen eine Zeit lang und Irene erinnerte sich, dass dies immer eine der bestechendsten Eigenschaften ihrer Freundschaft mit Otto gewesen war. Man konnte mit ihm schweigen – ohne großes Drama. Er fragte nie nach, hielt die Gespräche immer an der Oberfläche und trotzdem wussten sie beide, dass sie im Notfall füreinander da sein würden.

„Also, was habe ich verpasst in der Zwischenzeit?“, fragte Irene bemüht leichthin.

Otto lachte auf.

„Ich bin jetzt Bürgermeister“, lachte er, als könnte er es selbst nicht glauben. Dann setzte er fort und nannte einige Namen, die Irene noch aus der Schulzeit kennen sollte, die bei ihr aber nur verschwommene Erinnerungen auslösten.

„Es sind einige neue Familien hergezogen,“ sagte Otto schließlich, „seit die Grundstückspreise in der Gegend so gestiegen sind, sind einige der Leute fort, die früher hier gelebt haben.“

Irene dachte nach. Sie wusste gar nichts aus dem Zeitraum zwischen ihres Weggangs und ihrer Rückkehr. Sie hatte jeglichen Kontakt zu Leuten von früher einschlafen lassen, sich von der Distanz wegziehen lassen und keinen Versuch unternommen, diese zu überbrücken.

Sie dachte an ihre Freundinnen aus der Schulzeit, beide lebten mittlerweile im Ausland. Katrin in Schweden und Marianne in London. Und auch das wusste sie nur von Facebook, sie hatten vor Jahren aufgehört, sich persönlich auf dem Laufenden zu halten.

Irene seufzte und wandte sich wieder Ottos Anekdoten aus der Stadt zu. Offenbar sind einige neue Geschäfte im Zentrum geplant und Bella dachte wohl daran, eine Filiale im Nachbarort zu eröffnen. „Es ist, als hätte es hier seit Jahren keinen guten Kaffee gegeben", lachte Otto, den Stolz in seiner Stimme über Bellas Erfolg nicht verbergend.

Kurze Zeit später setzte sich Nana zu ihnen und das Gespräch driftete in eine andere Richtung. Sie unterhielt sich mit Otto über einige Leute aus der Stadt und ihrer Umgebung und Irene hörte aufmerksam zu, bemüht, den einen oder anderen Namen vielleicht doch mit einem Gesicht zu verbinden, irgendwie eine Erinnerung auszulösen. Aber es strengte sie an.

„Irene hat heute Früh Tom aufgelesen", lachte Nana plötzlich auf, während sie eine weitere Flasche Wein öffnete.

Otto lehnte erneut ab, als Nana ihm ein Glas anbot.

„Was heißt ‚aufgelesen'?", fragte Otto lachend und sah Irene an.

„Er war sturzbetrunken am Hauptplatz unterwegs und hat mich angestänkert", sagte sie. Dass er sich neben ihr übergeben hatte, behielt sie für sich.

Nana lachte so sehr, dass ihr die Tränen übers Gesicht liefen, als sie erzählte, wie Irene mit Toms Hand auf ihrer Schulter in den Garten getrottet kam und er kurze Zeit später hier unter dem Kirschbaum eingeschlafen war.

„Ich habe ihn schon lange nicht mehr so gesehen", schloss sie ihre Erzählung.

Otto lachte mit ihr. „Ich war mit ihm gestern unterwegs, aber als *ich* nach Hause gegangen bin, war es noch finster."

Irene sah zu ihrem Weinglas und dann zu Otto, dann wieder aufs Weinglas.

„Trinkst du deshalb heute nichts?"

Er antwortete nicht, sah aber etwas schuldig drein. Offenbar war er noch vom Vortag verkatert.

„Bella war nicht glücklich", murmelte er vor sich hin, dann ergänzte er etwas lauter in Richtung Nana: „Lisa ist gerade hier, also musste er mal wieder raus …" Er ließ die Bedeutung in der Luft hängen, nachdem Nana wissend nickte. Irene wartete auf eine Erklärung, wer Lisa war und warum sich Tom deshalb betrinken musste, aber als diese nicht kam, redete sie sich ein, dass es sie ohnehin nicht interessierte.

Irene lehnte sich zurück und schloss ihre Augen. Sie hörte Nana und Otto weiterhin miteinander sprechen, bis ihre Stimmen sich langsam entfernten und leiser wurden. Sie sollte aufstehen und ins Bett gehen. Sie sollte aufhören, zu trinken. Sie sollte einschlafen und den Tag vergessen.

Und dann war es Nacht.

Irene wachte auf, weil ihr kalt war. Im Halbschlaf zog sie die Decke enger um ihren Körper, hin und her gerissen zwischen ihren Träumen und ihrer Umgebung. Sie spürte die ersten Anzeichen von Kopfschmerzen und das erinnerte sie an die Unmengen an Wein, die sie am Vorabend getrunken hatte. Wie war sie gestern in ihr Bett gekommen?

Gleichzeitig bemerkte sie, dass sie nicht in ihrem Bett lag und dass neben ihr leichtes Schnarchen zu hören war. Sie schreckte auf und versuchte, ihre Augen an die Dunkelheit zu gewöhnen. Offenbar saß sie immer noch vor dem Haus, von drinnen schimmerte ein schwacher Lichtschein in den Vorgarten. Hell genug, um zu sehen, dass sie offenbar jemand zugedeckt hatte.

Hell genug, um zu sehen, dass Tom (*Tom?!*) neben ihr saß und schlief.

Sie war durstig und verärgert, über sich selbst und über die Situation, in der sie sich befand. Jeder einzelne Moment, den sie seit der Entdeckung von Frank zwischen den Schenkeln ihrer Assistentin erlebt hatte, war eine Verhöhnung ihres bisherigen Lebensstils. Sie schien von einer kuriosen Situation in die nächste zu stolpern, jeder Augenblick so fern dessen, was sie sich für sich vorgestellt hatte. Irene wünschte sich, dass sie darüber lachen könnte. Anstelle dessen übermannte sie die Wut, angefeuert von der Übelkeit, die der beginnende Kater in ihrem Magen auslöste.

Irene fluchte lauthals in die Nacht hinein und bereute das sofort, sobald sie bemerkte, dass sie damit Tom aufgeweckt hatte.

Er rieb sich verschlafen die Augen, schien sich zu orientieren, wo er war und – als es ihm offenbar einfiel – drehte sich erschrocken zu Irene um. Sein Blick schien besorgt zu sein. Irene musterte ihn aufmerksam, zum ersten Mal richtig trotz ihrer vielen Begegnungen und schluckte, als sie das Kribbeln in ihrem Bauch bemerkte, das attraktive Männer bei ihr manchmal auslösten.

Echt jetzt?!

„Was machst du hier?“, fragte Irene unfreundlicher als sie es wollte.

„Dasselbe könnte ich dich auch fragen“, antwortete Tom. Seine verschlafenen Gesichtszüge verzogen sich und wurden ärgerlich.

„Ich *wohne* hier“, sagte Irene. Tom gab nur ein abfälliges „Pff!“ von sich.

„Gehst du immer in fremde Gärten und legst dich neben fremde Frauen?“

Tom sah sie ungläubig an. Dann sprang er auf, holte mehrmals tief Luft, als wollte er etwas sagen, stürmte dann aber ohne ein weiteres Wort los. Kurz vor Nanas Gartentor bremste er doch nochmals ab und kehrte zu Irene zurück.

„Ich bin hier vorbeigekommen und du bist hier allein gelegen“, seine Stimme war ein einziges wütendes Zischen, „du warst nicht munter zu bekommen, also bin ich sitzen geblieben, bis du aufwachst.“ Er fuhr sich mit der Hand übers Gesicht. „Offenbar bin ich dabei selbst eingeschlafen.“

Irene sah ihn fassungslos an. Er sah ihr direkt in die Augen und das wütende Blitzen darin wurde plötzlich von etwas anderem abgelöst. Frust womöglich. Sie ließ sich davon ablenken und antwortete nicht.

Ihr Schweigen ließ Toms Ärger erneut aufflammen und er trat ein paar Schritte zurück, fuhr sich dabei frustriert durch die Haare.

Dann drehte er sich um und stürmte endgültig davon.

10. Kapitel

Zwei Tage später fand sich Irene wieder auf ihrer Laufstrecke ein, bevor der Rest des Ortes erwachte. Die Sonne schien strahlend hell, wie es im Juni so ihre Art war und gab bereits einen Eindruck davon, wie heiß es auch heute wieder werden würde.

Irene lief entlang des Zauns, der Nanas Grundstück vor Einblicken von der Straße schützte. Tief in Gedanken versunken, im Bemühen sich zu erinnern, wo es hier in der Gegend schattige Laufwege geben könnte, bemerkte Irene erst spät, dass hinter ihr Laufschritte zu hören waren. Sie verlangsamte ihr Tempo und drehte sich für einen Moment um, gerade lange genug, um Tom zu erkennen, der langsam zu ihr aufholte.

„Guten Morgen", sagte sie, als er sich auf ihrer Höhe befand.

„Guten Morgen", antwortete Tom. Dann schwieg er.

Irene drehte sich mehrmals auf seine Seite, aber er blickte starr geradeaus und beschleunigte auch sein Tempo nicht.

Für einige Augenblicke trotteten sie nebeneinander her.

„Folgst du mir?“, fragte Irene, mit deutlich erkennbarem Spott in ihrer Stimme.

„Nein“, antwortete Tom kurz angebunden.

Irene bog in einen kleinen Weg ein, der die Hauptstraße für Fußgänger und Radfahrer mit einem Spazierweg entlang des schmalen Flusses, der sich quer durch die Stadt schlängelte, verband. Unter ihren Sohlen knirschte es leise im Rhythmus ihres Lauftempos. Dicht gefolgt von Toms beständigen Schritten, die sich an ihren Rhythmus anpassten.

Unter den schattenspendenden Bäumen holte Irene tief Luft. Das Atmen schien ihr hier leichter zu fallen und das regelmäßige Knirschen unter ihren und Toms Füßen, sofern es nicht vom Rauschen des Flusses übertönt wurde, beruhigte ihre Gedanken. Sie spürte, wie ihre Schultern lockererer wurden und sich der Druck rund um ihr Brustbein legte. Für einen Moment regte sich die Wut über ihre verschenkten Jahre an Frank, gemischt mit dem Schmerz der gekränkten Eitelkeit, aber sie schob beides zur Seite. Dafür war später wieder Zeit. Jetzt ging es darum, in Bewegung zu sein. Die Freiheit zu genießen, die Luft und die Natur. Das selbstbestimmte Tempo.

Falls Tom ihre innerlichen Gefühlsstürme bemerken sollte, ließ er sich nichts anmerken. Mit nahezu unveränderter Miene lief er neben ihr her, ließ ihr stets den Vortritt, sobald sie sich an einer engeren Stelle des Weges befanden, aber holte jedes Mal gleich wieder auf, wenn es möglich war, nebeneinander zu laufen.

Nach einigen Minuten war in der Ferne eine Weggabelung zu erkennen. Irene erinnerte sich daran, dass man bei der Abzweigung nach rechts zurück ins Stadtzentrum gelangte, war sich aber nicht mehr sicher, wohin man über den links gelegenen Weg kam.

Tom hob seinen linken Zeigefinger und deutete Irene, diesen Weg zu nehmen.

„Ich kenne den Weg nicht", sagte Irene.

„Ich aber", sagte Tom.

Irene drehte die Augen über, bog aber dennoch wie geheißen ab.

Sie folgten einem Treppelpfad, der immer schmäler wurde und schließlich zwischen zwei Thujenhecken durchführte. Irgendwo hustete jemand, das erste und einzige Lebenszeichen an diesem frühen Sommermorgen, das ihnen begegnete. Ansonsten vibrierte die Luft voller Vorfreude auf den Sommer: Insektensummen und das leichte Rauschen der Blätter und Wiesen, die sie umgaben, immer wieder unterbrochen von ihren Laufschritten und dem dazu gehörenden Atmen.

Als die Hecken und der kleine Pfad endeten, eröffnete sich plötzlich ein weites, ununterbrochenes Stück Land vor Irene. Überrascht blieb sie stehen, so unerwartet, dass Tom Mühe hatte, rechtzeitig auszuweichen. Wie um sich abzustützen und um gleichzeitig sicherzustellen, dass sie nicht hinfiel, hielt Tom ihre Oberarme fest, bevor er sich schnell an ihre vorbedrückte. Aber die Berührung kribbelte über Irenes Haut, lief ihr bis in den Nacken und sie schüttelte ihre Arme, um die Gänsehaut loszuwerden.

Was war denn das?

Tom blieb ahnungslos neben ihr stehen und sah zu ihr, während sie langsam aus dem Taumel auftauchte. Irene blickte sich um. Vor ihr erstreckte sich eine Vielzahl an Weinbergen so weit das Auge reichte. Sie war noch niemals hier gewesen und sie brauchte einige Minuten, bis sie sich orientieren konnte.

Irene erkannte Nachbarortschaften und Schlösser, Kirchen sowie Burgen der Umgebung. Sie sah, dass am Horizont einige kleine, harmlose Wolken zu sehen waren. Sie roch frisch gemähtes Gras und spürte die Sonne direkt auf ihrer Haut. Ein Zug schlängelte sich recht weit entfernt zwischen zwei Ortschaften hindurch und Irene meinte, das beständige Surren der Schienen hören zu können. Irgendwo weit entfernt hämmerte jemand. Ein Hund bellte kurz auf. Wieder rauschte der Wind leicht durch die Blätter und wenn man sich anstrengte, hörte man auch das Rauschen des Flusses, den sie eigentlich gerade eben erst hinter sich gelassen hatten.

Irene atmete tief ein, spürte die Ruhe, die sich in ihrem Bauch niederließ, ausgelöst von dem ambivalenten Gefühl des Unbekannten gemischt mit der Vertrautheit aus ihrer Kindheit. Sie hatte gedacht, sie hätte alles vergessen.

Irene drehte sich zu Tom, der mit geschlossenen Augen neben ihr stand, die Arme in die Seiten gestützt und noch leicht schnaufend von ihrem Lauf. Er war deutlich größer als sie und – ähnlich wie sie – mit Laufshorts und einem ärmellosen Shirt bekleidet. Seine blonden, leicht gewellten Haare klebten verschwitzt am Haaransatz, was ihn nicht weniger attraktiv machte.

Irene hatte das Gefühl, sie nahm sich das erste Mal die Zeit, ihn *tatsächlich* anzusehen und an der steigenden Nervosität in ihrem Bauch merkte sie, dass ihr gefiel, was sie hier sah. Sein gesamter Körper wirkte muskulös, aber nicht übermäßig, eher drahtig und kräftig. Tom war jetzt schon leicht gebräunt, obwohl der Sommer gerade erst begonnen hatte. Er wirkte wie jemand, der oft in Bewegung war. Oft auch draußen in der Natur.

Als ob er es merken würde, dass sie ihn musterte, drehte Tom sich zu ihr und öffnete seine Augen. Irene verschlug es von dem warmen, satten Braunton seiner Augen den Atem und selbst, wenn sie es gewollt hätte, hätte sie den Blick nicht abwenden können. Irgendeine unbekannte Kraft hielt sie fest. Für einen Moment flackerte etwas wie Überraschung über Toms Gesicht, wurde aber schnell von freundlichen Lachfalten rund um seine Augen und einem fast schüchternen, aber einladenden Lächeln abgelöst.

Hatte er sie in all den Begegnungen bisher noch nie angelächelt?

Irene hatte das Gefühl, sie stand vor einer neuen, fremden Person. Verschwunden war der grantige, ungehaltene oder betrunkene Tom, der ihr Vorwürfe machte und auf jede ihrer Äußerungen unwirsch reagierte. Vor ihr stand ein attraktiver, freundlicher Sportler, der ihr einen der schönsten Flecken Landschaft gezeigt hat, mit seiner beharrlichen (und unaufgeforderten) Begleitung während ihres Morgenlaufs.

Irene riss sich aus ihrer Verwunderung, schüttelte den Kopf und um sich abzulenken, suchte sie ihr nigelnagelneues Telefon aus der kleinen Tasche, die sie sich um den Bauch gebunden hatte, und begann ein paar Fotos von der Aussicht zu machen.

In den wenigen Minuten, die sie hier verbrachten, sprachen sie weiterhin nichts miteinander. Tom beobachtete Irene beim Fotografieren und nachdem sie ihr Telefon wieder eingepackt hatte, deutete er mit einem Kopfnicken an, dass sie wieder zurücklaufen sollten. Was sie auch machten.

Der Rückweg führte sie durch die Stadt, wo sie nun doch nach und nach auch andere Personen trafen. Menschen, die ihre Hunde Gassi führten, sowie Mitarbeiter der Müllabfuhr, die sich in Bellas Laden im Stadtzentrum einen Kaffee holten. Man wünschte sich einen guten Morgen und lächelte sich zu. Irene schmunzelte über die unverhohlene Neugier, die ihr aus allen Augen der Menschen, die ihnen begegnet waren, entgegenstrahlte. Es würde nicht mehr lange dauern, bis jeder im Ort wusste, dass sie wieder bei Nana wohnte.

Tom begleitete sie bis zu der kleinen Gasse, die an Nanas Grundstück vorbeiführte, also zu jener Ecke, an der sie sich zu Beginn des Laufs begegnet waren. Irene wusste, dass der Weg zu jenem blauen Haus führte, das an Nanas Garten grenzte und von der Terrasse auf der Rückseite des Hauses zu sehen war.

Irene erinnerte sich daran, dass sie Nana fragen wollte, was aus dem Ehepaar geworden war. Vor allem als Tom genau in diese Gasse abbog und das Haus der alten Nachbarn ansteuerte.

Tom nickte kurz zur Verabschiedung und wandte sich von ihr weg.

„Wohnst du da?“, fragte Irene laut, damit er sie nicht überhörte.

Tom blieb stehen und drehte sich zu ihr um.

„Ja“, sagte er leise.

„Seit wann?“, fragte Irene.

„Seit ein paar Jahren“, antwortete Tom ungeduldig. Auf seiner Stirn bildete sich eine Falte, die seine Ungeduld nur noch zu unterstreichen schien.

Irene runzelte daraufhin auch ihre Stirn. Sie wurde nicht schlau aus ihm. Einerseits schien er den Lauf mit ihr genossen zu haben, auf der anderen Seite gelang ihm keine einzige freundliche Konversation.

„Du redest nicht so gern, oder?“, sagte Irene dann, als hätte Tom ihre Gedanken hören können.

Überraschenderweise entfaltete sich daraufhin aber seine Stirn und zeigte einen Anflug eines Lächelns. Allerdings antwortete Tom nicht, sondern winkte nur nachlässig und drehte sich um, um nach Hause zu gehen.

Kopfschüttelnd, aber lächelnd kehrte Irene in Nanas Haus zurück, in dem sie bereits von frischem Kaffeegeruch empfangen wurde.

11. Kapitel

In den darauffolgenden Tagen entwickelte sich ein unerwarteter Tagesablauf, den Irene so nach und nach immer mehr zu schätzen lernte.

Sie begann ihre Tage mit einem frühen Morgenlauf, zu dem sie Tom jeden Tag begleitete. Ohne mit ihr zu sprechen, ohne ein Wort der Erklärung. Ohne Freundlichkeiten, aber auch ohne bissige Kommentare, wie es in den ersten Tagen nach ihrer Ankunft der Fall gewesen war.

Nach einem irritierend stillen, zweiten gemeinsamen Lauf entlang des Flusses zu den Weingärten und wieder retour entschied Irene, sich über diese unausgesprochene, neue sportliche Freundschaft mit Tom nicht weiter zu wundern und einfach die Ruhe und die Bewegung in der Natur zu genießen. Angefeuert vom Rhythmus ihrer Laufschritte und ihrer leicht erhöhten Atemfrequenz ließ Irene ihren Gedanken freien Lauf und nach wenigen Tagen wurden diese ersten Laufkilometer, die sie jeden Morgen abspulte, ein Ort der Entspannung. Die Anspannung und die Verletzung ihrer Erlebnisse waren zumindest in diesen friedlichen Momenten des Laufens mit Tom vergessen.

An manchen Tagen variierte Tom ihre Laufroute, jeweils mit einem leichten Schwenk seines Zeigefingers und Irene ignorierte ihre eigene Beobachtung, dass sie Tom genug vertraute, um die neuen Wege nicht infrage zu stellen. Nach einigen Morgenläufen bemerkte Irene auch, dass sie begann, sich auf die Treffen zu freuen.

Natürlich nur, weil sie jeden Tag ein köstliches Frühstück von Nana bei ihrer Rückkehr erwartete.

Das antwortete sie jedenfalls, als Nana sie fragte, warum sie denn täglich lief. Irene beschloss, das leichte Zwinkern in Nanas Augen zu ignorieren und holte zu einem kurzen Vortrag über die Gesundheit von Bewegung aus.

Die Vormittage verbrachte Irene mit Erledigungen für sich oder für Nana. Sie besorgte Lebensmittel, stöberte durch die Neuerscheinungen im „Seitenweise", organisierte einen Handwerker für eine verstopfte Toilette im Gäste-WC oder mähte den Rasen. Sie probierte neue Rezepte aus – Limonaden oder Salatvariationen etwa, die zur Hitze der Sommertage passten. Wenn sie Zeit hatte, besuchte sie Bella in einem ihrer Cafés und tratschte mit ihr über ihre Beobachtungen und Entdeckungen während ihrer Laufrunden oder über ihre allgemeinen Erledigungen. Die Einfachheit ihrer Tätigkeit begeisterte Irene und sie merkte, wie ihr die Tage leichter erschienen.

Ihre Nachmittage verbrachte Irene lesend im Garten, manchmal notierte sie sich einzelne Gedanken in ihr Tagebuch oder philosophierte mit Nana über Aktuelles, das sich auf der Welt tat. Abends fanden sie sich oft in der Küche wieder, wo sie gemeinsam das Abendessen zubereiteten und Nana jedes Mal scherzte, dass sie bald ein Restaurant eröffnen konnten, nachdem sich die Qualität ihrer Küche durch Irenes Anwesenheit derart gesteigert hatte.

Etwa zwei Wochen nach ihrer Ankunft am Ort ihrer Kindheit fand sich Irene erneut frühmorgens an jenem Straßeneck wieder, an dem sie üblicherweise Tom traf. Normalerweise wartete er immer – unaufgefordert – auf sie, aber an diesem Tag konnte sie ihn noch nicht sehen, solang sie an Nanas Zaun entlang lief. Unbewusst verlangsamte sie ihre Schritte und hielt sogar an, als sie die Höhe ihres üblichen Treffpunkts erreichte.

Irene zögerte.

Sollte sie hier auf Tom warten? Oder war er ihrer gemeinsamen Ausflüge nun doch wieder überdrüssig geworden?

Sie ging ein paar Schritte, drehte aber dann wieder um. Sie sah auf ihre Uhr – sie war pünktlich wie immer. Sollte sie bei ihm anläuten und nachfragen?

Irene schüttelte vehement den Kopf und begann mit leichten Sprüngen am Stand ihre Muskeln in Bewegung zu halten.

Die Luft war stickig und schwül, über Nacht hatte es kaum abgekühlt. Es würde einer dieser Tage werden, die die Feuchtigkeit bis zur Unerträglichkeit ansteigen lassen würden, bis sich die Spannung in den Abendstunden in einem Unwetter entlud. Ein typisch heißer Junitag, der den Sommer unendlich und unerträglich erscheinen ließ.

Irene ließ weitere Minuten vergehen und gerade, als sie beschlossen hatte, doch allein weiterzulaufen (und die Enttäuschung darüber zu ignorieren), sah sie Tom durch seinen Vorgarten joggen, beide Hände vor seinem Gesicht zu Fäusten geballt, eine eindeutig wütende Geste. Irene meinte sogar, einen frustrierten Schrei zu hören, aber um es genau zu hören, war er etwas zu weit weg. Fasziniert unterbrach sie ihr Warm-up und lehnte sich an den Kastanienbaum, unter dessen Schatten sie Zuflucht gesucht hatte. Sie beobachtete, wie Tom in die Gasse einbog und seine Hände vor sich ausschüttelte, als wollte er etwas Klebriges daran loswerden. Aus irgendeinem Grund musste Irene grinsen und sie lächelte immer noch, als Tom sich mit einem bemüht gelassenen Gesichtsausdruck näherte, der ihm nicht sonderlich gut gelang. Er dürfte so in Gedanken gewesen sein, dass er sie erst sehr spät bemerkte. Die Überraschung in seinem Gesicht wurde von einem kurzen Lächeln und dann von einem skeptischen Blick abgelöst. Irene grinste wieder.

Sie nahm das Lauftempo auf und wie gewohnt liefen sie schweigend nebeneinander her. Als sie die kühle Promenade neben dem Fluss erreichten, siegte Irenes Neugier und sie durchbrach das erste Mal seit ihren ersten Laufausflügen das gemeinsame Schweigen.

„Schwieriger Morgen?“, fragte sie leichthin und erhielt ein grantiges Grunzen als Antwort.

Irene lachte auf.

Sie dachte daran zurück, als sie Tom an einem ihrer ersten Morgen hier im Ort betrunken aufgelesen hatte und Otto am selben Abend eine Lisa erwähnt hatte. Irene hatte daraus geschlossen, dass dies Toms Freundin war.

„Probleme mit Lisa?“, fragte sie daher leichthin und etwas nervös, da sie nicht alle Fakten kannte.

Tom wandte sich ihr überrascht zu, ließ dann seine Augen schmäler werden, um seine Irritation zu unterstreichen. Natürlich ohne das Lauftempo zu reduzieren.

„Mehr oder weniger“, antwortete er und schnaubte ärgerlich: „Der Kleinstadttratsch hat dich ja schnell erreicht.“

„Nein“, sagte Irene mit bewusst ruhiger Stimme, um seinen Grant zu mildern. „Ich habe nichts gehört und nichts gesehen. Nur einmal einen Namen aufgeschnappt.“

Sie berührte Toms Unterarm, um ihre Worte zu unterstreichen und wurde beinahe aus dem Tritt gebracht. Die Luft schien zu knistern bei ihrem Kontakt und Irenes Hirn fokussierte nur mehr auf die Wärme unter ihren Finger und der wie elektrisch aufgeladenen Haut von Toms Unterarmen.

Seinen Unterarmen!

Erschrocken zuckte Irene zurück und räusperte sich, um sich und Tom abzulenken. Aus den Augenwinkeln nahm sie wahr, wie er mit seiner rechten Hand leicht über jene Stelle strich, an der sie ihn gerade eben noch berührt hatte, und dann seinen Kopf schüttelte.

Irene bemühte sich, in ihre übliche meditative Konzentration des Morgenlaufs zu finden, aber es wollte ihr diesmal kaum gelingen. Warum musste sie ihn auch berühren? Warum hatte sie sich überhaupt eingemischt?

Vielleicht war er absichtlich später losgelaufen, um nicht mehr mit ihr laufen zu müssen.

Irene verdrehte innerlich die Augen über die Negativspirale ihrer Gedanken, die ihr Hirn so perfekt meistern konnte. Während ihrer Zeit mit Frank (wie sie die Jahre, die sie in der Stadt verbracht hatte, seit Kurzem nannte) gab es mehrmals täglich negative Irrläufe, die nur in ihrem Kopf stattgefunden hatten. Meist in Verbindung mit Problemen, die ihre Kunden hatten oder ihnen gemacht hatten. Aber jedes Mal aufs Neue destruktiv.

Während sie neben dem wieder ins Schweigen verfallene Tom unter den Schatten spendenden Bäumen lief und sich den leicht kühlen Hauch des Flusses bewusst machte, fielen Irene zwei Dinge auf: Erstens, sie hatte sich seit ihrer „Flucht" aus der Stadt aus kaum einer der Negativ-Gedankenspiralen herausziehen müssen, schlichtweg weil sie einfach keine dieser destruktiven Anfälle mehr hatte. Die zweite Erkenntnis war etwas schwerwiegender. Ihre negativen Gedankenläufe hatten sich meistens mit Kunden- und Agenturthemen auseinandergesetzt. Niemals mit Frank. Obwohl er – jetzt im Nachhinein betrachtet – als einziger tatsächlich Anlass dazu gegeben hätte. Der Frust über ihre eigene Blindheit nistete sich in ihrem Magen ein und sie schnaufte mehrmals empört, um die Spannung in ihrem Bauch zu lockern. Tom sah zu ihr und sie bemühte sich um ein neutrales Gesicht, das ihr kaum gelingen mochte. Als sie ihren Blick zu ihm wandte, sah er sie fast entschuldigend an.

„Schau mich nicht so an“, sagte sie ärgerlicher, als sie wollte.

„Ich wollte dich nicht verärgern“, sagte Tom, als sie den bekannten Schleichweg einschlugen, der sie zu jener Aussichtsstelle brachte, an der sie an ihrem ersten gemeinsamen Lauftag gewesen waren.

„Ich weiß“, sagte Irene, immer noch mit grantiger Ungeduld in ihrer Stimme. „Es geht mich ja wirklich nichts an, was du in der Früh machst. Das nächste Mal, wenn du nicht am Straßeneck stehst, laufe ich einfach allein weiter.“ Sie klang vorwurfsvoller, als sie wollte, aber ihr fiel nicht ein, wie sie hätte zurückrudern können. Sie kannte Tom einfach nicht und seine Einsilbigkeit half ihr natürlich auch nicht weiter.

Was kümmerte sie das auch? Er war ja derjenige, der sich bei ihren Läufen aufgedrängt hatte!

Sie erreichten die Stelle, an der sie über die Weingärten und Hügel der Region blicken konnten und unabgesprochen verlangsamten sie beide ihr Tempo und suchten den Schatten eines Zwetschkenbaums, der ein Stück abseits stand. Irene merkte, wie ihre Kleidung verschwitzt am Körper klebte und sie heftiger atmete als sonst. Tom hatte heute das Tempo vorgegeben und war – vermutlich aus Ärger – schneller gelaufen als sonst. Aber auch er war mehr außer Atem als normalerweise.

„Geht’s dir jetzt besser?“, fragte sie leicht schnaufend.

Tom musterte sie erst, dann nickte er.

Irene spürte, wie ihre Muskeln warm ausstrahlten und sich die Hitze des Tages um ihre Beine legte.

Sie schwitzte. Und sie genoss das Gefühl.

Ihr Körper merkte die Anstrengung und das gab ihr eine eigene Form von Zufriedenheit, die die Irritation von vorhin verschwinden ließ.

Irene fühlte sich kräftiger als unmittelbar nach dem Aufstehen, als hätte sie bereits etwas Wichtiges erledigt, als hätte sie bereits ein bedeutsames Ziel erreicht. Noch dazu, ohne sich allzu sehr überwinden zu müssen.

Sie schloss ihre Augen und horchte auf ihren Puls, der durch ihren Körper pochte, und nahm die Leichtigkeit war, die sie nach fast jedem Lauf spürte. So vieles schien möglich, bewältigbar, erreichbar, wenn sie lief.

Unwillkürlich lächelte sie und atmete mehrmals tief ein.

Als sie wieder etwas mehr Luft bekam, hob Irene ihren Blick und bemerkte, dass Tom sie mit einem undefinierbaren Gesichtsausdruck beobachtete. Wenigstens sah er nicht mehr grantig aus, dachte Irene, also lächelte sie ihm zu.

„Ich wollte mich vorhin nicht einmischen", begann sie schließlich ein weiteres Mal, „ich kenne auch keinen Tratsch." Sie lachte auf, als ihr einfiel, dass sie von Tom so gut wie gar nichts wusste. „Ich weiß nicht einmal, wo du arbeitest!", rief sie daher aus.

Und trotzdem lief sie jeden Tag in der Früh mit ihm einige Kilometer, um aufzuwachen. Um ihren Körper zu spüren.

Worauf basierte ihr Vertrauen? Ihre ersten paar Begegnungen waren keinesfalls positiv oder gar vertrauenserweckend gewesen. Aber er war ein Freund von Nana. Ihre Verbindung war eng genug, dass er von ihrer langen Abwesenheit gewusst hatte. Und schließlich war er es, den Nana zum Bahnhof geschickt hatte. Scham überfiel sie, wenn sie daran dachte, wie sie nach so vielen Jahren betrunken auf Nanas Türschwelle erschienen war. Und nicht einmal allein in ihr Bett gefunden hatte.

Als Tom auf ihren neuerlichen Versuch, ein Gespräch aufzunehmen, wieder nicht reagierte, drehte sich Irene um und konzentrierte sich auf die Weingärten, die wenige Meter vor ihr begannen. Sie entdeckte Rosen, die sich am Beginn der Weinstöcke hochrankten und in unterschiedlichen Farben blühten. Ohne nachzudenken, ging sie darauf zu und beobachtete gedankenverloren die wunderschönen Blüten und jene Knospen, die aussahen, als würden sie jeden Moment bersten.

Sie hörte Toms Schritte hinter sich und ohne sich umzudrehen, spürte sie, dass er nah hinter ihr stehengeblieben war.

„Ich arbeite im ‚Outdoorsy'", sagte Tom leise und erwähnte dabei das Sportgeschäft, das einen großen Teil des Einkaufszentrums einnahm. „Und Lisa ist meine Schwester."

Irene drehte sich um und lächelte ihn an.

Sie hielt ihm ihre Hand hin.

„Freut mich, dich kennenzulernen," sagte sie freundlich und meinte es so, „ich habe bis vor Kurzem in meiner eigenen Agentur gearbeitet, bis ich meinen Co-Geschäftsführer, der auch mein Lebensgefährte war, dabei erwischt habe, wie er sein Gesicht zwischen die Beine der Empfangsassistentin gesteckt hatte. Im Konferenzraum natürlich."

Irene hob ihren Kopf, den mitleidigen Blick Toms erwartend. Aber er sah sie nur amüsiert an, die Augenbrauen leicht erhoben. Dann griff er nach ihrer Hand.

Wieder knisterte es leicht zwischen ihnen, aber diesmal breitete sich die Wärme seiner Haut über die Handflächen fast beruhigend aus. Für einen Augenblick hatte Irene das Gefühl, mehr Luft zu bekommen. Mehr als in all den Jahren zuvor.

Toms Augen blitzten leicht auf, die Bestätigung eines stillen Einverständnisses zwischen ihnen, und Irene lächelte ihn erneut an, während Tom ihre Hand leicht drückte.

„Willkommen zu Hause", sagte Tom und in Irenes Bauchgegend zitterte es leicht ob seiner interessanten Wortwahl.

Den gesamten Nachhauseweg über spürte Irene die beruhigende Wärme seiner Berührung im ganzen Körper. Als sie das Straßeneck erreichten, an dem sich ihre Wege trennen würden, blieb Irene stehen.

„Bis morgen", sagte sie leise.

„Bis morgen", sagte Tom und nickte bestätigend.

Wieder lächelte er.

12. Kapitel

„Und er redet mit dir kein Wort?“, fragte Bella noch einmal ungläubig.

Irene schüttelte lächelnd den Kopf, dann zog sie die Schultern hoch, beinahe entschuldigend, eher ratlos.

Bella lehnte sich lachend zurück.

„Vielleicht hat er auch zu wenig Luft, um während des Laufens zu sprechen“, sagte Irene und stellte sicher, dass Bella am Blinken in ihren Augen erkannte, dass sie scherzte.

Bella lachte.

„Vermutlich“, sagte sie.

Sie erhob sich und nahm dabei ihre beiden Kaffeetassen mit der geübten Geste der Coffee-Shop-Betreiberin in die Hand und fragte Irene, ob sie noch eine Tasse trinken möchte. Irene nickte erfreut.

Es war kurz vor Mittag und sie war nach ihrem Besuch am Markt mit ihren Einkäufen in Bellas Café am Hauptplatz gestolpert. Der Schanigarten war gut gefüllt, auch weil dieser Teil des Platzes am Vormittag im Schatten lag und man sich dort von der stechenden Junisonne erholen konnte.

Irene lehnte sich mit einem tiefen Atemzug zurück und fuhr sich mit den Fingern durch ihre Haare. Sie genoss den Geruch hier am Land. Die Luft wirkte frischer als in Wien, trotz der Hitze. Der Springbrunnen in der Mitte des Platzes übertönte die Gespräche ihrer Sitznachbarn soweit, dass sie nur von geschäftigem Gemurmel umringt war. Die Wärme der Luft umhüllte sie wie eine Decke. Irene freute sich auf den Nachmittag im Garten und auf ihr Buch, das sie gestern Abend an einer interessanten Stelle weggelegt hatte, weil ihr trotz der Spannung bereits immer wieder die Augen zugefallen waren.

Selten in ihrem Leben war sie so regelmäßig so früh schlafen gegangen wie hier, in Nanas Haus. Die Regelmäßigkeit in Nanas Tagesablauf, die sich immer wieder wiederholenden Essenszeiten, der Gruß zur Nacht zur gleichen Zeit nach den Nachrichten, hatte Irene eingelullt und ihre Tage in vorhersehbare Zeitzonen unterteilt. Nach der ersten Woche in Nanas Tagesrhythmus war Irene bereits aufgefallen, wie viel Stress ihr bisheriges, mit Terminen vollgestopftes Leben verursacht hatte. Und es waren gar nicht die Termine selbst, die so viel Aufmerksamkeit verlangt hatten, sondern die Vereinbarung dieser und das Herumschieben von bereits fixierten Meetings, Lunches oder Abend-Events. All dies war nun weggefallen und durch einen sich beständig wiederholenden Rhythmus ersetzt worden.

Das Aufstehen in der Früh fiel ihr mittlerweile noch leichter als zuvor. Seit einigen Tagen trieb sie nicht mehr die Unruhe ihrer chaotischen Lebensumstände aus dem Haus, sondern vielmehr die Gewohnheit und das Wissen um ein angenehmes Gefühl nach einem Lauf durch die Natur. Die Anstrengung des Laufens wärmte ihre Muskeln meist den ganzen Tag und gab ihr das Gefühl, etwas Sinnvolles gemacht zu haben.

Mehr als je zuvor.

Irene schüttelte den Kopf über ihre Gedanken. Sie bemerkte Bellas neugierigen Blick, als diese sich mit zwei frisch zubereiteten Kaffees wieder zu ihr an den Tisch setzte.

Irene lächelte ihr zu.

Sie mochte Bella und die Gespräche mit ihr. Sie mochte auch, dass Bella sich fast jedes Mal Zeit nahm, um sich mit ihr in den Schanigarten zu setzen und über alles und nichts zu plaudern, wenn sie zu ihr ins Geschäft kam. Manchmal berieten sie, wo man die frischesten Melanzani besorgen konnte, manchmal tauschten sie sich über eine politische Neuigkeit aus, manchmal erzählte Bella eine lustige Anekdote aus dem tief in der Stadt verwurzelten Haushalt, den sie mit Otto führte. Irene nannte sie häufig „First Lady", woraufhin Bella jedes Mal rot wurde. Warum auch immer.

An einem besonders ruhigen Vormittag hatte Irene ihr auch in wenigen Sätzen erzählt, warum sie Wien und ihr

Leben dort zurückgelassen hatte. Bella hatte ihr ruhig und verständnisvoll zugehört, dann war sie aufgestanden und hatte Irene ein *Pain au Chocolat* gebracht, das noch leicht warm gewesen war.

„Ich gebe dir das jetzt“, hatte Bella leise gesagt, „damit ich alle Regeln der Höflichkeit einhalte und du vielleicht nicht bemerkst, dass ich deine Geschichte nicht kommentiere.“ Dann hatte sie sich von einer erstaunten Irene weggedreht, war aber nach nur zwei Schritten wieder stehengeblieben und zu Irene, die sich immer noch nicht bewegt hatte, zurückgelaufen. Bella hatte sie fest umarmt und mehrmals betont, wie froh sie sei, dass Irene wieder da sei.

Damit war das Thema erledigt gewesen.

„Ich komme nicht drüber hinweg, dass Tom dich seit Tagen –“

„Wochen“, unterbrach Irene, nachdem Bella ihr Gespräch wieder aufgenommen hatte.

„– dich seit Wochen beim Laufen begleitet und kein Wort spricht und du bis heute nichts davon erzählt hast!“ Bellas Stimme war beim Sprechen immer lauter geworden.

„Nun ja, er spricht ja nicht! Es gibt nicht viel davon zu erzählen!“ Irene lachte über ihren eigenen Witz und Bella lächelte etwas mitleidig.

„Warum hat mir noch niemand sonst davon erzählt?“, fragte Bella dann leise wie für sich allein. Sie setzte ein nachdenkliches Gesicht auf. „Hat euch niemand gesehen?“

„Oh doch, immer wieder mal“, antwortete Irene, „aber vielleicht sind wir einfach nicht interessant genug für den Tratsch?“

Bella lachte und sah sie nun unverhohlen mitleidig an.

„Also bitte!“ Sie klang fast vorwurfsvoll. „Nanas verschollene Ziehtochter taucht ohne Vorwarnung – und ohne Erklärung! – wieder hier auf und läuft täglich mit dem populärsten Single der Stadt über Stock und Stein. Das bietet derart viele Möglichkeiten für Spekulationen, den Leuten müsste schon der Mund trocken werden vor lauter Tratsch!“

Irene lachte auf und zuckte erneut mit den Schultern.

„Es ist nichts Besonderes“, sagte sie zu Bella, hauptsächlich um sich davon abzulenken, wie sehr sie die Information, dass Tom Single war, interessierte. „Ich weiß wirklich nicht, warum er das macht. Er war anfangs so unfreundlich zu mir!“ Sie schnaufte kurz empört auf in der Erinnerung an ihre ersten Begegnungen. „Und er redet immer noch nicht mit mir!“

Bella machte eine wegwerfende Handbewegung. „Tom hat noch nie viel gesprochen. Außer wenn es um sein Geschäft geht, dann legt er los. Wenn er dir Equipment erklärt zum Beispiel, ist er kaum zu bremsen …“ Bellas freundliches Gesicht wurde von einem listigen Schatten überzogen. „Warst du schon mal in seinem Shop?“, fragte Bella.

„*Sein* Shop?“, fragte Irene verwirrt.

„Ja! ‚Outdoorsy‘! Das wusstest du ja wohl!“

„Nein! Also, ja! Aber: Nein!" Irene musste über sich selbst lachen. „Er hat mir nur gesagt, er arbeitet dort!"

Bella schüttelte den Kopf und lachte still vor sich hin. Irene meinte auch, dass sie etwas wie „Typisch Tom" vor sich hinmurmelte.

Sie lächelte Irene an. „Das ‚Outdoorsy' gehört Tom. Nach der Schule war er einige Jahre weg, um zu studieren, ist dann aber zurückgekommen, hauptsächlich wegen Lisa, glaube ich." Bella verlor sich kurz in Gedanken und Irene fragte nicht weiter nach.

„Jedenfalls", begann Bella von Neuem, „jedenfalls hatte er anfangs nur einen Materialverleih am Fuße der Kletterwand – du weißt schon, hinten in der Klamm. Nach einiger Zeit hat er aus einem Zelt heraus Sachen verkauft. Für einige Jahre hatte er dann das Mini-Geschäft im Einkaufszentrum angemietet, in dem jetzt das zweite ‚Kaffeekränzchen' ist. Bis er dann die riesige Fläche im Zentrum übernommen hat." Bella sah Irene eindringlich an. „Er ist wahnsinnig erfolgreich mit seinem Geschäft. Er war rechtzeitig vor Ort mit seiner Idee und hat den Leuten hier langsam beigebracht, wie komfortabel es ist, Wander- und Sportkleidung gleich hier kaufen zu können, anstatt nach Graz fahren zu müssen."

Irene nickte interessiert. Auch sie hatte an ihrem ersten Tag im „Outdoorsy" eingekauft und war begeistert gewesen von der Auswahl.

„Das Personal ist auch sehr gut", sagte sie daher, um Bellas Argumente zu unterstreichen und diese nickte.

„Ja", bestätigte sie, „Tom kümmert sich persönlich um die Auswahl der Leute und organisiert mehrmals im Jahr Outdoor-Events, damit die Verkäufer das Material selbst ausprobieren können."

Irenes Marketinghirn sprang wie automatisch an und nickte anerkennend. In all den Jahren der Zusammenarbeit mit unterschiedlichen Firmen hatte sie mehrmals aus nächster Nähe erfahren, wie wichtig die eigenen Mitarbeiter für den Erfolg eines Unternehmens waren. Nicht nur, um die Loyalität zur Firma aufzubauen, sondern auch, weil bei den Mitarbeitern, vor allem bei jenen im Verkauf, die Erfahrungen der Kunden mit den eigenen Erfahrungen zusammenliefen.

Sie bemerkte auch, dass sie nicht überrascht war, dass Tom so erfolgreich war. Trotz seines Schweigens strahlte er eine konsequente Ernsthaftigkeit, um nicht zu sagen: Zielstrebigkeit aus, die sich in seiner gesamten Körperhaltung zeigte.

„Wir haben auch eine Kooperation geplant", sagte Bella geheimnisvoll und riss Irene aus ihren Gedanken.

„Ja?", fragte sie neugierig nach.

„Du wirst schon sehen …", sagte Bella mit einem Augenzwinkern und erhob sich erneut, um ihr Geschirr abzuräumen.

Sie wechselten noch ein paar allgemeine Worte miteinander, während Irene ihre Einkäufe zusammensammelte, und sie vereinbarten die nächste gemeinsame Kaffeepause für einen der folgenden Tage.

Bella umarmte sie halb, vorsichtig das Geschirr balancierend und Irene begann ihren Heimweg in der Mittagshitze Richtung Nanas Haus. Lächelnd und voller Gedanken an den mysteriösen Tom.

13. Kapitel

Die Stille im Garten hinter Nanas Haus war etwas, von dem Irene nicht genug bekommen konnte. Fast jeden Tag fand sie sich zumindest für kurze Zeit hier in einem der Liegestühle wieder, lesend im Schatten oder einfach nur vor sich hindösend. Nana war manchmal in ihrer Nähe, ebenso über ein Buch gebeugt oder ihre Pflanzen betreuend. Oftmals saß Irene aber auch allein hier und horchte auf die Geräusche der Umgebung: das Rascheln der Blätter, ein gelegentliches Surren von Bienen oder anderen Insekten, ab und zu die Stimme eines jungen Menschen, jedoch etwas weiter entfernt.

An diesem Tag saßen sie zu zweit im Garten, umhüllt von der Stille des hitzigen Nachmittags. Die Sommerferien hatten vor wenigen Tagen begonnen und die ohnehin schon lärmarme Umgebung des Landes hatte sich noch weiter beruhigt, als die Familien der Umgebung ihre Urlaubsreisen angetreten hatten. Oder auch einfach nur ihre Tagesabläufe in den Ferienmodus geschalten hatten.

Gelegentlich unterbrach das Rascheln ihrer Bücher, wenn eine von ihnen eine Seite umblätterte, die Nachmittagsruhe.

Irene nahm aus dem Augenwinkel wahr, dass Nana ihr Buch zur Seite legte und zu ihr sah. Sie hob den Kopf, wissend, dass die Ernsthaftigkeit, die Nana mit dieser Geste ausstrahlte, meist zu einem seriösen Gespräch führte. So war es früher schon gewesen. Und offenbar hatte sich Nana nicht verändert.

In Irene tobten wechselnde Gefühle, ausgelöst von der Erinnerung an die stets genervte Teenagerin, die sie früher einmal gewesen war. Dazu kam die Überraschung der erwachsenen Version von Irene, wie gut sie Nanas Gesten und Intentionen eigentlich kannte. Dass man diese subtile Form der Kommunikation niemals vergessen konnte, erfüllte Irene mit einer beruhigenden Zärtlichkeit und Zuneigung für Nana.

Dennoch blieb sie nach außen hin ruhig, schenkte Nana aber ihre Aufmerksamkeit, indem sie auch ihr Buch zur Seite legte.

„Fehlt dir deine Arbeit?“, fragte Nana mit äußerst neutraler Stimme. Und ohne große Vorrede.

Irene nickte leicht für sich. Sie hatte schon damit gerechnet, dass die Frage bald auftauchen würde.

„Nein“, sagte sie schließlich schnell und so vehement, dass sie selbst überrascht war.

Nana hob neugierig ihre Augenbrauen und Irene wusste, dass sie auf eine Erklärung wartete.

Sie zuckte mit den Schultern.

„Ich habe meine Arbeit gerne gemacht“, erklärte sie Nana, „ich mochte es, Mitarbeiter zu haben. Ich mochte die Kunden. Ich mochte die kreative Arbeit, auch wenn das immer weniger wurde.“ Sie seufzte. „In den vergangenen Jahren ging’s hauptsächlich um Likes, Statistiken, Return on Investment etc. – man misst alles nur mehr in Zahlen. Dabei ist Kommunikation so wenig messbar!“ Sie schnaufte noch einmal und überprüfte, ob Nana ihr folgen konnte. Die alte Frau sah sie mit einem amüsierten Gesichtsausdruck an.

„Und ich mochte, dass ich mich um nichts Neues kümmern musste“, setzte Irene leise fort. „Der Job war stressig genug, ich wollte im Privaten keine Veränderung. Nicht einmal eine neue Wohnung. Mir war es sogar egal, wohin wir auf Urlaub gefahren sind. Falls wir überhaupt Urlaub gemacht haben.“ Irene schnaufte auf.

„Weißt du“, setzte sie fort und setzte sich in ihrem Sessel auf, um Nana direkt anzusehen, „diese vielen Kunden, die Betreuung der Mitarbeiter und ihrer Probleme, die unterschiedlichen Aufgaben – das war alles so abwechslungsreich, ich wollte keine weitere Entscheidung mehr treffen. Ich wollte irgendwo Routine haben. Irgendwo Stabilität.“ Irene schluckte. Sie hatte gesprochen ohne nachzudenken und sah nun Nana erschrocken an.

„Und Frank war diese Stabilität?“, fragte Nana neutral.

Irene wandte ihren Blick ab, damit Nana die Scham, die sie plötzlich überfiel, nicht sofort sehen konnte.

„Er war halt da“, flüsterte sie. Und es stimmte. Sie waren durch so viele äußerliche Angelegenheiten verbunden gewesen – die gemeinsame Arbeit, die Agentur, die Wohnung –, dass sie sich gar nicht erlaubt hatte, irgendetwas davon infrage zu stellen.

„Aber jetzt, wo alles weg ist ...“, Irene beendete den Satz nicht und gab sich Zeit, um ihre Worte zurecht zu legen.

„Ich habe nie über Alternativen nachgedacht“, begann sie von Neuem, „in keinem Bereich. Ich habe mich nur darum gekümmert, dass die Kunden zufrieden sind. Dass die Mitarbeiter glücklich sind.“ Sie holte tief Luft. „Und es war nicht schlecht. Ich hatte nicht das Gefühl, dass mir etwas fehlt.“

Wieder überfiel sie ein Gefühl von Scham. „Jetzt ist alles weg davon. Und es geht mir nicht ab.“ Sie flüsterte den letzten Satz.

Als Nana nichts sagte, hob Irene langsam ihren Kopf, bis sie Nanas fast zärtlichen Blick auffing.

„Du kannst bleiben, solang du möchtest“, sagte Nana ruhig, „ohne Bedingungen.“

Irene schluckte, überwältigt von all den Emotionen, die sie plötzlich empfand.

„Du hast hier immer einen Platz“, setzte Nana fort.

„Warum?“, fragte Irene.

„Weil es immer schon so war“, antwortete Nana bestimmt, um das Thema zu beenden.

In Irene regte sich leichter Widerstand. Erinnerungen an eine lange zurückliegende Kränkung durch Nana flogen durch ihre Gedanken. Der letzte Konflikt, den sie gehabt hatten, bevor sie die Stadt und Nana für 15 Jahre verlassen hatte.

Hatte sie damals gewusst, dass sie so lange wegbleiben würde? Anfangs wollte sie Nana einfach nur bestrafen: für die Verletzung, für das Unverständnis. Wofür auch immer. Aber war es aus heutiger Sicht immer noch Grund genug für 15 Jahre Funkstille?

Wieder kroch Scham in ihr hoch. Sie hatte das Gefühl, als wären die vergangenen Jahre in Wien wie im Nebel vergangen. Sie war eingepackt gewesen in ihrer Wolke aus Arbeit und vermeintlichen Verpflichtungen. Jede Kampagne war wichtiger als jede einzelne persönliche Beziehung in ihrem Leben. Sie dachte an ihren Gin-&-Tonic-durchtränkten Nachmittag zurück, als sie allein in der Bar gesessen war, mit gebrochenem Herzen und dem Wissen, dass ihr niemand einfiel, den sie jetzt um Hilfe bitten hätte können.

Außer Nana.

In der alten Heimat.

Nana, die schon einmal ihr sicherer Hafen war, als sich rund um Irene alle Verbindungen aufgelöst hatten. Damals, vor beinahe 20 Jahren, nachdem sich ihre Hippie-Mutter für ein Entwicklungshilfeprojekt nach Afrika abgeseilt hatte und seither nie mehr zurückgekommen war. Das letzte bisschen Familie, das Irene gehabt hatte, war ihre flatterhafte Mutter gewesen.

„Du bist jetzt 16 Jahre alt", hatte die Mutter damals kurz vor ihrer Abreise fast ärgerlich gesagt, als Irene sie heulend ein weiteres Mal gebeten hatte, hierzubleiben. Bei ihr zu bleiben.

„Du solltest schon für dich allein sorgen können. Aber Nana besteht darauf, dass du zu ihr ziehst." Das gemurmelte „Warum auch immer" hätte Irene nicht hören sollen, aber kein Satz war jemals lauter durch ihre Erinnerung gezogen als diese ärgerlich vor sich hin gesprochenen Worte der Mutter.

Aber Nana hatte sie unaufgeregt und gelassen wie immer aufgenommen, hatte ihr ein Dach über dem Kopf gegeben und ihr mehr Freiheiten gewährt, als es ihre gleichaltrigen Freunde damals gehabt hatten. Die einzige Bedingung, die Nana gestellt hatte, war, dass Irene jeden Abend nach Hause zurückkehrte. Und das hatte Irene gemacht. Bis zu jenem Tag, an dem sie sich von Nana im Stich gelassen gefühlt hatte.

Auch von ihr.

Gerade von ihr!

Tief in der Erinnerung an jene Tage nach ihrem Schulabschluss fühlte Irene die Wut und Enttäuschung und Verletzung der noch nicht erwachsenen Teenager-Version von ihr in sich aufsteigen, als wäre es gestern gewesen.

Sie schüttelte das Brennen in ihrem Bauch weg, atmete tief ein und sah Nana an, wie sie in ihrem Liegestuhl saß. Hinter ihr der Flieder, der bereits vor Wochen verblüht war, aber saftige Blätter trug. Nanas Augen strahlten immer noch die gleiche Ruhe aus, die sie vor vielen

Jahren schon ausgestrahlt hatten. Nur die Haut drumherum zeigte an, dass Zeit vergangen war. Fröhliche Zeit mit wenigen Sorgen, wenn Irene die leichten Falten um Nanas Augen richtig deutete.

„Warum streitest du nicht mit mir?“, fragte Irene und sah, dass Nana genau wusste, warum sie das fragte. Sie war vor 15 Jahren verschwunden und nicht mehr wiedergekommen. Sie hatte – in all ihrer Teenager-Dramatik – bloß eine Notiz auf dem Esstisch hinterlassen. So, wie sie es in vielen Büchern immer wieder gelesen hatte.

Nana hob eine Schulter, erstmals ein Hauch von erkennbarer Unsicherheit. Aber der Moment verflog so schnell, wie er gekommen war.

„Ich glaube nicht, dass du zum Streiten zurückgekommen bist“, sagte Nana leise und Irene schüttelte leicht lächelnd den Kopf.

„Bist du wütend auf mich?“, fragte Irene leise, obwohl sie die Antwort bereits kann.

„Ja“, sagte Nana, ohne zu zögern. „Aber ich mag es auch, dich zu Hause zu haben.“

Zu Hause.

Hinter Irenes Augen brannten plötzlich Tränen und sie wandte sich ab.

„Wir streiten, wenn du besser bei Kräften bist“, sagte Nana mit einem leichten Kratzen in ihrer Stimme und stand auf. Sie blieb neben Irene stehen, schon Richtung Haus gewandt. Mit der ihr so typischen Geste strich sie über die Stelle zwischen Irenes Schulterblättern.

„Ich hole uns noch etwas von der Limonade, die du gemacht hast", sagte Nana, „ich bin so froh, dass du dein Talent in der Küche weiterentwickelt hast. Definitiv ein Pluspunkt, dass du wieder da bist." Sie kicherte wie ein kleines Mädchen und mit dem ihr so üblichen flotten Schritt ging sie ins Haus.

14. Kapitel

Die erste Ferienwoche war im Wochenende angekommen und die Julihitze brannte bereits am Vormittag erbarmungslos vom Himmel, als Irene mit Nanas Fahrrad in Richtung Hauptplatz unterwegs war. Sie hatte keine großen Pläne für diesen Samstag, aber ein Buch eingepackt, um in Bellas Café ein wenig zu lesen.

Der Fahrtwind wehte um ihre Ohren und mit einer Hand hielt Irene ihr weißes Kleid fest, damit dieses sich nicht in der Fahrradkette verhing. Aus ihren Noteinkäufen an einem der ersten Tage nach ihrer Ankunft hatte sich dieses Kleid schnell als Lieblingsstück ihrer neuen Garderobe herausgestellt. Ärmellos und aus einem leichten Baumwollstoff war das Kleid so locker geschnitten, dass es Irenes Körper bis zu den Knöcheln leicht umspielte. Es war luftig und sommerlich und betonte Irenes Hautfarbe, die im Laufe der Tage und aufgrund des anhaltenden Sommerwetters immer sonnenverwöhnter geworden war. Ihre langen Haare hatte sie in einem lockeren Knoten nach oben gebunden, die einzig erträgliche Frisur bei diesen Temperaturen.

Irene trat unangestrengt in die Pedale, ohne Eile. Es war erst knapp nach 10 Uhr, aber sie war guter Dinge nach ihrem frühmorgendlichen Lauf mit Tom und einem ausgiebigen Frühstück mit Nana. Die Landschaft strahlte in der Sommerhitze.

Vor zwei Tagen hatte ein kräftiges Sommergewitter in der Nacht viel Regen gebracht und die Natur wirkte, als hätte sie einen Energieschub erhalten. Die Maisfelder wuchsen unbeirrt vor sich hin und auch die Kürbisse auf einigen Feldern dazwischen präsentierten sich gesund.

Irene atmete tief ein. Nichts übertraf die frische Luft eines Sommermorgens hier zu Hause. Überrascht riss sie die Augen auf und sah sich um, als ob jemand ihre Gedanken lesen hätte können. In all den Jahren in Wien hatte sie so selten an ihre Kindheit hier in der Stadt gedacht, so selten an diesen Flecken der Steiermark, mit dem sie so viele Erinnerungen verband.

Zu Hause – wer sagt denn heutzutage noch so etwas?

Irene schüttelte leicht den Kopf und vertrieb die tiefsinnigen Gedanken.

Als sie in die Nähe des Sportplatzes kam, hörte sie Rufe und vereinzeltes Klatschen, durchbrochen nur vom deutlich erkennbaren Rhythmus eines über ein Spielfeld getretenen Fußballs.

Neugierig geworden bremste Irene ab und schob ihr Fahrrad in den Fahrradständer, der beim Eingang zum Sportplatz positioniert war. Nach wenigen Schritten Richtung Zuschauertribüne erkannte Irene, dass hier offenbar Kinder und Jugendliche ein Fußballmatch austrugen. Rund ums Spielfeld waren Beachflags aufgestellt, die ein Sommercamp verkündeten, aber Irene achtete nicht weiter darauf. Sie setzte sich an den Spielfeldrand und beobachtete das Spiel. Die Buben am Feld waren zwischen 10 und 14 Jahre alt, schätzte Irene. Eine der Mannschaften trug weiße Trikots, ihre Gegner liefen mit roten Shirts über den Rasen.

Irene sah auf einer Anzeigetafel auf der gegenüberliegenden Spielfeldseite, dass das rote Team mit bereits drei Toren führte, nachdem die weiße Mannschaft offenbar erst ein Tor geschossen hatte. Wie immer, wenn sie Fußball schaute, überfiel sie eine ungewohnte Ruhe.

Irene gab sich ein paar Minuten, um das Spiel zu lesen. Sie erkannte, dass der linke Verteidiger der roten Mannschaft unkonzentriert war und ständig seine etwas zu langen Haare richtete. Sie sah, dass im Mittelfeld der weißen Mannschaft ein Junge spielte, der die beste Ballkontrolle der Buben hatte und deshalb wesentlich mehr Zeit fand, seine Pässe zu spielen. Er war der Routinierteste unter den Burschen, vielleicht aber auch einfach nur der Talentierteste.

Als sie sich einen Überblick verschafft hatte, erlaubte sich Irene, die Entspannung, die so ein Match für sie mit sich brachte, zu genießen.

Wie lange war es her, dass sie das letzte Mal ein Match gesehen hatte?

Irene irritierte der Gedanke. Wann hatte sie aufgehört, Fußball zu verfolgen? Als ihr die Zeit dafür fehlte. Aber warum war ihr nicht aufgefallen, dass sie dieses Hobby fallen gelassen hatte? Es war ihr immer schon egal gewesen, welche Art von Match sie schaute – ob auf professionellem Level oder so wie hier auf Sommercamp-Niveau.

Sie konzentrierte sich wieder aufs Spiel. Manche der Burschen sahen aus, als wäre Fußball für sie ein eher nebensächliches Hobby. Was jedoch ihren Ehrgeiz nicht bremste.

Innerhalb weniger Minuten passierten so viele Fouls, die der Schiedsrichter jedoch nur halbherzig pfiff. Irene spürte die altbekannte Wut in sich aufsteigen. Nichts störte sie mehr als inkonsequente Schiedsrichter. Na ja, Linienrichter, die kein Abseits anzeigten, waren vielleicht noch nervender.

Irene blickte sich um. Auf den Zuschauerrängen saßen einige Jugendliche, die auf ihre Handys blickten, dazwischen liefen ein paar Kinder herum. Ein Mädchen saß etwas abseits und fuhr sich gedankenverloren über die Stoppeln ihres abrasierten Kopfs, während sie mit ihrem Daumen die typische Scrollbewegung auf ihrem Handy machte und gelegentlich den Kopf hob, um die herumlaufenden Kinder böse anzusehen. Drumherum saßen zahlreiche Eltern, die miteinander plauderten. Kaum jemand unter den Zuschauern schien sich für das Spiel zu interessieren. Auch das ärgerte Irene. Wenn *sie* es schaffte, dem Spiel der Kinder hier Spannung abzugewinnen, sollte es ja wohl auch den eigenen Eltern gelingen. Oder?

Sie drehte sich wieder in Richtung Spielfeld und sah gerade noch rechtzeitig, wie ein weißer Spieler vor ihren Augen den roten Verteidiger, der ständig seine Haare berührte, mit ausgestreckten Beinen foulte. Der rote Spieler schrie laut auf und fiel hin, hielt sich seinen linken Unterschenkel und drückte sein Gesicht ins Spielfeld.

Irene zog es den Magen zusammen, so wild hatte das Foul ausgesehen.

Aber der Schiedsrichter drehte sich nicht einmal um und auch auf der Tribüne hatte kaum jemand seinen Kopf gehoben. Während der weiße Spieler schnell wieder aufstand, den roten Verteidiger leicht an der Schulter berührte und wieder in die Mitte des Spielfelds lief, stand Irene schon am Rand und brüllte über die Bande nach dem Schiedsrichter und deutete auf den gefoulten Buben am Spielfeld.

Der Schiedsrichter drehte sich kurz zu ihr um, aber kehrte ohne zu reagieren wieder zurück zum Spiel. Da riss Irene die Geduld.

Sie bückte sich unter der Absperrung durch und marschierte rufend in Richtung Schiedsrichter.

„He!", rief sie lauthals. Einige der Spieler bremsten irritiert ab und sahen ihr verdattert zu, wie sie quer über das Spielfeld eilte.

„He, ‚Schiedsrichter'!" Sie deutete die Anführungszeichen mit ihren Händen an. „Warum stehst du überhaupt am Feld, wenn du kein Foul pfeifst? Kennst du die Regeln?"

Der Schiedsrichter nahm – wohl durch die Nähe der Stimme – endlich Notiz von ihr und sah sie erst verwirrt, dann wütend an.

„Ich muss Sie bitten, das Spielfeld zu verlassen!“, sagte er mit unverhohlener Irritation in seiner Stimme.

„Ich muss Sie bitten, ein Foul zu pfeifen!“, antwortete Irene spöttelnd.

Ein paar der Burschen lachten und der Schiedsrichter sah sie zornig an.

„Der weiße 7er hat den roten Verteidiger derart mies gefoult, sodass er immer noch am Spielfeld liegt! Warten Sie darauf, bis sie sich hier gegenseitig alle Beine gebrochen haben oder soll hier tatsächlich gespielt werden?“

„Die einzige, die hier das Spiel aufhält, sind Sie“, sagte der Schiedsrichter mit triefendem Sarkasmus. „Hören Sie“, er betrachtete sie von Kopf bis Fuß, „ich weiß, dass hier immer wieder ‚Soccer Moms‘ auftauchen und glauben, sie haben das Spiel erfunden. Aber wenn ihr Bub nicht mithalten kann mit den anderen, ist das wirklich nicht mein Problem.“

„Wie bitte?“, Irenes Stimme wurde eiskalt. Während sie Luft holte, um dem Schiedsrichter ihre Meinung zu sagen und ihn vor allem darüber aufzuklären, dass der gefoulte Bub nicht ihr Sohn war, drehte er sich von ihr weg und rief dem roten Verteidiger übers Spielfeld zu: „Tut dir was weh?“

Der rote Verteidiger saß mittlerweile am Feld und auch auf die Entfernung hin war deutlich zu sehen, dass ihm Blut über sein Schienbein lief. Ausnahmsweise nahm er seine Hände aus den Haaren und streckte dem Schiedsrichter seinen Mittelfinger entgegen. „Fuck you!“, sagte er wütend und Irene musste lachen.

Der Schiedsrichter fand das jedoch weniger lustig und zückte die rote Karte, um den verletzten Spieler auszuschließen. Ein Raunen ging durch die Zuschauertribüne, aber niemand schien sich großartig aufzuregen und für den verletzten Verteidiger Partei zu ergreifen. Was für eine eigenartige Fankultur hier herrschte. Irene schüttelte irritiert den Kopf.

„Ich könnte ein Buch füllen mit Geschichten wie dieser hier, in denen Schiedsrichter das Spiel ruiniert haben“, sagte Irene leise vor sich hin und drehte sich nochmals zum Schiedsrichter. „Du hast wirklich ein Problem mit der Welt, wenn du bei einem Samstagsvormittagskick so reagierst“, sagte sie laut und ging zielstrebig zum verletzten Verteidiger.

Die anderen Spieler schien das nicht aus ihrer Beobachterrolle zu reißen, einzig ein kleiner, sehr dünner Bub mit rotem Trikot erschien an ihrer Seite und begleitete sie zum Burschen, der am Boden saß.

„Alles o. k., Felix?“, fragte der dünne blonde Bub, erntete aber nur einen wütenden Blick für seine Fürsorge.

Irene erkannte aus der Nähe recht schnell, dass Felix, wie er offenbar hieß, Stoppelspuren am Schienbein hatte und einer der Stoppel des weißen Gegenspielers an einer Stelle auch die Haut aufgerissen hatte. Am Schienbein war das eine wahnsinnig schmerzhafte Verletzung, aber Felix saß bloß wütend auf dem Spielfeld und starrte sie wütend an.

„Komm, Felix“, sagte Irene mit möglichst zuversichtlicher Stimme, „schauen wir, ob wir wo Verbandszeug finden.“ Die Hoffnung, dass der Junge Eltern auf der Tribüne hatte, hatte Irene schon abgehakt.

Irene drehte sich zu dem blonden Jungen: „Kannst du uns helfen? Weißt du, wo wir ein Pflaster finden?“

„Im Vereinshaus gibt’s ein Krankenzimmer“, klang es vom Spielfeldrand herüber und Irene drehte sich nach der Stimme um. Das Mädchen mit dem abgeschorenen Kopf stand da und sah sie mit einem nicht erkennbaren Gesichtsausdruck an. Sie deutete mit dem Daumen hinter sich zu dem kleinen Gebäude hinter der Zuschauertribüne.

Irene nickte dankbar und reichte Felix die Hand, um ihm aufzuhelfen. Aber er reagierte nicht und sah sie nur an.

„Komm“, forderte Irene ihn auf, „das Spiel ist jetzt eh uninteressant geworden.“

„Er weiß nicht, wer Sie sind“, sagte das Mädchen mit dem Stoppelkopf und Irene nickte wieder dankbar. Und etwas beschämt.

„Ich heiße Irene“, sagte sie und sah Felix direkt ins Gesicht. Dann erklärte sie ihm, dass sie bei Nana wohnte und auch schon als Kind hier in der Stadt gelebt hatte. Als sie Nanas Namen erwähnte, überzog alle drei Kinder rund um sie herum ein freundlicherer Gesichtsausdruck als zuvor und Irene musste lächeln. Nana hatte immer schon diesen Effekt auf (junge) Menschen gehabt.

Sie half Felix schließlich auf die Beine, fragte den dünnen Buben, ob er sie begleiten wolle und bat das Stoppelkopf-Mädchen darum, ihnen den Weg zu zeigen.

Irene stützte Felix auf dem Weg zum Krankenzimmer und verkniff sich die Frage, warum ihr niemand der anderen Zuseher half.

Hinter ihr nahm das Spiel wieder an Tempo auf, wie sie am beständigen Klopfen, das die Ballberührungen begleitete, hören konnte. Selten hatte sie ein Spielausgang weniger interessiert als in diesem Moment.

Auf den wenigen Metern bis zum Vereinshaus schluckte Irene ihre Wut und ihre Irritation hinunter und konzentrierte sich darauf, dass immerhin zwei weitere Personen helfen wollten. Das Mädchen hielt ihnen die Tür auf, während der blonde dünne Junge vor sich hin erzählte und irgendein Foul, das sich vor Jahren in einem Champions League Match zugetragen hatte und „hundertpro genau identisch" abgelaufen war, wie er mehrmals insistierte.

Irene lächelte vor sich hin. Sie konnte nicht genau abschätzen, wie alt die Kinder waren. Das Mädchen wirkte älter, wenn man ihr nicht in die Augen sah, darin lag noch erschreckend viel Kindliches im Vergleich zu ihrem Äußeren. Felix und der blonde Bub könnten 12 Jahre alt sein oder auch nicht. Es war in Wahrheit auch egal.

Felix hievte sich selbst auf die Krankenliege und lehnte sich zurück. Mit beiden Fäusten drückte er sich auf die Augen und stieß einen Wutschrei aus. Sie gab ihm ein paar Minuten, um sich mit den Emotionen und Schmerzen auseinanderzusetzen und widmete sich inzwischen den beiden anderen, fragte sie nach ihren Namen.

Der blonde Junge hieß David und schüttelte Irene souverän die Hand. Das Mädchen stellte sich als Bobby vor, was David ein verständnisvolles Lächeln entlockte.

Sie bat David, etwas Wasser für Felix zu organisieren und kramte dann nach Verbandszeug in einem der Regale.

„Felix“, sprach sie ihn direkt an, aber er nahm seine Fäuste nicht von den Augen, „sollen wir jemanden für dich anrufen?“ Er schüttelte den Kopf.

Irene sah zu Bobby, die nur mit den Schultern zuckte. Sie hatte nicht den Eindruck, dass sich Felix und Bobby grundsätzlich gut kannten, aber es brauchte offenbar nicht viel, um Jugendliche gemeinsam hinter eine Mauer des Schweigens zu bringen.

„Alles klar“, sagte Irene mit ruhiger Stimme, „ich schau mir mal deine Wunde an und reinige sie. Und dann entscheiden wir, ob *ich* sie verarzte oder ein Arzt oder eine andere Person deines Vertrauens.“

„Du“, sagte Felix mit gepresster Stimme und Irene sah verwirrt zu Bobby, die erneut mit den Schultern zuckte. Ein leichtes Lächeln spielte jedoch um ihre Lippen.

David kam wieder und bot Felix Wasser an, das er jedoch ablehnte. Dann begann Irene, das Schienbein von Grashalmen und Erde zu reinigen. Bei jeder Berührung fluchte Felix vor sich hin. Sie war sich nicht sicher, ob sie einen Teenager in seinem Alter in der Hinsicht zurechtweisen sollte, aber sie verstand seine Schmerzen und ließ sein beständiges „Fuck! Fuck! Fuck!“ daher durchgehen.

Bobby kicherte.

„Sollen wir dich ablenken?“, fragte das Mädchen schließlich.

„Rausgehen“, presste Felix zwischen den Zähnen hindurch, aber diesen Wunsch ignorierten sowohl Bobby als auch David.

„David kann gut singen“, sagte Bobby und erhielt einen überraschten Blick von dem zarten Jungen.

„Was ist dein Lieblingslied Felix?“, fragte Bobby unbeirrt.

„Radioactive“, antwortete er überraschend schnell.

„Imagine Dragons?“, fragte David und Felix nickte.

„Gute Wahl“, sagte Bobby und David zögerte nicht lang und begann zu singen.

David hatte eine kindliche, aber geübte Stimme und dafür, dass er ohne Begleitmusik sang, war er erstaunlich treffsicher bei den gesungenen Tönen. Mit seiner linken Hand schlug der den Beat auf sein Knie und Irene arbeitete lächelnd weiter.

Als sie Felix' Wunde desinfizierte, zischte er erneut vor Schmerzen auf. Ohne zu zögern griffen sowohl Bobby als auch David nach Felix' Oberarm und Irene war plötzlich gerührt von dieser freundlichen Geste.

In den wenigen Minuten mit den Kindern hatte sich Irene zusammengereimt, dass Felix' abwehrende Art wahrscheinlich schon viele Personen abgeschreckt und zurückgewiesen hatte. Wie ein Igel stach er in alle Richtungen, ohne Rücksicht auf Verluste. Und aus irgendeiner Motivation heraus hatten Bobby und David heute Grund genug entdeckt, um über diese Stacheln hinwegzusehen. Wenn auch nur für einen Moment.

Die Wunde hatte zu bluten aufgehört und Irene wickelte einen schützenden Verband um Felix' Schienbein. Der Bereich drumherum war sehr wahrscheinlich geprellt und vermutlich würde der Junge noch einige Tage lang Schmerzen haben.

Als sie fertig war, setzte sich Felix auf und Irene bestand darauf, dass er das Wasser, das David für ihn geholt hatte, trank.

„Also, es ist jetzt so“, begann Irene, nachdem David sein Lied beendet hatte und sie alle applaudiert hatten. Irene wandte sich direkt an Felix: „Ich lasse dich jetzt nicht nach Hause, bevor ich nicht mit einem Elternteil oder irgendeinem deiner Erziehungsberechtigten gesprochen habe. Und zwar nicht, weil du in Schwierigkeiten bist, sondern einfach nur, um darauf zu beharren, dass deine Wunde regelmäßig versorgt gehört. Ich bin keine Ärztin und das war jetzt nur notdürftig, was ich hier gemacht habe. Okay?“

Felix sah sie zögerlich an und dann zu Bobby und irgendeine stille Kommunikation lief zwischen den beiden ab, die auch David bemerkte.

„Bobby könnte doch Tom anrufen“, sagte David leichthin und summte dann eine unbekannte Melodie vor sich hin.

Bobby drehte die Augen über und sah deshalb nicht, dass sich ein leichter Hoffnungsschimmer auf Felix' Gesicht zeigte.

„Tom?“, fragte Irene, obwohl sie bereits ahnte, um wen es ging.

„Mein Onkel", sagte Bobby mit einer Ablehnung in der Stimme, die Irene überraschte.

„He, wenn sie bei Nana wohnt", begann David und zeigte auf Irene, „dann seid ihr ja Nachbarn!"

„Sei still!", herrschte Bobby ihn an, während Irene neugierig und irritiert zwischen den beiden hin und her sah.

„Du wohnst bei Tom, Bobby?", fragte Irene, woraufhin das Mädchen wütend von ihrem Sessel aufsprang und mit einem „Ja! Aber sicher nicht mehr lange!" durch die Tür stürmte.

David und Felix verdrehten beide nur lächelnd und kopfschüttelnd die Augen.

„Du kannst mit zu mir kommen", bot David Felix an, „zumindest bis dein Papa Zeit hat. Bei uns gibt's heute Spaghetti und die Mama kocht ohnehin immer zu viel."

Irene lächelte über das freundliche Angebot.

„Ich denke, Felix braucht jemanden, der ihn mit dem Auto abholt", sagte Irene freundlich und David nickte verständnisvoll.

„Tom wäre eine Option?", fragte sie vorsichtig.

„Ja", sagte Bobby plötzlich hinter ihr und Irene bemerkte, dass sie sich darüber freute, dass das Mädchen nach ihrem Wutausbruch so schnell wieder zurückgekommen war. Bobby lehnte lässig am Türstock und wieder fragte sich Irene, wie alt das Mädchen eigentlich war.

„Ich habe ihn schon angerufen“, sagte Bobby zu Felix gewandt, „er braucht noch eine halbe Stunde, aber dann kommt er dich abholen. Okay?“ Ohne auf Felix’ Zustimmung zu warten, drehte sie ihren Körper in Irenes Richtung und erklärte, dass Felix’ Vater, Hans, und Tom seit der Schulzeit beste Freunde waren. Und plötzlich fiel Irene ein, dass sie Hans kannte. Und auch Tom eigentlich schon früher mal begegnet war.

„Ich kann mich erinnern!“, rief Irene erfreut aus. „Die beiden sind ein bisschen älter als ich, aber jetzt fällt mir das wieder ein!“ Sie lachte auf. „Ich sehe Tom jeden Tag, aber bis jetzt wäre ich nie auf die Idee gekommen, dass ich ihn schon von früher kenne.“ Sie lachte nochmals und ignorierte die verwirrten Gesichtsausdrücke der Kinder.

Sie schlug vor, dass sie sich nach draußen setzten, um auf Tom zu warten und jeder von ihnen war im Stillen erleichtert, dass sie dem klinischen Geruch des Krankenzimmers entkommen konnten.

15. Kapitel

David hatte einen Fußball aufgetrieben und drehte sich damit mehrmals um die eigene Achse. Irene sah ihm eine Weile lang zu, dann hielt es sie nicht mehr auf ihrem Platz und bat David, dass er zu ihr passte. Es dauerte ein paar Augenblicke, bis David aus seiner eigenen Welt, in die er offenkundig verschwunden war, auftauchte und ihrer Bitte nachkam. Sie spielten den Ball hin und her, ohne großen Aufwand, ohne sich groß anzustrengen.

Sie hatten es sich im Schatten vor dem Vereinshaus gemütlich gemacht, um auf Tom zu warten. Eine asphaltierte Auffahrt führte zum Gebäude, ein großer Kastanienbaum gegenüber dem Eingang warf aber genügend Schatten auf sie, damit sie nicht in der Sonne spielen mussten.

Nach einigen Minuten hatten sie einen Rhythmus gefunden und spielten sich in immer höher werdendem Tempo den Ball zu.

Eine Hausmauer des Vereinshauses war unverstellt und ohne Wiese davor frei zugänglich, daher schlug Irene vor, dass sie sich über diese Mauer weiter zupassten. David nickte erfreut über die zusätzliche Herausforderung, jedoch als er das erste Mal zur Mauer passte, segelte der Ball in die entgegengesetzte Richtung als er sollte und landete anstatt bei Irene in der Nähe von Bobby und Felix.

David selbst musste so sehr über sein Missgeschick lachen, dass auch Irene und Bobby ins Lachen miteinstimmten. Und sogar Felix brachte ein leichtes Lächeln zustande.

Bobby stand auf, um den Ball zu holen und passte ihn mit Präzision zu Irene.

„Willst du mitspielen?“, fragte Irene ohne den Kopf zu heben, während sie sich bemühte, den Ball unter Kontrolle zu bringen.

Als sie keine Antwort hörte, sah sie nach Bobby, die unentschlossen stehengeblieben war.

Irene passte an die Wand, sodass der Ball zu Bobby rollte und rief ihr zu, dass sie als nächstes zu David passen sollte. Zu dritt und in Kombination wurde es schwieriger, sich den Ball aus dem Stand zuzupassen und ohne weitere Aufforderung begannen daher alle drei, sich mehr zu bewegen. Sie joggten leicht und ohne großes Tempo in Position, wenn sie an der Reihe waren, und hielten sich akribisch an die immer gleiche Reihenfolge: Irene – Bobby – David – Irene – Bobby – David.

Ein paar Mal rutschte ihnen der Ball davon und einer von ihnen sprintete über die Auffahrt, um das Spiel nicht zu unterbrechen. Jedes Mal brachen sie alle drei in Lachen aus und Felix begann nach einiger Zeit, ihr Spiel zu kommentieren.

Sie überhörten alle das heranfahrende Auto und verlangsamten ihr Spiel erst, als Felix laut „Hallo Tom!“ rief und dieser seine Autotür zufallen ließ. Irene passte gerade zu Bobby, beide höchst konzentriert, aber mit einem Lächeln im Gesicht. Bobby nahm den Ball an, hob den Kopf, sah Tom und während sie wieder gegen die Hausmauer spielte, rief sie: „Tom, du musst zu David passen!“

Tom zögerte nur wenige Augenblicke, dann brach er in einen Sprint aus, um den Ball zu erwischen. Er stolperte ein wenig, um den Fußball unter Kontrolle zu bringen („Uuuh, der neue Spieler am Platz hat noch nicht ganz in die Partie gefunden“, kommentierte Felix mit seiner Stadionstimme aus dem Off), passte dann aber doch gegen die Hausmauer. Der Ball hatte jedoch viel zu wenig Geschwindigkeit und rollte bereits so langsam gegen die Mauer, dass er nach einer kurzen Berührung der Wand etwas wegrollte und dann liegen blieb.

Es brauchte nicht mehr, um alle in schallendes Gelächter ausbrechen zu lassen.

Sie lachten über Minuten hinweg und Tom wischte sich schließlich sogar Lachtränen aus den Augen.

„Was ist passiert?", fragte Tom Felix, als er ihm die Hand reichte, um ihm aufzuhelfen. Er wartete jedoch keine Antwort ab, sondern bombardierte ihn mit weiteren Fragen: „Kannst du allein gehen oder soll ich dich tragen? Musst du zum Arzt? Hast du Hans schon Bescheid gegeben?"

Irene sah, wie Felix leicht die Augen verdrehte, vor allem als nach seinem Vater gefragt wurde, er antwortete jedoch nur mit einem stillen: „Passt schon."

Die universelle Antwort jedes Teenagers, die ein emotionales Spektrum zwischen Euphorie und Ablehnung abdecken konnte, war nur fürs geübte Ohr in Nuancen am Tonfall erkennbar.

Irene ließ sich jedenfalls vom beruhigenden Ton in Felix' Stimme nicht ablenken und nahm wahr, wie fest er Toms Oberarm umfasste, um sich selbst zu stabilisieren. Tom schien es auch nicht zu entgehen, denn es dauerte nur wenige Augenblicke, bis er seinen Arm um Felix' Taille legte, um dem Jungen beim Gehen zu helfen.

Irene erkundigte sich, ob David wohin gebracht werden wollte, aber er verneinte und deutete zum Fahrradständer. Auch ihr Fahrrad lehnte noch dort, wo sie es vor gefühlt Stunden abgestellt hatte.

„Kommst du mit?", fragte Tom Irene, nachdem er Felix in den Beifahrersitz geholfen hatte und sein Auto umrundete, um zur Fahrertür zu gelangen.

Irene schüttelte den Kopf. „Ich bin auch mit dem Fahrrad da."

Tom nickte nur.

„Ich wusste nicht, dass jemand bei dir wohnt“, sagte Irene mit einem Augenzwinkern und einem Kopfnicken in Richtung Bobby, die es sich gerade auf der Rückbank bequem gemacht hatte.

Toms Lächeln erreichte nur eine Mundhälfte und Irene fragte sich, was hinter seiner zögerlichen Freundlichkeit lag.

Er drehte sich jedoch von Irene weg in Richtung der Fahrradständer, wo David bereits seinen Helm am Kopf fixierte. „David, du kannst zu uns kommen“, rief er dem Jungen zu, „wir werden sicher Pizza bestellen, so wie ich die beiden kenne.“

Davids Augen leuchteten für einen Moment auf und Irene war sich sicher, dass er zusagen würde. Aber dann schien ihm etwas einzufallen und er verzog leicht den Mund, um sein Bedauern auszudrücken, schon bevor er die Einladung ablehnte: „Die Mama kocht heute! Das darf ich nicht verpassen!“ Tom und David kicherten, als hätten sie sich gerade ein lustiges Geheimnis erzählt.

„Kommst du?“, fragte Tom leise und Irene brauchte einen Augenblick, bis sie verstand, dass die Frage an sie gerichtet war.

„Zum Pizza essen?“, fragte Irene.

Tom nickte. „Oder um das Match mit Bobby zu beenden.“

In Toms Stimme lag eine ungewohnte Dringlichkeit, nicht dass sie ihn schon so viel sprechen gehört hatte, um seine Zwischentöne richtig deuten zu können.

„Ich spreche mit Nana, aber eigentlich sollte es kein Problem sein“, sagte Irene.

„Nana soll auch kommen!“

„Bring Nana mit!“, schallte es plötzlich gedämpft aus dem Auto und beide Kinder lehnten sich zur offenen Fahrertür, damit sie auch unbedingt gehört würden.

Irene lachte, überrascht, dass Nana so eine intensive Verbindung zu den Teenager-Kindern hatte und sie nichts davon gewusst hatte.

„Nana hat viele Jahre lang im ‚Seitenweise‘ vorgelesen und Buchklubs für die älteren Kinder organisiert“, sagte Tom, als hätte er ihre Frage erahnt. „Es gibt kaum ein Kind hier in der Gegend, das Nana nicht kennt.“ Er lächelte ein dankbares und freundliches Lächeln, aber sein Blick wurde musternd und direkt, während Irene damit beschäftigt war, ihr schlechtes Gewissen zu verbergen. Wieder etwas, von dem sie nicht gewusst hatte, weil sie vor 15 Jahren alle Kontakte abgebrochen hatte.

Sie verabschiedeten sich, nachdem Irene versprochen hatte, Nana zum Pizza essen mitzubringen. Irene radelte langsam auf dem Nachhauseweg, tief in Gedanken versunken über die Erlebnisse der vergangenen Stunden.

16. Kapitel

Nachdem sie sich mit Pizza die Bäuche vollgeschlagen hatten, verteilte sich die ungleiche Truppe in Toms Garten. Nana saß in einem Schaukelstuhl unter einem Kirschbaum, an dem eine Leiter lehnte. Bobby kletterte gerade auf dieser Leiter nach oben und warf Felix, der am Boden wartete, Kirschen zu.

Sein Humpeln hatte etwas nachgelassen, der unmittelbare Schmerz vermutlich von der Pizza etwas gedämpft. Irene lächelte über ihren absurden Gedanken, während sie sich mit einem Wasserglas auf die Stufen setzte, die die Terrasse mit dem Garten verbanden.

Toms Garten war ähnlich groß wie Nanas, die beiden Grundstücke verbunden durch eine bunte Hecke an unterschiedlichen Büschen, die von einer kleinen Holztür unterbrochen wurde. Die riesige Gartenfläche war durchteilt von einzelnen Bäumen und blühenden Sträuchern.

In einem Eck war ein stillgelegtes Gemüsebeet zu sehen. Der Garten war insgesamt gepflegt, aber man sah, dass der Eigentümer wenig Zeit dafür hatte. Die Terrasse, auf deren Stufen sie saß, war leicht erhöht und führte aus Toms Wohnzimmer nach draußen. Der Hügel rund um die Stufen war mit flach wachsenden Rosen übersäht, die prachtvoll blühten.

Wie auch in Nanas Garten herrschte hier eine Stille, die ihresgleichen suchte. Irene holte tief Luft, so tief, dass sie meinte, die Rosen riechen zu können. Sie lächelte.

Kurze Zeit später nahm sie eine Bewegung neben sich wahr und als sie die Augen öffnete, machte Tom gerade Anstalten, sich neben sie auf die Stufen zu setzen. Er bot ihr eine Tasse mit Espresso an, die sie dankbar annahm. Der Kaffee dampfte noch deutlich sichtbar und Irene griff deshalb nach dem kleinen Löffel, der auf der Untertasse balancierte. Mit dem Umrühren wurde der Kaffee etwas kühler. Und es gab ihr etwas zu tun.

Tom rührte in seiner eigenen Tasse.

„Ich wusste nicht, wie du den Kaffee trinkst", sagte er plötzlich und lehnte sich leicht in ihre Richtung. Die Berührung an Oberarm und Schulter knisterte, wie immer, wenn sie ihm nahe kam, und erneut war sie abgelenkt von dieser Spannung, die sie noch niemals zuvor empfunden hatte. Irene war gleichermaßen irritiert und angezogen davon und schluckte mehrmals, bevor sie Tom antwortete. „Perfekt", hauchte sie, ihre Stimme noch nicht kräftig genug nach der Überraschung seiner plötzlichen Nähe.

Irene bemerkte, wie Tom seinen Kopf zu ihr wandte.

„Der Kaffee", sagte sie, im Tonfall wieder etwas kräftiger, „der Kaffee ist perfekt so." Sie lächelte und weil sie nicht mutig genug war, sich zu ihm zu drehen, beobachtete sie ihre Zehen, die bloßfüßig auf den Waschbetonplatten zu einer unbekannten Melodie in ihrem Kopf tanzten.

Für einen Moment tranken sie schweigsam ihre Kaffees, Schulter an Schulter, und beobachten das komplizierte Manöver, das Bobby und Felix beim Kirschen pflücken absolvierten, während Nana den beiden amüsiert Kommentare zurief.

„Du hast Bobby sehr beeindruckt", sagte Tom plötzlich und lehnte sich wieder etwas von ihr weg. Er stellte seine leere Tasse hinter sich auf den Boden.

„Womit?", fragte Irene überrascht.

„Offenbar hast du den Schiedsrichter ‚so klein mit Hut' gemacht", sagte Tom und hielt seinen Zeigefinger und seinen Daumen nur wenige Zentimeter auseinander.

Irene lachte auf und schüttelte den Kopf. Die Irritation über den ungerechten Schiedsrichter flammte erneut auf, aber sie schluckte sie hinunter.

„Bobby hasst zurzeit jeden Erwachsenen", sagte Tom leise.

„Das gehört zu diesem Alter doch dazu, oder?", sagte Irene. „Das steht bestimmt in irgendeiner Bedienungsanleitung." Sie zwinkerte, um Toms Ernsthaftigkeit zu unterbrechen und er lächelte leicht. Dann zuckte er mit den Schultern.

„Womöglich“, sagte er. „Dich hasst sie jedenfalls nicht. Und so wie die vergangenen Wochen gelaufen sind, ist das eine Sensation, die eigentlich in den Nachrichten verkündet werden sollte.“ Toms leicht bitteres Lachen wurde von ihrem überraschten Auflachen übertönt. Irene sah, wie Nana zu ihnen sah, von ihrem Gelächter aufmerksam gemacht.

„Ich kann mir nicht vorstellen, dass es so schlimm ist“, sagte Irene und nutzte die Gelegenheit, sich mit einem freundlichen Augenzwinkern an Toms Schulter zu lehnen.

Es knisterte immer noch.

„Es ist schlimmer“, sagte Tom, scheinbar unbeeindruckt von der flüchtigen Berührung.

„Sie will nicht hier sein, aber sie will auch nicht woanders sein“, erklärte Tom, „ihre Freunde sind fürchterlich – und das sage ich nicht wegen meines Altersvorsprungs, sondern einfach, weil es so ist.“

„Wie denn?“

„Sie rauchen, sie trinken, sie fahren zu schnell mit ihren Autos. Und so weiter“, Tom seufzte tief. „Ich glaube, sogar Bobby ist schon genervt von ihnen. Sie ist eigentlich clever und tiefgründig. Sie ist nur wahnsinnig beleidigt auf ihre Mutter. Und somit auch auf mich. Und jeden einzelnen Erwachsenen rund um sie herum.“

Er schnippte Irene leicht ans Knie. „Außer auf dich natürlich.“

„Wo ist ihre Mutter? Oder ihr Vater?“, fragte Irene und erntete einen überraschten Blick von Tom.

Dann lächelte er. „Ich vergesse manchmal, dass du ja gar nicht weißt, was sich in den vergangenen Jahren hier in der Stadt zugetragen hat. Wie lange warst du weg?“

„15 Jahre“, sagte Irene leise, aus Sorge, dass Tom wieder wütend werden würde wie bei ihren ersten Begegnungen.

„Hm“, Tom klang nachdenklich und schwieg kurz. „Du weißt, dass meine Familie hierher gezogen ist, als ich 16 Jahre alt war, oder?“, fragte er schließlich.

Irene nickte vage. „Ich muss gestehen, ich habe mich erst heute daran erinnert, dass ich dich von früher kenne“, antwortete sie leise.

Tom lachte. „Du bist gut fürs Ego“, sagte er spöttisch.

„Sorry“, flüsterte Irene.

„Was hat dich daran erinnert?“, fragte er neugierig mit amüsiertem Blitzen in den Augen.

„Hans“, antwortete Irene wahrheitsgetreu und erntete ein bellendes Lachen von Tom.

„Du hast mich damals schon nicht wahrgenommen“, sagte er jedoch und sein Blick war von einer derart plötzlichen Ernsthaftigkeit durchzogen, dass es Irene für einen Moment die Sprache verschlug.

Wieder fühlte sie sich wohler, als sie ihren Blick auf ihre Zehennägel richtete.

Hinter sich hörte sie Tom leise lachen.

„Jedenfalls bin ich jetzt schon bald 20 Jahre hier in der Stadt", begann Tom von Neuem, „damals sind nur meine Eltern und ich umgezogen. Meine Schwester, Lisa, hatte zu der Zeit schon studiert, Medizin, und blieb in unserem alten Haus, das näher an der Uni lag."

Irene hob ihren Blick, um ihm anzuzeigen, dass sie ihm zuhörte.

„Lisa ist recht bald nach ihrem Studium schwanger geworden und hat Bobby aufgezogen, während sie ihre medizinische Ausbildung abgeschlossen hat. Die Beziehung zu Bobbys Vater hielt eine Zeit lang, aber er war ähnlich ehrgeizig wie Lisa und hat irgendwann ein Angebot aus den USA angenommen, irgendein Studienprogramm, keine Ahnung, um was es da genau ging." Tom fuhr sich mit den Fingern durch die Haare. „Bobby war damals etwa drei Jahre alt, denke ich."

Tom drehte seinen Blick in Richtung Bobby und Irene entdeckte zahlreiche Emotionen gleichzeitig in seinem Gesicht – von Zuneigung über Respekt bis hin zum Wunsch, sie zu beschützen. Verständnisvoll lächelte sie ihm zu.

„Und wo ist Lisa jetzt?", fragte sie, obwohl sie eine Ahnung hatte.

„In Berlin", antwortete Tom, „sie hat einen tollen Job angeboten bekommen und ihn im Frühjahr angetreten. Bobby soll den Sommer über bei mir bleiben und ab dem Herbst bei ihr wohnen und dort in die Schule gehen." Noch einmal fuhr sich Tom mit den Fingern durch die Haare und Irene ließ sich von der Geste kurz ablenken.

Wie sich die Locken wohl anfühlen würden, wenn sie ihre Finger durchlaufen lassen würde?

Tom räusperte sich und holte sie wieder zurück in ihr Gespräch. Irene lächelte verlegen.

„Bobby will weder nach Berlin, noch will sie hier sein. Sie hat ihre Freunde in ihrem Heimatort, die aber jedem auf die Nerven gehen, vermutlich eben auch ihr. Sie ist in so einer Nicht-Position. Man merkt richtig, dass sie nicht nach vorn und nicht zurück kann. Jetzt hat sie Sommerferien, sie hat keine Aufgabe und ich habe auch nicht so viel Zeit. Ich koche drei Mal täglich, aber sie rührt keinen Finger im Haus. Anfangs habe ich sie gewähren lassen, weil sie mir leidtat – so ganz ohne Eltern in dem Alter bei ihrem Onkel wohnen zu müssen, den sie zwar immer sehr häufig gesehen hat, aber auch nicht wirklich kennt. Aber derzeit frage ich mich, für wen der Sommer länger erscheint – für sie oder für mich.“ Er lachte bitter auf.

Irene holte Luft, um auf seinen Ausbruch zu reagieren, aber er sprach weiter, bevor sie etwas sagen konnte.

„Der Tag heute war aus meiner Perspektive wie ein Durchbruch, ein Meilenstein, den ich nie zu erreichen gehofft hatte. Nicht nur, dass sie angerufen hat und um Hilfe gebeten hat. Nein, sie hat sogar um Hilfe *für jemand anderen* gebeten. Noch dazu für jemanden, den sie gar nicht gut kennt. Felix ist ein Jahr jünger als sie und dementsprechend uninteressant, obwohl die beiden sich immer wieder mal begegnet sind, während sie aufgewachsen sind. Und dann dieser lustige David! Ich war so überrascht, als ich euch vor dem Vereinshaus spielen gesehen habe, dass ich das Spiel total verhaut habe." Tom lachte nochmals in der Erinnerung an den missglückten Pass und Irene stimmte mit ein.

„Und ihre Haare!" Tom war nicht mehr zu bremsen. „Kannst du dich noch an den einen Morgen erinnern, an dem ich zu spät zum Laufen gekommen bin?"

Irene nickte.

„Am Tag davor ist Lisa wieder abgereist, nachdem sie ein paar Tage bei uns war. Und in der Früh sehe ich, dass sich Bobby den Kopf abrasiert hat." Er schnaufte wütend auf und Irene musste darüber lachen. „Ich habe gedacht, ich drehe ihr den Hals um! Sie hatte lange Haare, dunkelbraun, wunderschön! Wie du." Tom schluckte und lächelte verlegen. Dann nahm er sein eigentliches Tempo wieder auf. „Ich verstehe, dass sie protestiert und ihre Wut zur Schau stellen muss. Aber doch nicht mit einer Glatze!"

Ohne nachzudenken legte Irene ihre Hand auf sein Knie, die zusätzliche Verbindung ihrer Körper weiter intensiviert durch ihre Geste. Sie spürte Toms Muskeln, die durch den Stoff seiner Jeans wärmten, aber mit leichtem Druck ihrer Handfläche bemühte sie sich, möglichst beruhigend auf ihn zu wirken.

Irene ließ sich Bobbys Geschichte durch den Kopf gehen und verglich sie mit dem persönlichen Eindruck, den sie selbst in den vergangenen Stunden gewonnen hatte. Für sie klang das alles nach einem frustrierten, aber vor allem gelangweilten Kind, das immer wieder erwachsener sein musste, als es wollte. Tom schien die Lage jedoch ganz gut genug im Griff zu haben, auch wenn es sich für ihn wahrscheinlich nicht so anfühlte. Bobby machte den Eindruck, trotz allem ein grundsätzlich netter Mensch zu sein, vielleicht etwas ruppig zwischendurch, aber das war wohl mehr der Wut auf ihre Familie zuzuschreiben als einem unveränderlichen Charakterfehler.

„Hast du einen Fußball?", fragte Irene plötzlich und wandte sich an Tom. Sie sah gerade noch, wie er seinen Blick hob, der eindeutig auf ihre Hand auf seinem Knie gerichtet war. Er sah sie überrascht an. Vermutlich wegen ihrer Frage.

Dann lächelte Tom aber und legte seine Hand auf ihre, zwinkerte ihr zu. „Ich habe ein ganzes Geschäft voll mit Fußbällen."

Irene lachte. „Einer reicht fürs erste."

Tom führte sie zu einer kleinen Hütte am Rande seines Gartens und kramte einen alten Lederball hervor. Irene erkannte das Logo der WM 2010 auf einer der Waben des Balls.

„Was hast du vor?", fragte er, aber Irene zuckte nur geheimnisvoll mit den Schultern und rief nach Bobby.

Anstelle einer Frage hielt sie den Ball hoch und Bobby stieg ohne zu zögern von der Leiter. Dann beugte sie sich zu Felix und Irene meinte zu hören, wie sie ihn fragte, ob er etwas zu trinken haben wollte, aber er schüttelte lächelnd den Kopf.

„Wir haben noch etwas selbstgemachte Limonade in unserem Kühlschrank", sagte Irene zu Tom und deutete zum Haus auf der anderen Seite der Hecke. „Du könntest Nana fragen, ob du sie holen darfst.“ Irene zwinkerte Tom zu, dann deutete sie Bobby an, in welchem Teil des Gartens sie ihr Spiel wieder aufnehmen würden.

17. Kapitel

Wenige Tage später spazierte Irene gemütlich über den Hauptplatz, um – wie so häufig am Vormittag – Bellas Café aufzusuchen. Schon von Weitem sah sie, dass sich vor dem Lokal eine ungewöhnlich lange Menschenschlange gebildet hatte und auch die Tische in den Schanigärten voll besetzt waren. Zusätzlich waren die kleinen Tische auch übersäht mit altem, benutztem Geschirr. Die Gäste schien das aber nicht weiter zu stören. Fröhlich plauderte man über das Chaos hinweg.

Irene schulterte ihre Leinentasche und schummelte sich an der wartenden Menge vorbei ins Lokal. Bella war nicht zu sehen und auch keine ihrer üblichen Mitarbeiterinnen tauchte in Irenes Blickfeld auf. Einige der wartenden Gäste protestierten leicht, als sich Irene weiter an ihnen vorbeizwängte, sie hob aber nur beschwichtigend ihre Hände und murmelte etwas davon, dass sie nichts bestellen würde.

Hinter der Theke sah es ähnlich chaotisch aus wie auf den Tischen vor dem Lokal und als Irene ums Eck bog, sah sie Bella am Boden kauern. Mit einem Besen und einer Schaufel war sie gerade dabei, Scherben aufzukehren und zu entsorgen. Bellas Kopf war hochrot und sie schwitzte.

„Bella“, sagte Irene leise, um sie nicht zu erschrecken. Bella hob nicht einmal ihren Kopf, rief nur etwas, dass sie sich gleich um die Bestellung kümmern würde. Irene hockte sich zu ihr und berührte sie leicht an der Schulter.

„Atmen“, erinnerte sie ihre Freundin mit freundlicher Stimme. Das schien Bella aus ihrer Trance zu holen. Verwirrt sah sie Irene an.

„Was ist hier los?“, fragte Irene mit einer Geste, die das gesamte Lokal einnahm.

Bella seufzte.

„Beide Mitarbeiterinnen sind heute ausgefallen und die Kaffeemaschine spinnt nach jedem dritten Kaffee. Ich habe noch nicht einmal Zeit gehabt, frische Kaffeebohnen aus dem Lager zu holen.“

Bella wischte sich mit dem Handrücken über ihre Stirn, ihr Gesicht zuckte, als konnte sie sich nicht entscheiden, ob sie zu weinen beginnen wollte.

„O. K.“, sagte Irene und nahm Bella gleichzeitig Schaufel und Besen aus der Hand, „wo finde ich den Kaffee im Lager?“

„Rechts oben sollten einige Kartons stehen“, sagte Bella mit schwacher Stimme.

Irene erhob sich vom Boden und suchte ein Wasserglas, das einen sauberen Eindruck machte. Nachdem sie es mit frischem Wasser gefüllt hatte, hockte sie sich wieder zu Bella.

„Hier, trink das!“, sagte sie und hielt Bella das Glas hin, die es ohne zu zögern annahm und gierig trank.

„Seit wann bist du heute schon hier?“, fragte Irene.

„Etwa sieben Uhr“, seufzte Bella.

Irene sah auf ihrer Uhr, dass es kurz vor Mittag war.

„Es gibt noch kein Mittagessen“, sagte Bella, „ich hatte keine Zeit, das Essen zuzubereiten.“

„Dann fällt das heute einfach mal aus“, sagte Irene streng und nahm Bella das leere Glas ab.

„Wir machen das jetzt so“, setzte sie fort, „du kümmerst dich jetzt um die Leute, die auf ihren Kaffee warten und alle, die Essen wollen, müssen morgen wiederkommen. Mehr machst du jetzt nicht. Nur die Bestellungen und die Kaffeezubereitung. O. K.?“ Sie sah Bella streng an, die nickte.

Irene half Bella auf die Beine und blendete die neugierigen Fragen der Kundschaft aus, während sie die restlichen Scherben entsorgte und sich danach ins Lager begab, um nach dem Kaffee zu suchen. Sicherheitshalber brachte sie drei Packungen mit nach vorn, auch wenn Bella vermutlich gar nicht so viele benötigte. Während Bella sich weiter um ihre Kundschaft kümmerte, begann Irene, das viele Geschirr, das sich überall angesammelt hatte, in den Geschirrspüler zu räumen. Erst Tassen und

Besteck, in der Annahme, dass dies am wichtigsten war. Der Geschirrspüler brauchte nur wenige Minuten und so schien sich die Situation hinter der Bar bereits nach einiger Zeit wieder zu lichten.

Im Hintergrund hörte Irene immer wieder das Bedauern der Kundschaft, dass es heute kein Lunch-Angebot gab und im Stillen bewunderte sie Bella für den Erfolg. In dieser kleinen Stadt derart überrannt zu werden, obwohl es zwei Filialen gab, sprach für sie.

Als das Geschirr, das sich hinter der Theke angesammelt hatte, sauber und verstaut war, widmete sich Irene den Tischen im Lokal, räumte benutztes Geschirr in den Geschirrspüler und wischte die Tische ab. Danach kümmerte sie sich um den Bereich vor dem Lokal, der immer noch gut besucht war. Die Hitze schien den Leuten nichts auszumachen und man trank Kaffee ohne Ende. Bald war auch die Vitrine mit den Süßspeisen leer, wie Irene sah.

Als sich für einen kurzen Moment kein neuer Gast anstellte und Bella endlich mal zur Ruhe kam, reichte ihr Irene erneut ein Glas Wasser. Mit einem Kopfnicken deutete sie zur Vitrine.

„Kann ich das nachfüllen?“, fragte sie Bella und diese nickte, während sie ihr Wasser trank.

Dann führte sie Irene in eine kleine Backstube, die sich neben dem Lager befand, und zeigte auf ein zur Hälfte mit Croissants belegtes Blech.

„Normalerweise backen wir den ganzen Vormittag über“, erklärte Bella und machte sich an die Arbeit. Irene sah ihr einige Augenblicke zu und nachdem sie glaubte, die Handgriffe zu verstehen, half sie Bella, das Blech zu füllen.

„Woher kommen die vielen Leute?“, fragte Irene die Frage, die ihr seit ihrem Eintreffen im Café auf der Zunge brannte. „So viele Einwohner gibt’s hier ja gar nicht.“

Bella zuckte erst wie unbeteiligt mit den Schultern, aber ein stolzes Lächeln setzte sich dann doch in ihrem Gesicht durch, auch wenn sie es in ihrer Bescheidenheit eigentlich nicht zeigen wollte.

„Seit einiger Zeit kommen auch Leute vorbei, die nur auf der Durchfahrt sind“, sagte sie, „und da der Hauptplatz so ruhig und schattig ist, ist im Sommer immer sehr viel los. Es gibt auch sehr viele Stammkunden, seit wir diese Stempelkarten haben. Manche Leute kommen so regelmäßig, dass man nach ihnen die Uhr stellen kann.“ Bella lachte.

„So wie ich“, sagte Irene, die es auch so häufig wie möglich einrichtete, im Café vorbeizuschauen.

Bella umarmte sie kurz und so überraschend, dass Irene beinahe ihr Croissant fallen gelassen hätte. „Danke“, flüsterte Bella erschöpft, „ich war kurz vor einem Heulkrampf vorhin.“

„Jederzeit“, antwortete Irene, „du musst nur Bescheid geben. Ich habe viel Zeit zurzeit.“

Sie kicherte.

Bella schwieg kurz und nachdenklich.

„Ich bräuchte wirklich Unterstützung bis zum Ende der Woche“, sagte Bella dann ruhig, „eine der beiden Damen, die sich hier normalerweise abwechseln, hat gekündigt, die andere ist krank und es klingt nicht so, als würde sie bald wiederkommen. Ich kann zwar eine der Mitarbeiterinnen aus der Filiale im Einkaufszentrum zur Aushilfe hierher beordern, aber dann ist immer noch zu wenig Personal verfügbar. Vor allem, wenn so viele Gäste kommen.“ Bella dachte weiter nach. „Ab nächster Woche kommt zwar auch noch eine Studentin, die während der Urlaubszeit aushilft, aber wenn es so weitergeht, ist auch das zu wenig. Und für das Projekt mit Tom brauche ich mehr Zeit im Büro und nicht hinter dem Tresen.“ Sie lachte auf und klatschte in die Hände, vergessen war die Anstrengung vom Vormittag.

„Was sagst du dazu?“, Bella sah sie erwartungsvoll an und ignorierte Irenes Überraschung.

„Du musst nicht täglich arbeiten, aber an zwei oder drei Vormittagen wäre das super! Eine Schicht dauert bis zum Nachmittag, danach kommt dann jemand für die Abendschicht“, sprach Bella weiter. Man konnte ihr direkt ansehen, wie sie gleichzeitig dachte und sprach. „Das wäre sowieso super, wenn du häufiger auch nach dem Lunch hier bist, weil ich da öfters mit Tom am Projekt arbeiten werde und dafür hättest du sicher auch sehr gute Ideen. Jetzt, wo ihr ja Freunde seid, wäre das sicher viel einfacher mit euch.“

„Wer sagt, dass wir Freunde sind?“, fragte Irene.

„Jeder! Endlich seid ihr der *talk of town*! Es war an der Zeit!“ Bella lachte auf. „Hier hakst du ein? Du lässt mich stundenlang über Arbeitszeiten reden, aber kaum erwähne ich Tom, findest du deine Sprache wieder?“ Sie lachte nochmals und zwinkerte Irene zu. „Nein, ernsthaft. Es tratscht – leider! – immer noch niemand über euch. Tom hat bloß Otto von Bobby und Felix erzählt … –“

„Ich glaube, wir sollten wieder nach vorn schauen, ob neue Kunden gekommen sind“, unterbrach Irene den Wortschwall und Bella lachte herzhaft über ihren erbärmlichen Versuch, das Thema zu wechseln.

Sie schob das Blech in den Backofen und Bella begann, das Gerät zu erklären. Offenbar war ihr Schweigen Zustimmung genug gewesen und Bella nahm ihre Einschulung als Mitarbeiterin im Café auf.

Der Gedanke, ab und zu hier im Café auszuhelfen, war in Wahrheit gar nicht so schlecht.

Nach der Mittagszeit beruhigte sich das Café tatsächlich und im Laufe des Nachmittags kam schließlich jene Mitarbeiterin, die täglich die Abendschicht übernahm, und löste Bella und Irene ab. Bis dahin hatten sie auch die Vitrine wieder mit Süßigkeiten und Gebäck gefüllt.

„Es reicht, wenn du morgen um 8 Uhr ins Café kommst“, sagte Bella, als sie sich vor dem Geschäft verabschiedeten. „Das sollte sich mit deinem Lauf ausgehen.“ Bella zwinkerte und Irene konnte sich ein Lächeln nicht verkneifen.

„Bring morgen auch deine Unterlagen mit, damit ich dich anmelden kann, Sozialversicherungsnummer, Kontodaten und so weiter. Aber was rede ich, du warst ja selbst schon mal Chefin“, Bella lachte auf, sah aber plötzlich ganz verlegen drein. „Entschuldige bitte, das war fürchterlich unsensibel von mir."

Sie umarmte Irene freundlich und entschuldigte sich ein weiteres Mal.

Irene schüttelte den Kopf und wehrte die Entschuldigung so gut es ging ab. „Das ist gar kein Problem", sagte sie. „Mir fehlt das zurzeit gar nicht", ergänzte sie leise.

Bella lächelte sie verständnisvoll an. Dann wurde sie von einem neuen Energieschub durchzogen und verabschiedete sich mit einem Wortschwall, was sie heute Abend kochen würde und dass sie sich schon auf morgen freuen würde und sowieso und überhaupt.

„Danke!", rief sie Irene zum wiederholten Male zu, diesmal quer über den Hauptplatz und Irene kehrte lachend und kopfschüttelnd nach Hause zurück.

18. Kapitel

An den restlichen Tagen der Woche kehrte Irene nun also immer vormittags in Bellas Café am Hauptplatz zurück, um den Ausfall der Mitarbeiterinnen zu kompensieren. Ihre frühmorgendlichen Laufrunden mit Tom behielt sie bei, wie es mittlerweile schon Gewohnheit geworden war. Ebenso unverändert blieb die beständige Schweigsamkeit Toms, trotz des ungewöhnlich langen Gesprächs über Bobby, das sie am vergangenen Wochenende geführt hatten.

Mit der Zeit hatte Irene begonnen, die Irritation über Toms Schweigen abzuschütteln und der fast meditativen Ruhe ihrer Laufrunden durchaus etwas abzugewinnen. Sie war mit ihren Gedanken allein, aber irgendwie auch doch nicht. Durch die geringe Ablenkung blieb ihr viel Zeit, um die Natur zu beobachten oder eben einfach auch nur ihren Gedanken freien Lauf zu lassen, sich gänzlich im Denken zu verlieren.

Das regelmäßige Laufen machte sich auch körperlich bemerkbar. Irene fühlte sich motivierter und kräftiger. Und sie musste sich auch eingestehen, dass sie ohne diese eigentümliche Trainingspartnerschaft wohl wesentlich seltener, kürzer und bei Weitem nicht in so beständigem Tempo gelaufen wäre.

Ihre abwechslungsreichen Laufrunden hatten ihr zudem dabei geholfen, sich durch die vielen Gedanken über ihr altes Leben in Wien und über diese fremde Orientierungslosigkeit zu arbeiten. Das gleichmäßige Bewegen des Körpers war ihr ein vertrautes Ventil, um Spannung abzubauen, und das konsequente Training stärkte ihren Körper, was auch ihrem Geist die nötige Sicherheit gab.

Irene fühlte sich lebendig und ausgeglichen. Und wenn sie ehrlich zu sich selbst war, wusste sie, dass sie diese Gefühle schon lange nicht mehr gehabt hatte.

Über viele Tage hinweg hatte der morgendliche Lauf das einzige Fixum ihres Alltags dargestellt und somit wurde Irene von einer aufgeregten Spannung überfallen, wenn sie an ihren Dienst im „Kaffeekränzchen“ dachte. Ihre Wochen ohne Termine und Verpflichtungen waren vorbei und die neue Aufgabe war ihr eine willkommene Ablenkung.

Bella war jedenfalls eine angenehme Chefin und Irene dachte im Laufe dieser ersten Tage im Café mehrmals selbstkritisch an ihr eigenes Verhalten zurück, wenn sie früher neue Mitarbeiter in der Agentur eingeschult hatte. Sie war sich nicht sicher, ob sie auch jedes Mal so freundlich und geduldig geblieben war, wenn einer der neuen

Mitarbeiter zum wiederholten Male die gleiche Frage gestellt hatte, wie es Bella nun vorlebte.

Bella teilte Irene anfangs in der Backstube ein, wo Irenes Koch- und Backtalente ohne aufwendige Erklärungen zum Tragen kommen konnten. Also formte sie Croissants und kümmerte sich darum, dass es frische Kuchen zur Auswahl gab.

Dazwischen kehrte sie immer wieder hinter den Tresen zurück und räumte das benutzte Geschirr in den Geschirrspüler. Diese simplen Tätigkeiten erfüllten sie mit unerwarteter Zufriedenheit, schon allein deshalb, weil sie bemerkte, wie sehr sie Bella mit diesen wenigen Handgriffen unterstützen konnte.

Für die Mittagszeit bereitete Bella selbst einfache Gerichte zu, die man schnell servieren, aber auch einfach zum Mitnehmen verpacken konnte. An jedem Tag, den Irene im Café arbeitete, gab es nach dem Mittagsgeschäft eine etwas ruhigere Phase im Lokal, die Bella dafür nutzte, ihr die Kaffeezubereitung zu erklären. Geduldig zeigte sie auf jeden Hebel und Knopf an der riesigen Maschine, sie erklärte, wie Irene den Kaffee zu mahlen hatte, wie man Milch schäumte und welche Tassen für welchen Kaffee verwendet wurden.

Sie arbeiteten konzentriert, bis sie immer wieder aufs Neue von Yvonne, die die Abendschicht betreute, abgelöst wurden. Bella verabschiedete sich von Irene jeden Tag mit mehreren Umarmungen und einem Redeschwall voller Dankeschöns und Plänen für den Abend, sodass Irene selbst gar nicht wirklich zu Wort kam.

Ausgerüstet mit mehreren Stück Kuchen kehrte Irene an einem dieser Tage nach Hause zurück und als sie dort nur eine Notiz von Nana vorfand, die ihr mitteilte, dass sie zu Besuch bei einer Freundin war, teilte Irene den Kuchenvorrat auf zwei Teller auf und stapfte mit einer der beiden Kuchenportionen durch den Garten bis zur kleinen Gartentür, die Nanas Grundstück mit Toms verband.

Irene musste sich leicht über das Tor beugen, um Toms Terrasse sehen zu können, wo sie Bobbys Umrisse ausmachen konnte. Das Mädchen hatte es sich auf einer Liege bequem gemacht und las in einem Buch. Zu ihren dunklen Shorts trug sie einen Pullover, der viel zu dick schien für das sommerliche Wetter. Irene pfiff leise vor sich hin, um auf sich aufmerksam zu machen. Bobby sah irritiert auf, bis sie den Ursprung des Pfiffs ausmachen konnte. Als sie Irene entdeckte, leuchtete ihr Gesicht auf.

„Ich habe Kuchen!", rief Irene über den Zaun hinweg und hielt den Teller in die Luft. Bobby winkte sie heran und erst jetzt öffnete Irene das Gartentor und marschierte Richtung Nachbarhaus.

„Du kannst immer einfach durchgehen", sagte Bobby und deutete auf die Gartentür, „Tom ist eh nie zu Hause." Irene ignorierte den leichten Vorwurf, der aus Bobbys Stimme zu hören war. „Und wenn du *Kuchen* bringst, brauchst du ohnehin keine Zustimmung von irgendwem", lachte Bobby weiter.

Irene grinste.

Sie wählte den Stuhl neben Bobby, der im Schatten stand, und reichte ihr den Kuchen.

„Was ist das?“, fragte Bobby.

„Zitronenkuchen“, antwortete Irene, „aus Bellas ‚Kaffeekränzchen‘. Ich helfe dort jetzt aus.“

„Ich weiß“, sagte Bobby und auf Irenes neugierigen Blick hin ergänzte sie: „Tom hat das neulich beim Frühstück erzählt.“

Irene lachte und schüttelte den Kopf. „Als ob wir darüber geredet hätten“, murmelte sie vor sich hin.

Bobby seufzte vergnügt, als sie den Kuchen inhalierte. „Köstlich! Hast du den gebacken?“

„Ja, ausnahmsweise“, sagte Irene, „ich kann die Kaffeemaschine noch nicht allein bedienen, also bin ich zu anderen Tätigkeiten eingeteilt worden.“

Bobby lachte.

„Ich wollte auch schon im ‚Kaffeekränzchen‘ arbeiten, aber Tom lässt mich ja nicht“, Bobby verdrehte die Augen.

„Aber bist du dafür nicht ohnehin zu jung?“, fragte Irene.

„Ich werde bald 15 Jahre alt“, antwortete Bobby und zuckte mit den Schultern.

„Immer noch zu jung. Wann wirst Du 15?“

„Im März“, antwortete Bobby leise und Irene lachte laut auf. Bis dahin war es noch fast ein dreiviertel Jahr. Bobby zog ihre Schultern hoch.

„Bist du den ganzen Tag allein hier?“, fragte Irene schließlich.

„Jaa“, antwortete Bobby langezogen. Jedoch klang sie gar nicht gelangweilt, sondern eher danach, als würde sie nicht ganz die Wahrheit erzählen. Also richtete Irene ihren Blick direkt auf das Mädchen, das sich sofort über den Kopf strich. Sogar zu jung, um überzeugend lügen zu können, dachte sich Irene und verkniff sich ein Schmunzeln.

„Außer du bekommst Besuch …?“

Bobby schnaufte kurz auf. „Manchmal bekomme ich Besuch.“ Sie schnaufte nochmals. „Aber Tom weiß nichts davon.“

„Warum nicht?“

„Weil es ihn eh nicht interessiert!“

Irene zog ihre Augenbrauen hoch und Bobby wiederholte ihre verräterische Geste und strich sich über ihre Haarstoppel.

„Weil er es verboten hat“, gab Bobby schließlich leise zu.

„Warum hat er es verboten, dass du Besuch bekommst?“ Irene bemühte sich um eine neutrale Stimme. Tom war ihr nicht als besonders streng erschienen, eher als übermäßig besorgt.

„Meine Freunde waren vor ein paar Wochen mal hier und einer von ihnen hatte Bier mit und sie haben geraucht. Normale Sachen halt, aber Tom hat sich aufgeregt, als hätten wir hier einen Porno gedreht.“ Bobby verdrehte wieder ihre Augen. „Und er hat verboten, dass sie wiederkommen. Also kommen sie halt, wenn er es nicht merkt."

„Und was macht ihr dann, wenn sie hier sind?"

„Chillen, Netflix, was uns halt einfällt."

Irene wollte sich nicht in Toms Erziehung einmischen und beschloss, das Thema fallen zu lassen.

„Hast du von Felix gehört?", fragte sie daher. „Wie geht es seinem Schienbein?"

Bobby lächelte überraschend freundlich und nickte.

„Es geht ihm besser, aber er vergeht beinahe vor Langeweile", antwortete Bobby. „Ein paar Tage lang konnte er nicht richtig auftreten und ist deshalb nur herumgelegen." Sie kicherte. „Dafür hat er mir tausende lustige Bilder geschickt." Sie wedelte mit ihrem Telefon und kicherte dabei so herzlich und lieb, dass sie plötzlich wie ein kleines Kind wirkte.

Irene lächelte.

Sie schwiegen einige Augenblicke, dann merkte Irene, wie Bobby auf ihrem Sitz hin und her zu wetzen begann, als würde sie gerne ein Thema anschneiden, aber nicht genau wissen, wie sie es anstellen sollte. Also lächelte sie Bobby aufmunternd zu.

„Ich habe mich gefragt", begann das Mädchen schließlich und bohrte ihre Hände so tief in die Taschen ihrer Shorts, dass sie fast durchbrechen mussten, „ich habe mich gefragt, ob du mir nochmals zeigen könntest, wie du mit dem Fußball läufst." Sie sprach so leise, dass Irene sich vorbeugen musste, um sie zu hören. „Ich habe es ein paar Mal selbst probiert, aber ich verliere ständig den Ball."

„Sicher!", rief Irene aus und sprang gleich auf, um nur ja keinen Zweifel aufkommen zu lassen. „Wo ist der Ball?"

Bobby deutete in den Garten, wo der Fußball, mit dem sie am vergangenen Wochenende zu Nanas, Toms und Felix' Unterhaltung gespielt hatten, mitten auf der Wiese lag.

„Wir brauchen auch …", Irene sah sich um und tippte sich mit dem Finger auf die Unterlippe, „wir brauchen auch Hindernisse." Sie sah sich weiter um. „Ach, bevor wir lange nach irgendwelchen Hütchen suchen, verwenden wir einfach Schuhe!" Ihr Blick fiel auf Bobbys Füße. „Und du brauchst Turnschuhe."

Das Mädchen lief ins Haus und kehrte bald daraufhin mit Turnschuhen an den Füßen und zwei Paar Bergschuhen in den Händen zurück.

„Der Vorteil, wenn man mit Tom zusammenwohnt. Es gibt Ausrüstung für jede Sportart und jede Temperaturlage", lachte Bobby. „Was machen wir jetzt damit?"

Irene nahm ihr die riesigen Schuhe ab und positionierte sie jeweils einzeln in einer Linie mit etwa ein bis eineinhalb Meter Abstand dazwischen.

„Wir laufen jetzt im Slalom", sagte sie verschwörerisch.

Sie begannen mit einer leichten Übung ohne Ball und steigerten sich so nach und nach in Tempo und Schwierigkeitsgrad. Anfangs ließ Irene Bobby nur langsam zwischen den Schuhen durchgehen, vor allem darauf konzentriert, den Ball dabei unter Kontrolle zu behalten. Als sie bemerkte, dass das Mädchen vertrauter im Umgang mit dem Fußball wurde, forderte sie Bobby auf, den Parcours leicht joggend zu absolvieren.

Nach einigen Durchgängen schnaufte Bobby angestrengt, aber lächelnd. Glücklicherweise hatte sie ihren dicken Pullover gleich nach ihrer ersten Übungsrunde abgelegt, aber das dunkle T-Shirt, das sie nun trug, war wohl weiterhin zu warm für die Aktivitäten in der Sonne.

Jedoch, wie schon am vergangenen Samstag erschien Bobby durch die sportliche Aktivität plötzlich von unsichtbaren Gewichten befreit, sodass sie regelrecht strahlte. War Bobby schon in ihrem grantigen Default-Modus und trotz der fehlenden Haare am Kopf auffallend hübsch, so war sie lachend und aufgelöst vom Spielen regelrecht schön.

Irene lächelte und konnte nicht anders, als sich daran zu erinnern, wie sehr es auch ihr in ihren Teenager-Jahren geholfen hatte, an einem Sportprogramm teilzunehmen. All die Wut, die sie damals fast innerlich aufgefressen hatte, fand plötzlich ein Outlet. Wenn auch nur vorübergehend.

Nach einiger Zeit ließen sie sich schnaufend und lachend unter den Kirschbaum in den Schatten fallen.

„Es ist eigentlich zu heiß zum Sporteln“, keuchte Bobby.

„Du warst aber sehr gut“, lobte Irene. „Das können wir gerne wieder machen. Wir können auch deine Freunde fragen, falls sie mal mitspielen wollen. Oder wir trainieren einfach zu zweit eine Stunde lang.“ Irene unterbrach sich selbst. Ihr Wunsch, so oft wie möglich dieses freundliche, hübsche Mädchen herauslocken zu wollen, schien mit ihr durchzugehen.

„Meine Freunde machen da sicher nicht mit", grummelte Bobby und Irene drehte sich schnell zu ihr. Die graue Wolke über dem Mädchen war in Ansätzen wieder da.

Irene seufzte.

„Aber du spielst doch gerne, oder?"

„Jaa", Bobby zögerte.

„Vielleicht gibt es ja irgendwo einen Verein, bei dem du einsteigen kannst", schlug Irene vor.

Bobby schüttelte den Kopf und gleichzeitig tönte eine mittlerweile vertraute Männerstimme durch den Garten: „Wir haben hier leider keinen Verein für Mädchen in der Gegend."

Irene wandte sich überrascht um und entdeckte einen lächelnden Tom, der über die Terrassenstufen zu ihnen in den Garten kam. Für einen Moment ließ sie sich von seinem unerwarteten Erscheinen ablenken und schenkte Tom einen Blick von Kopf bis Fuß. In Jeans und T-Shirt sah er fast noch besser aus als in seiner Laufkleidung, in der sie ihn jeden Morgen sah, und Irene schluckte, überrascht über ihre Gedanken.

Diese Sommertemperaturen schienen etwas mit ihrem Kopf zu machen. Dieses eigenartige Knistern zwischen Tom und ihr, das manchmal einfrierende Hirn, wenn sie Tom nur kurz ansah – ihre Reaktion auf ihn war ihr völlig fremd und so etwas war ihr noch nie mit irgendeiner anderen Person in dieser Form passiert.

Jeans und T-Shirt und ihr Puls stieg an? Was war nur mit ihr los? Hatte die Rückkehr in die Heimat ihrer Teenager-Jahre auch ihr Hirn (und ihren Hormonhaushalt) in die Jugendjahre zurückversetzt?

Wahrscheinlich war es sogar von Vorteil, wenn sie morgens beim Laufen nicht miteinander sprachen. Wer weiß, was sonst passieren würde. Wahrscheinlich würde Irene regelmäßig über ihre eigenen Füße stolpern.

Zum Glück holte sie Bobby schnell wieder aus ihrer unerwarteten Tagträumerei, bevor ihre Schwärmerei ihr gänzlich das Hirn vernebelte. „Ich habe noch nicht so oft gespielt", setzte Bobby – unbeirrt von Irenes innerlichem Gefühlsausbruch – fort. „Mit dir ist es lustig. Du machst das lustig. Da ist es egal, ob ich gut bin oder nicht."

Irene wurde es kurz warm ums Herz, voller Freude über das Kompliment, und sie wechselte einen stillen Blick mit Tom. Auch er schien kurz sprachlos zu sein von Bobbys Bekenntnis.

„Dann spielen wir doch einfach weiter, hier im Garten", sagte Irene und blickte zu Tom, „wenn es für Tom okay ist?"

Tom nickte eifrig.

„Lass mich wissen, falls ihr mehr Bälle braucht", bot er an. „Oder Hütchen zum Trainieren", ergänzte er nach einem Blick auf seine Bergschuhe, die immer noch aufgereiht auf der Wiese positioniert waren. „Sind das meine Schuhe?"

Bobby zog ihre Schultern hoch und presste ein schuldbewusstes „Ja“ hervor. „Irene meinte, ich soll hohe Schuhe mitbringen. Das waren die größten, die ich gefunden habe.“

Irene lachte und Tom setzte zum Glück mit ein.

Sie lehnte sich wieder an den Kirschbaum und sah gerade noch aus den Augenwinkeln, wie Tom seine Hand zurückzog, kurz bevor er Bobby impulsiv über den Kopf gestrichen wäre. Der Wunsch, seine quasi-väterlichen Zuneigung nachzugeben, kollidierte so offenkundig mit der Sorge, von Bobby zurückgewiesen zu werden, dass Irene fast Mitleid verspürte.

Die Spannung zwischen den beiden war greifbar – in jeder Aussage, jeder Geste. Der ständige Tanz um die aus Frust errichteten Grenzen, die nun keiner der beiden zu überschreiten wagte.

„Lass uns noch ein bisschen passen“, schlug Irene vor und sprang auf. „Tom, spielst du mit?“

Und so ließen sie den Fußball locker zwischen ihnen hin und her laufen. Die spannungsgeladene Nicht-Kommunikation mit einem simplen Passspiel überbrückend.

Sie spielten, bis Nana von der anderen Seite des Gartenzauns nach Irene rief, sie möge doch bald nach Hause kommen. Das Abendessen sei fertig.

Das handelte ihr haufenweise Spott von Tom und Bobby ein, die eine übermütige Front gegen sie bildeten.

Irene lachte über die Witze ihrer Nachbarn, während sie sich für den Tag von ihnen verabschiedete.

Der Tisch auf Nanas Terrasse war bereits gedeckt und die beiden mit Kerzen gefüllten Laternen, die Irene vor Kurzem an beiden Enden der Terrasse aufgebaut hatte, waren erleuchtet. Nana trat mit einer dampfenden Schüssel in den Händen durch die Terrassentür und lächelte ihr zu.

„Wir können gleich loslegen", sagte sie und balancierte das Essen mitten auf den Tisch. Irene entschuldigte sich für einen Moment, um ihre Hände zu waschen. Sie lächelte. In Erinnerung an den Nachmittag mit Bobby. Über die Selbstverständlichkeit, mit der Nana sie zum Abendessen erwartete. Über die Anziehung zu Tom.

19. Kapitel

Am nächsten Tag im Café fragte Irene Bella, was sie unternehmen musste, um eine Mädchen-Fußballmannschaft zu gründen.

„Frag Tom!“, antwortete Bella und Irene verdrehte die Augen.

„Woher soll er das denn wissen?“

Bella zuckte mit den Schultern.

„Wann immer irgendjemand eine Frage zum Thema Sport hat, wendet er sich an Tom“, erklärte Bella ungerührt, „er kennt hier einfach jeden. Und darüber hinaus auch.“

Irene schluckte einen bissigen Kommentar runter. Irgendwie traute sie ihrer Stimme nicht mehr, wenn es um Tom ging. Als sie sich heute Früh zum Laufen getroffen hatten, war Irene plötzlich so aufgeregt gewesen, dass sie nicht einmal ihr übliches „Guten Morgen“ ohne nervöses Krächzen hervorgebracht hatte. Zum ersten Mal war sie froh, dass sie während ihrer Laufrunden nicht miteinander sprachen. Die Stille der heutigen Laufrunde gab ihr jedoch Zeit und Raum, ihre akute und unerwartete, Teenager-ähnliche Schwärmerei in allen Farben zu analysieren und sezieren.

Es war ihr nicht gelungen, sich den Unsinn wieder auszureden.

Daher ging Irene fürs erste nicht direkt auf Bellas Vorschlag ein, sondern lenkte das Thema in eine andere Richtung.

„Was hältst du grundsätzlich von der Idee?“, fragte sie, während sie frische Croissants in die Vitrine legte.

„Eine Mädchen-Fußballmannschaft zu gründen?“

Irene nickte.

„Für Bobby?“

Irene nickte wieder. „Nicht nur für sie natürlich.“ Sie legte ihren Kopf schief. „Aber sie war die Inspiration dahinter.“ Irene lächelte in Erinnerung an den gemeinsam verbrachten Nachmittag des Vortags. „Ich denke aber eher an eine Sportstunde wie Yoga oder Pilates. Nur eben Fußball und für Mädchen.“

Bella hielt beim Verräumen des frisch gewaschenen Geschirrs inne.

„Warum nur für Mädchen?“

„Weil es für Buben genügend Angebote gibt. Sommercamps, Vereine und so weiter.“

„Aber es gibt Volleyball für Mädchen“, warf Bobby ein, „die bringen sogar immer ganz gute Teams heraus, soweit ich weiß.“

„Jahaaa“, antwortete Irene ungeduldig, „das ist eh gut. Ich habe auch Volleyball gespielt. Aber Fußball ist anders. Da läuft man mehr, da ist die Konzentration anders. Man setzt den Körper anders ein, trainiert Kraft und Kondition – und das alles, während man spielt. Das Spielen lenkt ab und man trainiert daher leichter.“ Sie drehte sich zu Bella, sodass die Gäste im Café nicht zuhören konnten. „Du solltest sehen, wie Bobby aufblüht, sobald sie einen gewissen Level an Anstrengung erreicht hat. Dieses Auspowern hilft ihr. Hat mir früher auch geholfen.“

Bella kicherte. „Wirklich?“, fragte sie mit einem Augenzwinkern. „Du hast trotzdem noch genügend angestellt. Was hättest du alles gemacht, wenn man dich damals nicht regelmäßig laufen geschickt hätte? Das Rathaus angezündet?“ Bella lachte und Irene konnte sich nicht zurückhalten und lachte mit ihr.

Kopfschüttelnd wandte sie sich wieder ihren Croissants zu, bis sie hinter sich Bella am Telefon hörte. Offenbar sprach sie mit Otto, denn der erste Teil des Gesprächs war eine kichernde Begrüßung und ein mehrfaches Wiederholen, dass alles in Ordnung war und sie nur wegen einer Frage anrufen würde. Wieder kicherte es hinter Irene und sie schüttelte lächelnd den Kopf. Die beiden waren so unterhaltsam!

„Was muss Irene unternehmen, wenn sie Mädchen Fußballunterricht geben will?“, fragte Bella plötzlich und Irene wirbelte herum.

Bella nickte, als ob Otto sie sehen konnte. „Das weiß ich alles nicht“, sagte sie, „soll ich ihr den Hörer geben? Sie steht gerade neben mir.“

Wieder nickte Bella und murmelte mehrmals ein zustimmendes „Mhm“. Dann drehte sie sich wieder weg und kicherte ein paar Mal. „Bis später“, flüsterte sie schließlich in einem Tonfall, den Irene lieber nicht gehört hätte, und legte auf.

„Otto kommt vorbei und beantwortet deine Fragen“, sagte sie und verschwand im Lager, ohne Irenes Antwort abzuwarten.

Im Laufe eines Vormittags beruhigte sich das Café manchmal für eine gute Stunde, nachdem die Stammgäste der Morgenstunden versorgt waren und die hungrige Meute erst zur Mittagszeit erwartet wurde. Irene wollte die Ruhe gerade nutzen und sich in die Backstube zurückziehen, aber in diesem Moment läutete die kleine Glocke über der Tür und Otto kam ins Café. Dicht gefolgt von Tom.

Natürlich.

„Da seid ihr ja endlich!“, rief Bella neben ihr aus und Irene starrte sie verärgert an. Bella lächelte aber nur in ihrer gewohnt energiegeladenen Art zurück, vollkommen ungerührt von Irenes Irritation.

Otto schüttelte einige Hände der Gäste im Lokal, während Irene versuchte, ihre Emotionen in den Griff zu bekommen. Diesmal überwältigte sie nicht die Nervosität durch Toms Anwesenheit, sie war eher peinlich berührt, dass Otto und Tom gleich persönlich aufmarschierten.

„Ich muss mir merken, dass ich meine Ideen neben der Frau des Bürgermeisters nicht einfach so ausplaudern kann", sagte Irene anstelle einer Begrüßung, im Versuch mit etwas Humor über ihre Verlegenheit hinweg zu täuschen.

„Ich habe gleich Verstärkung mitgebracht", sagte Otto unbeeindruckt, während er sich über den Tresen beugte und Bella mit einem Kuss begrüßte.

„Warum?", fragte Irene trotzig.

„Kann ich euch Kaffee anbieten?", unterbrach Bella und übernahm das Ruder. „Das Übliche? Setzt euch derweil nach draußen, ich bringe euch gleich euren Kaffee."

Die Herren wandten sich wieder zum Gehen und suchten sich einen Platz im Schanigarten, während Irene Bellas Aufmerksamkeit suchte, indem sie sie kurz am Arm festhielt.

„Ich habe doch einfach nur laut nachgedacht", zischte sie ärgerlich, „ich kann doch nicht gleich mit dem Bürgermeister drüber reden!"

„Aber sicher kannst du das", sagte Bella freundlich und begann Milch zu schäumen. „Mit den beiden hast du in einer Viertelstunde geklärt, wo und wann ihr spielen könnt, wie ihr an Equipment kommt und mit wem du reden musst, falls du einen Verein gründen willst." Sie zuckte mit den Schultern. „Bei uns am Land geht das so einfach."

„Und wenn es sonst keine Interessenten gibt? Vielleicht gibt's hier keine Mädchen, die Fußball spielen wollen."

„Blödsinn!“, sagte Bella. „Mir allein fallen schon drei Kinder ein, die mitmachen würden.“

„Aber wenn es Bedarf geben würde, hätte ja wohl schon jemand einen Verein gegründet“, warf Irene ein.

„Ich glaube, es hat einfach noch niemand daran gedacht“, sagte Bella und seufzte. „Die sportlichen Mädchen haben bei uns immer Volleyball gespielt. Oder waren Leichtathleten so wie du.“

Irene schwieg nachdenklich.

„Setz dich raus und rede mit den beiden“, sagte Bella mit fast mütterlicher Motivation in ihrer Stimme, „dann siehst du gleich, ob sich die Idee umsetzen lässt oder nicht.“

„Es tut mir leid, dass ihr extra wegen mir hier aufmarschieren musstet“, sagte Irene, während sie sich zu Tom und Otto an den Tisch setzte.

Otto lachte.

„Keine Sorge“, sagte er und boxte Tom in die Schulter, „wir treffen uns ohnehin viel zu selten auf einen Kaffee, seit Tom ‚Sommerferien-Daddy‘ geworden ist. Das war einmal ein guter Anlass, sich wiederzusehen.“ Er winkte einer älteren Dame zu, die ihren Einkaufstrolley hinter sich her zog und Otto lauthals begrüßt hatte.

„Es liegt eher daran, dass man mit dieser Lokalprominenz hier nirgendwo hingehen kann, ohne dass er von der halben Bevölkerung mit Fragen attackiert wird“, gab Tom an Otto zurück und lachte. Irene ließ sich für einen Augenblick von seinem Lächeln ablenken. Er war wirklich unverschämt attraktiv.

Als hätte sie nicht schon genügend andere Probleme!

Tom sah sie direkt an. „Du willst eine Mädchenmannschaft gründen?“, fragte er.

„Ich habe darüber nachgedacht, etwas für Mädchen auf die Beine zu stellen, nachdem wir ja gestern mit Bobby gesprochen haben“, rief Irene das kurze Gespräch in Toms Garten in Erinnerung, „aber Bella hat mir irgendwie das Ruder aus der Hand genommen.“ Sie lächelte verlegen.

„Ich finde das eine gute Idee“, sagte Otto, „wir brauchen im Sommer ohnehin immer Beschäftigung und Betreuung für die Kinder. Je mehr Angebot, desto besser. Warum sollten wir also nicht auch mal Fußball für die Mädchen anbieten?“ Er lehnte sich in seinem Stuhl nach vorn, sein Gesicht ernsthaft konzentriert auf Irene gerichtet. „Wie soll das ablaufen?“

„Ich habe mir ja noch gar nicht lange darüber Gedanken gemacht“, sagte Irene beschwichtigend. „Nachdem ich am Nachmittag mit Bobby gespielt habe, habe ich am Abend an einer Idee herumgeknabbert, aber noch nicht im Detail ausgearbeitet.“ Irene seufzte. „Mir geht's gar nicht so sehr darum, dass die Mädchen in einer Liga spielen, sondern eher darum, eine Art Fitnessprogramm mit Fußbällen anzubieten. Aber eben fürs erste Mal nur für Mädchen. Eine Stunde pro Woche vielleicht, ein paar Übungen mit Ball, ein paar Übungen ohne Ball. Wenn das zu wenig ist, kann man zweimal pro Woche eine Einheit anbieten, auch für Kondition zum Beispiel.“ Sie ignorierte Toms Lächeln so gut es ging, vor allem, weil etwas in seinem Blick lag, das sie zuvor noch nie gesehen hatte. Eine Form von Freundlichkeit verbunden mit Bewunderung vielleicht?

Irene schüttelte ihre Verwirrung ab und versuchte, sich wieder aufs Gespräch zu konzentrieren.

„Ich habe jedoch keine Trainerausbildung“, fügte Irene schnell hinzu, bevor die beiden etwas ergänzen konnten.

„Aber ich“, sagte Tom ruhig.

Otto klopfte ihm freundlich auf die Schulter.

„Wie viel Platz braucht ihr?“, fragte Otto.

Irene zuckte mit den Schultern. „Ich habe keine Ahnung, ob es viele Mädchen gibt, die sich dafür interessieren. Aber wenn wir das machen, sollten wir an einem Ort trainieren können, an dem auch die Buben trainieren. Auf richtigem Rasen oder einem Hartplatz, wobei mir Rasen lieber wäre.“ Sie schluckte kurz. „Toms Garten wäre im Notfall groß genug für fünf Leute etwa“, sie schmunzelte, um den beiden zu verstehen zu geben, dass sie scherzte.

„Wenn du den Rasen mähst, geht das natürlich“, zwinkerte Tom zurück.

Otto grinste.

„Ich glaube, ich kenne mich aus“, sagte Otto. „Am besten redet ihr mit dem Vorstand des Sportvereins, ob es ein oder zwei Timeslots für euer Training gibt. Sobald das geklärt ist, informiert ihr die Kundschaft hier im Café und im ‚Outdoorsy‘, dann spricht sich das eh schnell herum. Wie viel wollt ihr dafür verlangen?“

„Hm?“ Irene sah ihn verwirrt an, während Bella sich dem Tisch näherte und mehrere Kaffeetassen abstellte, bevor sie sich einen leeren Sessel heranzog und darauf niederließ. Kaum saß sie, griff sie nach Ottos Hand – eine so automatische Bewegung, dass sie den beiden gar nicht aufzufallen schien. Irene unterdrückte ein Schmunzeln.

„Wie viel euer Kurs kosten würde, meine ich“, erklärte Otto.

Tom zuckte mit den Schultern.

„Vielleicht sollten wir das Training im Sommer testweise kostenfrei anbieten und dann im Herbst evaluieren, ob es sich auszahlt, das Angebot auf stabilere Beine zu stellen“, schlug Irene vor. „Was meint ihr?“

Tom zuckte wieder mit den Schultern. „Im Herbst wirst du ja nicht mehr da sein“, sagte er ruhig und das Schweigen von Bella und Otto hätte nicht lauter sein können.

„Wie bitte?“

„Du bist ja nur für den Sommer hier, oder?“

Irene schluckte. In Wahrheit hatte sie noch gar nicht darüber nachgedacht. Sie hatte kein Leben, in das sie zurückkehren konnte. Oder wollte.

„Wenn Irene die Weingärten in den Herbstfarben sieht, will sie sicher nicht mehr zurück in die Großstadt“, warf Bella ein, die ihre Anspannung bemerkt haben dürfte.

„Das will ich so schon nicht“, sagte Irene leise und zu ihrer eigenen Überraschung.

„Das hält uns ja alle nicht davon ab, jetzt mal das Angebot für den Sommer zu planen“, ergänzte Otto mit diplomatischem Geschick.

Irene musterte Tom, der ihr wiederum direkt in die Augen sah. Diesmal lag Neugier in seinem Blick und ein freundliches Blinken blitzte kurz darin auf. Lange genug, um die Schmetterlinge in ihrem Bauch wieder zu aktivieren.

„Wie er dich immer ansieht!“, seufzte Bella mit verliebtem Blick, nachdem sie den Mittagsansturm des Tages bewältigt hatten, lang nachdem Otto und Tom wieder an ihre Arbeit zurückgekehrt waren.

„Wer?“, fragte Irene irritiert.

„Na Tom!“, rief Bella aus und das halbe Café sah zu ihnen.

„Was??“, flüsterte Irene und deutete Bella an, leiser zu sprechen. Sie hob entschuldigend ihre Schultern.

„Er sieht dich immer so verträumt an. Und bewundernd“, Bellas Stimme war nun zwar leise, aber beschämend schwärmerisch.

„Überhaupt nicht!“, flüsterte Irene zurück.

„Und wie!“

„Aber das geht nicht!“

„Warum nicht?“

„Weil …“, Irene fehlten die Worte. Ihr Hirn versuchte noch mit Bellas Beobachtung aufzuschließen und diese Information zu verarbeiten. Die Ablehnung kam eher automatisch und instinktiv.

„Siehst du!“, flüsterte Bella triumphierend. „Es gibt keinen Grund, der dagegen spricht! Er steht auf dich, du stehst auf ihn. Und ihr beide würdet – *offenkundig* – für Bobby Himmel und Hölle in Bewegung versetzen.“

„Pff …“, antwortete Irene, die sich offenbar an kein einziges Wort der Welt mehr erinnern konnte. Um sich abzulenken, wischte sie die ohnehin schon saubere Theke ab und war dankbar, dass Bella von einem neuen Kunden abgelenkt wurde.

Ihrer Verwirrung über diese sich verstärkenden, knisternden Gefühle für Tom halfen Bellas – *mutmaßliche!* – Beobachtungen natürlich wenig. Es beschleunigte vielmehr das Flattern der Schmetterlinge in ihrem Bauch.

Ihre Freundschaft zu Tom, wenn man das überhaupt so bezeichnen konnte, bestand ja eigentlich nur aus schweigsamen Laufrunden und Gesprächen über Bobby. Nichts weiter. Es gab doch so wenig Anlass für diese Anziehung, die sie seit Kurzem verspürte!

Außerdem war sie erst vor wenigen Wochen aus einer langjährigen Beziehung geflohen – wortwörtlich! Irene hatte sich ja noch nicht einmal durch all die verwirrenden Gedanken dazu gearbeitet. Sie vermutete zwar, dass die Beziehung zu Frank nur aufgrund ihrer Fähigkeit, sich hauptsächlich auf die Agentur und ihre Arbeit zu konzentrieren und alles andere rund um sich herum auszublenden, so lange gehalten hatte. Aber war das wirklich schon die ganze Erklärung?

War sie überhaupt schon wieder bereit für etwas Neues?

Selbst ein harmloser Flirt schien ihr abwegig. Außerdem befürchtete sie, dass sie alles rund ums Flirten verlernt hatte. Konnte man das überhaupt verlernen?

„Kann man Flirten verlernen?“, fragte sie Bella, als sich diese wieder ihr zuwandte. Für einen Moment öffnete und schloss Bella ihren Mund vor Überraschung, fing sich aber schnell wieder.

„Ich glaube, man verändert sich in der Hinsicht, welchen Flirt-*Stil* man bevorzugt“, sagte Bella vorsichtig. Als Irene darauf nicht reagierte, sondern nur einen verwirrten Blick zurückwarf, erklärte sie weiter: „Früher hast du eventuell lieber per SMS geflirtet oder mit Blickkontakt und Blinzeln. Heute ist es dir womöglich wichtiger, dass dein Flirt-Gegenüber lustig ist. Und so weiter.“ Sie blinzelte ein paar mal schnell hintereinander, um ihrer Argumentation mehr Aussagekraft zu verleihen. „Warum fragst du?“

„Ich frage mich, ob ich jemals wieder eine Beziehung haben kann“, sagte Irene und war erschrocken über ihre düstere Aussage. Dann lachte sie. „Nein, nicht wirklich.“ Sie schüttelte den Kopf und lehnte sich an den Tresen. Sie schloss die Augen, um nachzudenken.

„Ich kann nicht beschreiben, wie es mir zurzeit geht“, begann sie von Neuem. „Ich fühle mich, als sei ich vor ein paar Wochen aus einem bösen Traum aufgewacht. Aber der böse Traum war mein Leben. Das Leben, von dem ich dachte, dass ich es haben will.“ Sie schnippte mit dem

Finger und sah zu Bella. „Ich traue meiner eigenen Einschätzung nicht mehr. Vor allem nicht, wenn es um Menschen geht. Und ich kann mir auch nicht vorstellen, wie sich das jemals ändern soll. Verstehst du?“

Bella nickte, aber Irene fuhr trotzdem fort. „Wenn du mich vor zwei Monaten gefragt hättest, ob ich glücklich bin, hätte ich dich zwar verwirrt angesehen, aber genickt. Und jetzt, seit ich hier bin, sehe ich, dass ich nicht glücklich war. *Überhaupt nicht*. Und zwar nicht nur vorübergehend nicht glücklich, sondern *seit Jahren* schon. Ich habe nichts hinterfragt. Ich fand alles so normal, wie es war, ich habe mir niemals die Frage gestellt, ob es etwas Besseres geben könnte. So wie ich gelebt habe, lebt man, wenn man als erfolgreich gelten will.“ Bella nickte nochmals, um sie zum Weitersprechen zu motivieren.

„Aber jetzt sehe ich dich und Otto und Tom und Nana und ich sehe, dass ihr zufrieden seid. Und ich frage mich, warum ich so etwas noch nie für mich in Erwägung gezogen habe.“ Irene blinzelte kurz. „Ihr seid doch zufrieden, oder?“ Sie klang so voller Hoffnung, ob Bella ihre Vermutung bestätigen würde, dass sie Bellas mitleidigen Blick zu übersehen versuchte.

„Ja, wir sind zufrieden“, sagte Bella ruhig, „Otto und ich mit Sicherheit. Wir reden aber auch sehr häufig darüber, ob uns das Leben so, wie wir es führen, noch passt. Ob wir so wohnen wollen, ob wir so viel arbeiten wollen. Und so weiter.“ Sie lächelte wieder verträumt und Irene beneidete sie diesmal uneingeschränkt um die Zuneigung, die Bella offenbar empfinden – und auch zeigen – konnte. „Was ich sagen möchte, ist: Wir entscheiden für uns immer wieder aufs Neue, *was* uns zufrieden macht. Das passiert nicht an einem Tag und ist auch nicht immer gleich. Und vor allem verändert sich das auch im Laufe der Jahre. Deshalb wird das regelmäßig besprochen und abgewogen." Irene seufzte. Das klang kompliziert in ihren Ohren.

„Tom ist zurzeit ja eher unzufrieden", setzte Bella fort und in ihren Augen blitzte der Schalk auf, „weil derzeit noch nichts zwischen euch läuft natürlich." Irene lachte überrascht.

„Dafür müsste er halt irgendwann auch einmal mit mir sprechen", sagte Irene mit einem Augenzwinkern. „Flirt-Stil hin oder her. Das lustige Knistern beim Morgenlauf ohne Worte ist zwar recht nett, aber wie soll ich ihn denn kennenlernen, wenn wir immer nur miteinander sprechen, wenn es um Bobby geht?"

„Lade ihn ein!", schlug Bella vor. „Koch eines deiner tollen Gerichte, schick Nana zum Babysitten zu Bobby und hol dir Tom in euren verwunschenen Garten. Dazu ein guter Wein und dann stell deine Fragen."

Irenes Magen zog sich vor Aufregung zusammen. „Keinesfalls mache ich das!", rief sie aus. „Bist du verrückt geworden? Der lacht mich doch aus, wenn ich ihn zum Essen einlade!"

„Ha! Aber du willst ihn zum Essen einladen!", rief Bella aus, als hätte sie gerade ein großes Rätsel gelöst.

„Aaargh!", war das Intelligenteste, das Irene darauf antworten konnte. Manchmal konnte Bella frustrierend sein. Sie warf ihre Hände in die Luft, irritiert über die Richtung, die das Gespräch genommen hatte.

Irene sah Bella an und konnte nicht anders, als ihre neue alte Freundin anzulächeln. Bellas freundliche Sicht auf die Welt war vielleicht nicht ansteckend, aber es strahlte über sie hinaus, in jeden Winkel dieses Cafés und machte auch vor Irene nicht Halt.

„Bella Nutella", Irene kicherte, als sie einen der alten Spitznamen, die sie früher immer verwendet hatte, aus ihrer Erinnerung holte. „Bella Nutella", wiederholte sie und auch Bella kicherte nun über den altbekannten Namen, „ich freue mich täglich, dich auf der rosa Wolke zu sehen. Aber ich habe derzeit einen Aushilfsjob und einen Sportfimmel, der so weit reicht, dass ich für ein fremdes Kind einen Fußballverein gründen will. Ich habe *keine Ahnung*, ob es auch mir auf einer rosa Wolke gefällt." Sie grinste, um Bella anzuzeigen, dass ihr das Thema nicht mehr allzu ernst war und auch Bella lächelte, aber wesentlich tiefgründiger als zuvor. Dann schloss sie den Abstand zwischen ihnen beiden und legte ihre Arme um Irene.

„Was auch immer war, was auch immer sein wird", flüsterte Bella und drückte sie noch fester an sie, „ich bin froh, dass du jetzt hier bist."

„Wegen meines Zitronenkuchens, oder?", flüsterte Irene zurück.

Bella grunzte leicht, als sie ihr Lachen übermannte. „Hauptsächlich deshalb", sagte sie leise und kichernd, jedoch ohne die Umarmung zu unterbrechen.

20. Kapitel

Am Abend erzählte sie Nana von ihrer Idee, Fußballtraining für Mädchen anzubieten. Nanas Augen leuchteten auf und mit wenigen Worten fand sie nur motivierendes Lob für Irene. Für einen Augenblick fühlte sich Irene zurückversetzt in die ersten Jahre, nachdem sie zu Nana gezogen war. Die immer wertschätzende Atmosphäre in Nanas Haus konnte die Abwesenheit und das Desinteresse ihrer eigenen Mutter zwar nicht kompensieren, aber es hatte ihre allgemeine Wut auf die Welt zumindest gelegentlich dämpfen können. Für andere Tage gab es das Leichtathletiktraining. Oder Partys.

Während sie den Tisch fürs Abendessen deckte und Nana das Essen am Herd beobachtete, sinnierte sie über die Teenager-Jahre, die sie hier im Haus verbracht hatte. Nana war die beste Freundin ihrer Mutter gewesen und hatte nie einen Hehl daraus gemacht, was sie davon hielt, dass ihre Mutter die 16-jährige Irene für ihre Reisen zurückgelassen hatte.

Wenn es nach ihrer Mutter gegangen wäre, hätte Irene in jenem Haus bleiben können, das sie gemeinsam bewohnt hatten, seit Irene die Volksschule besucht hatte. „Mit welchem Geld soll sich das Kind denn Essen kaufen, wenn du nicht da bist?“, hatte Nana während einer der vielen Auseinandersetzungen zwischen ihr und ihrer Mutter, die Irene belauscht hatte, wütend gezischt. „Ach, da findet sie schon etwas“, hatte ihre Mutter geflötet, „die Schule dauert eh nicht so lange. Nachmittags kann sie ja arbeiten.“ Nana hatte nur wütend geschnauft.

So war Irene jedenfalls bei Nana gelandet, das Haus wurde verkauft und vom Erlös gab es monatlich Taschengeld für Irene. Später finanzierte sie mithilfe der Einnahmen aus dem Hausverkauf ihr Studium. Als die Agentur gut zu laufen begann und Irene ihre Finanzen neu sortierte, entschied sie sich dafür, einen Teil des Geldes zu spenden. Und so erhielt die Entwicklungshilfeorganisation, für die ihre Mutter nun seit vielen Jahren um die Welt reiste, eine beträchtliche anonyme Spende in der gleichen Höhe wie eine Hilfsorganisation, die sich gleichermaßen um Obdachlose wie unbetreute Kinder kümmerte.

An diese Spenden musste Irene denken, als sie mit Nana beim Abendessen saß. Wie wichtig ihr es damals war, anderen Menschen ein Zuhause zu ermöglichen. Auch wenn sie für sich niemals eine Definition des Begriffs gefunden hatte. Und auch keine Sehnsucht danach verspürt hatte.

Man konnte nichts vermissen, was man nicht kannte.

Seit sie wieder hier war, in der Gegend, in der sie aufgewachsen war, ein halbes Leben später, war sie Tag für Tag mit Erinnerungen konfrontiert. Der Geruch des Flusses, die Wärme der Sonnenstrahlen, der Lichteinfall im Garten an einem Juliabend wie heute, das Knarren der dritten Stufe auf dem Weg ins Obergeschoß in ihr Zimmer.

Ihr Zimmer.

War das ihr Zuhause? Die vertrauten Geräusche beim Aufwachen und das Gefühl des Gewohnten, wenn es in der Früh nach Kaffee roch? Wann wusste man, dass man zu Hause war?

Nana hatte ihr ein Dach über dem Kopf gewährt, als sie nicht einmal gewusst hatte, dass sie eines benötigt hatte. Damals war sie wütend gewesen, dass die Mutter nicht geblieben war, obwohl sie sie darum gebeten hatte.

In den ersten Wochen bei Nana hatte sie sich eingesperrt gefühlt, obwohl es wohl nur die Irritation des Fremden war. Auch wenn sie Nana schon ihr Leben lang gekannt hatte, war es eigenartig gewesen, plötzlich abends mit ihr über Hausübungen und Schulalltag sprechen zu müssen. An einem der ersten Tage hatten sie wegen einer Kleinigkeit zu streiten begonnen und sie hatte Nana als „Wachhund“ bezeichnet. Irene war sensibel genug gewesen, um zu erkennen, dass sie Nana damals damit verletzt hatte, auch wenn es die Frau mit einem Lachen überspielt hatte.

Am nächsten Tag beim Frühstück hatte Nana jedenfalls neue Regeln bekanntgegeben. Es gab zu fixen Zeiten Mahlzeiten, zu denen sie anwesend sein musste, aber im Gegenzug dazu musste Irene nicht mehr fragen, ob sie ausgehen durfte. Die einzige Bedingung war, dass sie jeden Tag um spätestens Mitternacht zu Hause war. Diese Regelung war an ihren Schulerfolg geknüpft, was Irene wenig beunruhigt hatte.

Und das Zusammenleben hatte daraufhin gut funktioniert. Dachte Irene zumindest. Sie schluckte die Verbitterung, die sich mit der Erinnerung an ihre überstürzte Abreise nach ihrem Schulabschluss einstellte, wie immer hinunter.

„Heißt das nun, dass du länger bleibst?", fragte Nana, während sie die letzten Bissen ihres Abendessens auf ihre Gabel häufte. „Nachdem du jetzt diesen Verein gründest?"

„Ich weiß noch nicht einmal, ob Bobby Interesse an so etwas hat. Oder ob es noch andere Kinder gibt", begann Irene die Argumentation von Neuem, wie schon so häufig an diesem Tag, aber auch Nana wischte ihre Bedenken mit einer schlichten Geste vom Tisch. Wie schon Bella. Und Otto. Und Tom.

„Aber willst du bleiben?", hakte Nana noch einmal nach.

Irene schluckte die plötzlich aufkeimende Angst hinunter. „Soll ich wieder fahren?", fragte sie leise und verfluchte sich, weil ihre Stimme zittriger klang, als es ihr lieb war.

„Nein!", Nana lachte auf. „Ich dachte nur, du hättest eine Entscheidung getroffen!"

„Ich wusste nicht einmal, dass ich eine Wahl habe", murmelte Irene.

„Natürlich hast du eine Wahl. Jeder hat immer eine Wahl.“

Als Irene nichts sagte, setzte Nana fort: „Du könntest nach Wien zurückkehren und deine eigene Agentur aufmachen. Du könntest hierbleiben und rund um die Uhr bei Bella backen. Du könntest in eine ganz andere Stadt ziehen und ein Studium beginnen. Du hast immer die Wahl.“ Nana seufzte. „Aber bitte verschwinde diesmal nicht einfach ohne ein Wort.“

Irene hob ihren Kopf und sah Nana direkt an. Der Gesichtsausdruck der alten Frau war gleichmütig, fast neutral. Weder Wut noch Freundlichkeit war darin zu erkennen und Irene spürte, wie ihr schlechtes Gewissen ihre Wangen brennen ließ.

„Ich habe damals eine Notiz hinterlassen“, sagte sie leise und Nana lachte verächtlich auf.

„Vielen Dank“, sagte sie spöttisch, „das war natürlich ausreichend.“

„Als ob es dich gestört hätte, dass ich verschwunden bin“, zischte Irene, plötzlich genauso wütend wie damals mit 18 Jahren.

Nanas Gesicht zerfiel in Verwirrung. Dann Enttäuschung. „Habe ich dir jemals den Eindruck vermittelt, als wärest du hier nicht willkommen gewesen?“, wollte sie aufgebracht wissen. „Habe ich jemals den Eindruck vermittelt, als wäre ein *Schmierzettel* mit einem halbherzigen ‚Auf Wiedersehen‘ genug nach all den Jahren, die wir zusammen verbracht haben?“ Der Schmerz in Nanas

Stimme nistete sich direkt in Irenes Magen ein und brannte dort pochend vor sich hin.

„Ich habe dich damals gehört“, sagte Irene leise, „ich habe gehört, wie du mit dem alten Dr. Meier gesprochen hast und zu ihm gesagt hast, dass du hoffst, ich würde nie mehr in deine Nähe kommen.“

„Wie bitte?“, fragte Nana fassungslos.

„So hast du das damals gesagt: ‚Ich hoffe, sie kommt nie wieder in meine Nähe. So etwas Verantwortungsloses!‘,“ wiederholte Irene die schmerzhaften Worte, die sie unabsichtlich belauscht hatte.

Sie war beim letzten Leichtathletikwettbewerb des Schuljahres, der auch der letzte Wettbewerb ihrer Schulkarriere gewesen war, disqualifiziert worden und deshalb früher nach Hause gekommen. Damals war sie in ein Gespräch zwischen Nana und ihrem Hausarzt Dr. Meier geplatzt, als sie sich bitterlich über Irene beschwert hatte.

Aus irgendeinem Grund beruhigte sich Nanas Gesichtsausdruck jedoch in diesem Moment.

„Wann war das denn, als ich das gesagt haben soll?“, fragte Nana mit ruhiger Stimme.

„Nach dem Leichtathletikwettbewerb. Weil ich disqualifiziert worden bin“, antwortete Irene mit trotziger Stimme, die sie beinahe wieder wie 18 klingen ließ.

„Ich habe erst Tage nach deiner Abreise von der Disqualifikation erfahren. Warum hätte ich das zu Dr. Meier sagen sollen?“, fragte Nana.

„Weil ich Arnos Schuhe versteckt habe", antwortete Irene.

Aus Nana brach ein kurzes Lachen hervor, das sie beim besten Willen nicht verhindern hätte können.

„Warum hast du Arnos Schuhe versteckt?"

„Weil er ein Foto von mir per Mail verschickt hat."

„Was war auf dem Foto zu sehen?", Nanas Stimme klang alarmiert.

„Nichts Besonderes", Irene winkte ab, „er hat mich betrunken fotografiert, mit halb geschlossenen Augen, leicht verrutschtem T-Shirt und umringt von Bierflaschen. Aber er hat es so dargestellt, als hätte ich etwas mit ihm angefangen. Und damals war ich ja so in Bruno verliebt –"

„– du und jedes andere Mädchen über 14 in dieser Stadt", unterbrach Nana mit einem Augenrollen.

„Ja, vermutlich. Bruno wollte danach jedenfalls nichts mehr von mir wissen", grummelte Irene, noch heute verärgert über die verpatzte Chance.

„Er wollte wohl auch zuvor schon nichts mehr von dir wissen", sagte Nana vergnügt

„Hm?"

„Bruno war nie so an Mädchen interessiert", sagte Nana und lächelte, „für euch Kinder war er aber ein interessantes Objekt in sicherer Entfernung."

Irene verdrehte die Augen. „Echt wahr?" Sie seufzte. „Er war *so toll*!"

„Ja, das stimmt“, sagte Nana fröhlich, „er war wirklich einer der nettesten Jungen in deinem Alter.“ Sie machte eine wegwerfende Handbewegung. „Egal. Zurück zum Thema: Du bist disqualifiziert worden, weil du Arnos Schuhe versteckt hast?“

„Ja“, schnaufte Irene ärgerlich, „ich habe kein Talent fürs Kriminelle. Ich habe seine Schuhe versteckt, er konnte nicht beim Wettkampf teilnehmen und hat geheult. Und weil ich dachte, Rache würde mich besonders stark machen, habe ich mich triumphierend vor ihn hingestellt, ihm ein Packerl Taschentücher gereicht und gesagt: ‚Das nächste Mal überleg dir genauer, mit wem du dich anlegst!‘“

Wieder brach ein Lacher aus Nana hervor und Irene sah sie gequält an.

„Mir ist das heute schrecklich peinlich. Ich habe seinen Wettkampf ruiniert!“, sagte sie mit gepresster Stimme.

„Ach, er hat’s verkraftet“, sagte Nana leichthin, „jetzt trainiert er eine Regionalligamannschaft in der Oststeiermark und hat eine kluge Frau und liebe Kinder.“ Sie kicherte kurz auf. „Seine Schuhe lässt er aber wahrscheinlich nicht mehr aus den Augen.“ Nana lachte lauthals über ihren eigenen Witz.

„Die alte Schuster hat mich jedenfalls in meinem kurzlebigen Rachetriumph gehört und ist explodiert“, erzählte Irene weiter und wand sich in der Erinnerung an das Geschrei ihrer früheren Trainerin. „Eine Viertelstunde lang hat sie auf mich eingeschrien, was mir einfallen würde, noch nie in ihrem Leben habe sie jemals so unsportliches Verhalten erlebt, und so weiter. Dann hat sie die Jury informiert, meine Ergebnisse sind aus der Wertung genommen worden und Arno war aus dem Schneider. Niemand hat ihm je einen Vorwurf gemacht. Dabei war er derjenige, der sich eigentlich falsch verhalten hatte.“

„Nun ja“, lenkte Nana ein, aber Irene unterbrach sie.

„Ich weiß, dass ich mich nicht richtig verhalten habe“, sagte sie aufgebracht, „aber mein Verhalten hatte nur Auswirkungen auf Arnos Jahreswertung und – um ehrlich zu sein – im letzten Schuljahr geht's da nur mehr um Eitelkeiten. Es war klar, dass wir keine Sportlerkarriere einschlagen würden.“ Irene holte Luft. „Aber er hat ein Foto von mir verschickt! Auch wenn es – im Gefüge der Menschheitsgeschichte – harmlos war, damals war es ein riesiger Aufruhr. Ich habe oft daran gedacht, als in den vergangenen Jahren Public-Shaming-Geschichten über die sozialen Medien gelaufen sind. Ich war wegen dieses einen E-Mails damals so gekränkt und verletzt – ich habe mich so bloßgestellt gefühlt! Wie geht es also heutzutage jemandem, dessen Foto online kursiert? Der vielleicht auch noch in einer wesentlich peinlicheren Situation abgebildet ist? Nicht nur, dass so etwas Karrieren beeinflussen kann, es überschreitet so viele persönliche Grenzen! Ich weiß, ich war damals betrunken und das Foto bildet einen, zugegebenermaßen sehr hässlichen, Teil meines Lebens wahrheitsgetreu ab. Aber es ist ein Unterschied, ob ich in einer Runde von zehn Personen sitze, denen ich mich wissentlich so zeige, oder ob mir jemand diese geschützte Umgebung nimmt und mich Menschen präsentiert, die eigentlich gar nicht dabei waren.“

Nana nickte nachdenklich. „Warum hast du mir damals nicht davon erzählt?“, fragte sie schließlich mit tiefer Stimme. „Wir haben doch über diese Dinge normalerweise gesprochen.“

Irene zuckte mit den Schultern. „Es ging recht schnell und wir hatten keine Zeit. Ich weiß es nicht mehr. Zwischen der Foto-Aussendung und dem Wettbewerb lagen vielleicht zwei Tage …?“ Sie zuckte mit den Schultern.

„Und dann kommst du nach Hause und hörst mich schimpfen“, setzte Nana fort.

„Ja“, antwortete Irene und hielt Nanas Blick.

„Ich habe damals nicht über dich gesprochen“, sagte Nana mit ruhiger Stimme. Sie lehnte sich leicht nach vorn, ohne ihren Blick zu unterbrechen. „Deine Mutter hatte sich an Dr. Meier gewandt, weil sie irgendwelche medizinischen Aufzeichnungen über sich selbst benötigt hatte und hatte dabei *ihm*, nicht mir, sondern ihm, unserem *Hausarzt*, ausgerichtet, dass sie im Sommer nicht wie geplant zurückkommen würde.“ Nana schnaufte wütend auf. „Die Zeit nach deinem Schulabschluss war in meinen Augen so wichtig. Ich hatte den Eindruck, du wusstest nicht, was du nach der Schule machen wolltest und du hättest jemanden gebraucht, der dich beraten oder begleiten konnte. Ich war damals so zornig auf deine Mutter, dass ich wütend vor mich hin geschimpft habe. Und ja, ich habe gesagt, dass sie nie wieder in meine Nähe kommen soll. Und ich habe sie sicher – mehrmals – verantwortungslos genannt.“ Nana beugte sich noch weiter über den Tisch und griff nach Irenes Hand. „Aber mit Sicherheit habe ich das nicht über dich gesagt", sie hielt weiterhin Irenes Blick. „Ich wusste, dass du nach dem Sommer verschwinden würdest, aber ich dachte, wir würden uns darüber unterhalten, wohin. Ich dachte, du würdest wiederkommen. Zumindest zu Besuch."

Plötzlich brach aus Irene ein Schluchzen hervor, wie sie es seit Kindestagen nicht mehr verspürt hatte. Sie versuchte, die Tränen zu unterdrücken, aber jedes Mal, wenn sie zum Sprechen ansetzte, brach ihre Stimme und die Augen brannten erneut. Nach einigen Augenblicken gab sie auf und ließ ihren Tränen freien Lauf.

Weil Nana ihre eine Hand am Tisch festhielt, verdeckte sie ihr Gesicht mit ihrer anderen Hand. Sie wollte nicht weinen. Sie wusste nicht einmal, warum sie sich gerade jetzt so verzweifelt fühlte, aber sie konnte nicht anders.

Einige Momente später spürte sie, wie Nana sich bewegte, ohne ihre Hand loszulassen. Sie ging um den Tisch herum und nahm Irene schließlich in ihre Arme. Nana flüsterte ihr beruhigende Worte ins Ohr, von *es ist alles in Ordnung* bis *jetzt bist du ja da*, und Irene ließ sich davon einhüllen und wärmen.

„Es tut mir leid, dass ich mich nie gemeldet habe", sagte Irene schließlich zwischen zwei Schluchzern. Sie hatte das Gefühl, als wäre ihr tränenreicher Ausbruch in ein unkontrolliertes Schluckauf übergegangen und versuchte, ihre Atmung zu stabilisieren.

„Es tut mir leid, dass ich mich nie gemeldet habe", wiederholte Nana ihre Worte.

„Du wusstest ja nicht, wo ich bin", sagte Irene.

„Ich habe Internet", antwortete Nana trocken, „ich wusste sehr bald, wo du bist, was du studierst." Sie holte tief Luft. „Ich war mir sicher, dass es dir gut geht mit dieser Agentur. Und diesem Frank."

„Das dachte ich auch", murmelte Irene.

„Zum Glück ist der Spuk vorbei", flüsterte Nana und ließ sie los. Sie strich ihr über den Kopf und verkündete dann, dass sie für sie beide nun eine Flasche Wein öffnen würde.

„Und dann stellen wir uns vor, du bist 18 und wir überlegen uns, was du als Erwachsene alles unternehmen könntest", sagte Nana mit einem Augenzwinkern und Irene musste lachen.

Schlussendlich tranken sie den Wein aber, während sich die Dämmerung über den Garten senkte und Irene Anekdoten aus dem Café erzählte und Nana Ideen wälzte, wie man das Obergeschoß umbauen könnte, damit Irenes Zimmer weniger wie ein altes Kinderzimmer wirken würde. „Selbst wenn du nicht bleibst, hast du dann jedenfalls immer einen Ort, an den du zurückkehren kannst", sagte Nana beiläufig und Irene war dankbar, dass die Dunkelheit die Erleichterung und Rührung, die sie bei Nanas Worten empfand, verbergen konnte.

21. Kapitel

Die Sonntage waren immer etwas ruhiger als die übrigen Tage der Woche, aber dieser Sonntag drückte die Stimmung. Die Hitze der vergangenen Wochen blieb in einem dichten Luftgemisch gespeichert und die Trockenheit war feuchter, unbeweglicher Luft gewichen. Es roch nach Gewitter.

Irene bewegte ihren Kopf hin und her, solang bis ihr Nacken knackte. Die verspannten Muskeln zogen sich heute bis in den Bereich zwischen ihren Schulterblättern, ein eindeutiges Zeichen, dass sich unausweichliche Kopfschmerzen anbahnten. Die damit einherziehende Trägheit, gepaart mit der schwülen, spannungsgeladenen Luft war auch für Irenes Laune üblicherweise eine explosive Mischung, weshalb sie sich mit ihrem Liegestuhl in den Schatten der alten Linde, die sich an der Seite des Hauses befand, zurückzog. Sie trank viel Wasser, rollte regelmäßig ihre Schultern und konzentrierte sich darauf, ruhig und gleichmäßig zu atmen, aber das verdächtige Pochen im

Kopf steigerte sich dennoch und ließ sie mehrmals ihre Lektüre unterbrechen.

Nana und Bobby hatten Pläne für diesen Nachmittag, weshalb Bobby bereits kurz nach dem Mittagessen vor ihrer Tür stand, braungebrannt und in einem luftigen Sommerkleid in Zitronengelb. Irene machte ihr Komplimente und dankte im Stillen dem Wetter, das Bobby offenbar endlich dazu bewegen konnte, die dunkle Kleidung, die sie bisher immer getragen hatte, für ein den Temperaturen angepasstes Outfit auszutauschen.

„Wohin fahrt ihr jetzt?“, fragte Irene und bemühte sich, über das Pulsieren in ihrem Kopf hinwegzulächeln.

Bobby sah sie neugierig an. „Hat Nana nichts erzählt?“

„Doch“, bestätigte Irene, „ich hab's aber vergessen.“ Sie lächelte entschuldigend. „Ich habe Kopfschmerzen und bin heute nicht ganz anwesend.“

Bobby sah sie mitleidig an. „Sollen wir hierbleiben? Brauchst du etwas?“

Irene schüttelte heftig den Kopf, zu heftig, wie sie bald bemerkte und lehnte sich an die Wand.

„Nein, danke. Ich werde bald etwas dagegen einnehmen und mich kurz hinlegen.“

Bobby nickte ernst. „Du siehst nicht gut aus.“

Vielen Dank!

Irene lächelte gequält.

„Sollen wir dir etwas mitbringen?“, fragte Bobby.

Aber Irene lehnte dankend ab.

Nana rauschte aus der Küche, in ein rosarotes ärmelloses Kleid aus Tüll gehüllt.

„Wir müssen los!", rief sie und klatschte in die Hände. „Reni, kommst du doch mit?", fragte Nana und Irenes vom Kopfschmerz verlangsamtes Gehirn registrierte mit Verzögerung (und Sprachlosigkeit), dass Nana sie endlich (*endlich!*) wieder einmal bei ihrem Spitznamen genannt hatte.

Das Gespräch zwischen Nana und Irene vor ein paar Tagen hatte viel Angestautes aufgelöst und in stiller Übereinkunft war die Stimmung in ihrer eigentümlichen WG noch freundlicher und friedlicher geworden.

„Reni?", fragte Bobby schmunzelnd. „Nana und Reni – ihr seid schon ein lustiges Duo." Sie kicherte vor sich hin. „Irene kommt nicht mit. Sie hat Kopfschmerzen", ergänzte sie dann noch, wieder etwas ernsthafter.

„Brauchst du etwas?", fragte auch Nana besorgt und Irene lehnte noch einmal ab. Bemühte sich um ein Lächeln.

„Wann kommt ihr wieder?", fragte sie.

„Das hängt wahrscheinlich vom Wetter ab", antwortete Nana, „je nachdem, wann die Gewitter starten, kommen wir zurück. Die Lesung startet jedenfalls in einer Stunde und dauert etwa zwei Stunden. Mit Pause." Irene erinnerte sich wieder, dass ein Krimiautor eine Lesung in einem der vielen Weingärten entlang der südsteirischen Weinstraße gab.

„Es wird heute Gewitter geben?“, fragte Bobby mit besorgter Stimme und unterbrach Irenes Gedanken.

Nana nickte. „Wir brauchen den Regen“, sagte sie leichthin.

Bobby murmelte etwas vor sich hin, bevor sie sich von Irene verabschiedete und dabei noch dreimal ihren Spitznamen „Reni“ unterbrachte. Dann wirbelten die beiden außer Haus und Stille legte sich über die Räume.

Irene hatte mit sich selbst vor Jahren einmal vereinbart, immer erst dann zu Schmerzmitteln zu greifen, wenn die Kopfschmerzen nicht von selbst wieder verschwinden würden. Jahre mit unterschiedlichsten Kopfschmerzintensitäten hatten sie zu einer Expertin werden lassen und irgendwann, kurz nachdem Nana und Bobby sich auf den Weg gemacht hatten, sah sie ein, dass sie gegen den Kopfschmerz verloren hatte.

Langsam bewegte sie sich ins Obergeschoß in ihr Zimmer, suchte Schmerzmittel aus ihrer Handtasche und nahm diese mit kaltem Wasser ein.

Kaum dass sie sich auf ihr Bett gelegt hatte, intensivierte sich der Kopfschmerz jedoch. Das war ein bekanntes Problem, das zwar nur ein paar Minuten andauerte, aber es war Irene ein Rätsel, warum jedes Mal, *nachdem* sie Tabletten eingenommen hatte, die Kopfschmerzen für kurze Zeit an Intensität zuzunehmen schienen.

Sie drückte ihre Handflächen an die Stirn, als könnte sie so die Kopfschmerzen dämpfen, und versuchte einzuschlafen. Aber ihr Hirn begann, unkontrolliert zu rasen: Erinnerungen an Frank wechselten sich ab mit Gesprächsfetzen aus ihren Diskussionen mit Nana und eilten weiter zu längst vergessen geglaubten Kundengesprächen. Als würde sich ihr Kopf durch alle Emotionen wühlen. Dazwischen pochte der Kopfschmerz beständig über ihren Nacken in ihrem linken Ohr und knapp unter ihrer Kopfdecke. Mit tiefen Atemzügen versuchte sie, ihr Hirn und ihren Kopfschmerz zu beruhigen, bemühte sich darum, sich soweit abzulenken, dass sie einschlafen konnte, aber die Ruhe fand sie nicht.

Minuten oder Stunden später schreckte Irene plötzlich auf, als sie Schritte auf der Treppe hörte. Waren Nana und Bobby schon wieder zurück?

Sie drehte sich langsam auf ihrem Bett, damit sie zur Tür sehen konnte, und blinzelte unfokussiert in diese Richtung.

„Hallo?“, fragte sie leise.

„Habe ich dich aufgeweckt?“, flüsterte eine bekannte, tiefe Stimme zurück. Tom.

Tom!

„Ich glaube nicht“, krächzte Irene und rollte sich wieder auf dem Bett ein. „Warum bist du hier?“, murmelte sie in ihr Kissen. „Nana ist nicht da.“

Tom lachte leise auf und bewegte sich langsam zu ihr.

„Ich weiß“, sagte er weiterhin leise, seine Stimme noch tiefer als sonst. „Bobby hat mir ein SMS geschickt, dass ich nach dir sehen soll.“

„Pff", antwortete Irene. „Ist nur Kopfweh."

Sie spürte, wie sich ihre Matratze bewegte, als Tom sich an den Bettrand setzte. Ihr Herz begann zu klopfen, was ihrem Kopfschmerz nicht zu helfen schien. Wieder brachte sie ihre Handflächen an die Stirn und drückte gegen das Pochen dahinter an.

Für einen kurzen Moment war es still in ihrem Zimmer, dann spürte sie Toms Hand an ihrer Schulter, warm und sanft, genau dort, wo ihr T-Shirt leicht verrutscht war. Der unmittelbare Hautkontakt beruhigte sie innerhalb weniger Atemzüge und sie spürte, wie sich auch ihr Herzschlag wieder auf ein normales Tempo einpendelte.

„Was kann ich tun?", fragte Tom und strich ihr langsam, langsam, langsam über den Oberarm.

Irene seufzte.

Die Ruhe begann, sich in ihrem Bauch niederzulassen und wärmte von innen heraus.

„Das", sagte sie.

„Was?", flüsterte Tom, plötzlich näher an ihrem Ohr.

„Das, mit der Hand", sagte Irene, in ihrem Kopfwehnebel nicht in der Lage, sich deutlicher auszudrücken. Sobald der Schmerz nachlassen würde, würde ihr die gesamte Szenerie peinlich sein, aber jetzt im Moment konnte sie sich nichts Besseres vorstellen als Toms leichte Berührung ihrer Haut.

Tom strich ihr nochmals über den Oberarm. „Die Berührung hier hilft?"

„Jede Berührung hilft." Sie schluckte und verdrängte sofort, dass sie das gerade gesagt hatte.

Tom antwortete nicht, sondern hielt sie wieder an der Schulter, fester als zuvor, aber immer noch angenehm. Wieder bewegte sich das Bett leicht, als Tom seine Position zu verändern schien und wenige Augenblicke später spürte Irene, wie er sich neben sie legte.

Anfangs strich er nur weiterhin langsam über ihren Oberarm, aber nach einigen Minuten bewegte sich Tom erneut. Mit sicherem Griff fasste er um ihren Bauch und brachte ihre beiden Körper enger aneinander. Er manövrierte einen Arm unter ihren Kopf und mit seinem zweiten Arm löste er Irenes Hände von ihrer Stirn.

„Lass locker", flüsterte in ihr Ohr. Dann legte er seine Hand über ihren Haaransatz, die Berührung kaum wahrnehmbar, aber so warm und zog sie noch weiter an seinen Oberkörper heran. Ein Hauch von Zitrone und Sommerluft umwehte sie.

Irene spürte Toms ruhige Atemzüge am ganzen Körper. Sein Brustkorb hob und senkte sich mit beständiger Regelmäßigkeit und beneidenswerter Ruhe, wärmte sie am ganzen Körper.

Toms Atem kitzelte leicht in ihrem Nacken.

Als sie ihre Hände in eine angenehmere Position brachte, berührte sie versehentlich eine seiner Hände und ohne lange nachzudenken, wickelte sie ihre Finger zwischen seine.

Mit einem leichten Händedruck gab er ihr zu verstehen, dass es o. k. war, wenn sie sich bei ihm festhielt.

Tom atmete weiter mit ausgleichender Ruhe und langsam pendelte sich auch Irenes Atmen auf sein Tempo ein.

Nach einigen weiteren Momenten bemerkte sie, wie Tom sein Gesicht in ihren Nacken bohrte und sie wurde von einer komplett neuartigen Form von Zufriedenheit erfüllt. Als würde etwas in ihr ganz werden. Das Puzzlestück, dessen Lücke sie immer gespürt, aber niemals bewusst wahrgenommen hatte.

Also ließ sie sich noch weiter in seine Umarmung fallen.

„Schlaf jetzt", flüsterte Tom in ihren Nacken, „ich passe währenddessen auf dich auf."

Hinter ihren Augen brannten plötzlich Tränen, die Irene schnell hinunterschluckte. Ebenso die Verwirrung, die sie dabei überkam.

Sie konzentrierte sich auf Toms Atem, auf das leichte Kitzeln seiner Nase in ihrem Nacken und der stabilen Wärme, die sein Körper über die Umarmung ausstrahlte. Und endlich, endlich, endlich ließ die Spannung in ihrem Körper nach und die Schmerzmittel begannen zu wirken.

Kurze Zeit später war sie eingeschlafen.

Irene erwachte verschwitzt, umhüllt von Wärme und mit dem Gefühl, aus einem besonders tiefen Schlaf aufzutauchen. In der Ferne hörte sie Donnergrollen, noch bevor sie die enge Umarmung wahrnahm, in der sie sich gerade befand.

Dann setzte die Erinnerung ein. Sie lächelte.

Wenn sie die Atemgeräusche, die in ihrem Nacken pfiffen, richtig deutete, schien auch Tom eingeschlafen zu sein und Irene nutzte die ersten Momente in ihrem noch schlaftrunkenen Taumel, um ihren Gefühlsstatus zu evaluieren.

Der Kopfschmerz war beinahe weg, zumindest gedämpft genug, um wieder etwas wie Lebensfreude zu spüren. Sie schwitzte, vor allem am Rücken, dort, wo sie mit Tom direkt verbunden war.

Seine Arme hielten sie von beiden Seiten fest, aber trotz der Wärme, die von den Sommertemperaturen nur verstärkt wurde, empfand sie die Umarmung als angenehm. Erneut überkam sie das Gefühl, das sie auch schon kurz, bevor sie eingeschlafen war, verspürt hatte: eine Sehnsuchtsstimmung, die ihr vertraut, aber irgendwie auch unbekannt war. Eine Sehnsucht, von der sie nicht gewusst hatte, dass sie sie in sich trug.

Wie kann man etwas vermissen, ohne es zu bemerken?

Die Antwort auf diese Frage musste warten, denn auch Tom schien nun langsam aufzuwachen. Sie hörte, wie sein Atem leiser und auch etwas schneller wurde. Außerdem lockerte er langsam seine Umarmung. Noch während sie überlegte, ob sie sich bemerkbar machen sollte, spürte sie, wie Tom sein Gesicht in ihrem Nacken vergrub und tief einatmete.

Er inhalierte ihren Geruch.

In Irenes Bauch machte sich plötzlich ein aufgeregtes Kribbeln breit, das sich rasend schnell weiter nach unten ausbreitete und ihren gesamten Körper übernahm. Sie rieb ihre Oberschenkel leicht aneinander, um der Spannung entgegen zu wirken. Um zu verhindern, dass sie ihren Körper nach hinten rollte und sich noch weiter in Toms Umarmung eingrub.

Ihre leichte Bewegung blieb jedoch nicht unbemerkt und für einen Augenblick schien Tom zu erschrecken. Er unterbrach den intensiven Kontakt in ihrem Nacken, aber nur wenige Sekunden später zog er sie wieder an sich heran.

„Danke“, flüsterte Irene, weil sie sich nicht länger schlafend stellen konnte.

„Wofür?“, flüsterte Tom zurück.

„Dass du hier bist.“

„Immer.“

Irene lächelte.

„Immer gerne“, ergänzte Tom.

Wieder hörte man Donnergrollen, das sich zu nähern schien.

„Sind Nana und Bobby schon wieder da?“, fragte sie flüsternd.

„Ich weiß es nicht.“ Tom kicherte. „Ich bin auch eingeschlafen.“

„Ich werde das Fenster kurz öffnen“, sagte Tom dann und begann, sich langsam aus der Umarmung zu lösen, aber Irene hielt ihn fest.

„Nein“, sagte sie, „das ist so angenehm.“ Solang sie ihn nicht ansah, war sie mutig genug für Bekenntnisse dieser Art.

Wieder kicherte Tom. „Ich komme gleich wieder“, sagte er und drückte seine Lippen für einen Moment auf die weiche Stelle unter ihrem Ohrläppchen.

Irene unterdrückte einen überraschten Laut und auch das Kribbeln, das sich weiterhin in ihrem Bauch auszubreiten versuchte.

Draußen war Wind aufgekommen und Irene schloss die Augen, horchte auf das Rascheln des Laubs, um daraus auf die zu erwartende Intensität des aufkommenden Gewitters schließen zu können. Sie spürte einen leichten Luftzug über ihren Rücken ziehen, dort, wo vor wenigen Augenblicken noch Tom an sie geheftet gelegen war.

Ihr Bett bewegte sich erneut und Tom hüllte sie wieder in seine beruhigende Umarmung.

„Besser so“, murmelte Irene und sie hörte Tom lächeln.

„Wie geht es deinem Kopf?“, fragte er schließlich ernsthaft und strich ihr langsam über die Stirn.

„Viel besser“, antwortete Irene und bedankte sich noch einmal. Anstelle einer Antwort intensivierte Tom für einen kurzen Moment seine Umarmung.

Erneut war Donnergrollen zu hören.

„Wenn das Gewitter da ist, müssen wir das Fenster wieder schließen“, sagte Irene.

„Hast du Angst?“

„Du nicht?“

Sie spürte sein Kopfschütteln im Nacken. „Nicht vor dem Gewitter.“

Obwohl er leise sprach, hörte Irene einen leichten Unterton aus Toms Stimme, aber sie selbst war zu feig, um nachzufragen, was er meinte.

„Seit ich hier bin, hat es noch kaum Gewitter gegeben“, sagte Irene, „früher war das fast täglich der Fall.“

„Das stimmt“, murmelte Tom sichtlich abgelenkt, als er damit begann, ihren Arm entlang zu streichen. Die Bewegung war so natürlich und gleichzeitig so offenkundig unbedacht, dass Irene in der Berührung versank. Sich der Wärme der Nähe hingab.

Alle Worte dieser Welt waren wertlos im Vergleich zur Intensität und Spannung, die er mit dieser harmlosen Geste vermittelte.

Und aus ungeahnten Quellen schöpfte Irene den Mut, sich in seiner Umarmung umzudrehen. Das Kribbeln in ihrem Bauch hatte sich als beständiger Begleiter eingenistet und übernahm die Kontrolle.

Für einen Moment bewegte sie ihren Körper so, dass Toms Arme weiterhin um sie herum fassten und sie ihr Gesicht in seinen Brustkorb drücken konnte. Hier roch er noch stärker nach Zitronen, aber auch nach Vanille und der Wärme eines Mittagsschlafs. Tom legte eine Hand in ihren Nacken und die wohltuende Stabilität, die von seiner Handfläche ausging, versprach so viel Entlastung, dass Irene leise seufzte.

Nach einigen Atemzügen hob sie langsam und beinahe widerwillig ihr Gesicht und legte eine Hand an die Stelle, an der ihre Nase ihn gerade noch berührt hatte. Ihre zweite Hand legte sie locker auf seine Hüfte, dort, wo Toms T-Shirt leicht nach oben gerutscht war. Mit ihren Fingern strich sie zart über die noch vom Schlafen gewärmte Haut.

Als Tom scharf einatmete und seine Hüften leicht nach hinten bewegte, hob sie ihren Kopf, um ihn anzusehen. Seine braunen Augen waren kaum zu erkennen im von den heranziehenden Gewitterwolken verdunkelten Zimmer, strahlten aber die übliche Intensität aus. Beinahe noch stärker als sonst. Allerdings war der Fokus diesmal nur auf sie gerichtet.

Toms Hände strichen über ihren Rücken und mit leichtem Druck zog er sie näher an seinen Körper heran. So nahe, dass sie den Blickkontakt unterbrechen musste.

Ihre Bewegungen waren wie einstudiert. Ihre Nasenspitzen berührten sich leicht, sie atmeten beinahe gleichzeitig und Irenes Lippen berührten Toms Wange mit einem Hauch. Wieder atmete er scharf ein und bewegte seinen Kopf ruckartig an ihre Seite.

Irene schloss die Augen.

Tom bohrte sein Gesicht an ihren Hals und sie hörte ihn tief einatmen, als er mit seiner Nase zärtlich unter ihrem Ohr entlang strich.

„Ja“, hauchte Irene und legte ihren Kopf in den Nacken. Toms Lippen strichen über ihre Wange, feucht, aber noch immer nicht nah genug.

Irene packte Toms T-Shirt dort, wo ihre Hand bereits lag, und ließ es wieder los, knüllte den Stoff zwischen ihren Fingern, um ihrer Ungeduld nachzugeben.

Schließlich drehte sie ihren Kopf in seine Richtung und öffnete ihre Augen. Für den Bruchteil einer Sekunde trafen sich ihre Blicke und Irene versank in der offen zur Schau getragenen Lust, die sich in Toms Augen zeigte.

Ihre Lippen begegneten sich, feucht und zärtlich. Unter Irenes Fingerspitzen knisterte es, als Tom den Kuss vertiefte.

Tom küsste mit der gleichen Konzentration und Intensität, die er in all seinen anderen Aktivitäten auch ausstrahlte. Bedingungslos und einfach, ohne Kompromisse und ohne Hintergedanken.

Vor dem Fenster entlud sich die Spannung in einem weiteren Donnergrollen.

Irene konnte sich nicht erinnern, schon jemals einen derart ehrlichen Kuss erhalten zu haben. Sie seufzte leicht, als Tom sein Gesicht für einen Moment drehte, um den Kuss zu intensivieren. Ihre Zungen berührten sich, samtig weich und feucht, mit zunehmendem Hunger.

Tom schmeckte nach Meeresluft und frischem Regen.

Er drehte sie auf den Rücken und hielt ihren Kopf mit beiden Händen fest, während er sie unaufhörlich weiterküsste. Irenes Hände tauchten ohne zu zögern unter sein T-Shirt und sie spürte die pralle Haut über seinen Muskeln, die sich unter ihren Fingern bewegten. Diesmal bemühte sie sich nicht einmal, ihr zufriedenes Seufzen zu unterdrücken und für einen Augenblick ließ Tom sein gesamtes Gewicht auf sie fallen, während ihre Zungen miteinander tanzten, als gäbe es kein Morgen.

Das laute Zufallen der Eingangstür und das fröhliche Geschnatter von Bobby und Nana schreckte sie beide auf und sie fuhren hastig auseinander. Ihre Blicke trafen sich und gleichzeitig begannen sie zu lachen. Tom beugte sich nach vorn und küsste sie nochmals leicht und zart, um dem zauberhaften Kussfeuerwerk, das sie bis gerade eben noch überwältigt hatte, einen würdigen Abschluss zu geben.

Irene lächelte, während Tom noch einmal leicht an ihrer Unterlippe knabberte.

Tom drehte sich zur Seite und so lagen sie plötzlich nebeneinander in Irenes Bett, so weit entfernt wie noch in keinem Augenblick an diesem Tag bisher, als Bobby ins Zimmer tappste.

„Geht es dir besser?", fragte sie leise und riss die Augen auf, als sie Tom neben Irene liegen sah.

Irene wollte nicht wissen, wie sie beide aussahen. Ihre Gesichter und Haare und die zerknitterte Kleidung erzählten wohl ungeniert davon, wobei sie gerade unterbrochen worden waren.

„Was machst *du* denn hier?", fragte Bobby Tom überrascht, drehte sich aber sofort wieder um und lief zur Treppe, die nach unten führte.

„Tom ist hier", rief sie ins Haus hinein, vermutlich zu Nana. „Sie haben geschlafen!"

„Wie bitte?“, hörten sie Nanas Stimme gedämpft aus der Richtung, in der die Küche lag. Trotz der Distanz war Nanas Überraschung aus ihrem Tonfall zu hören.

Irene kicherte.

„Geschlafen!“, brüllte Bobby noch einmal und nun lachte auch Tom auf. „Angezogen!“

Irene drehte sich zu Tom und legte ihren Kopf schief. „War das früher nicht umgekehrt? Waren da nicht die Erwachsenen diejenigen, die bei den 14-Jährigen ins Zimmer geplatzt sind?“ Tom lachte und senkte seinen Kopf, um einen zarten Kuss auf ihrer Stirn zu hinterlassen.

„Nur im Film“, murmelte er.

„Wie passend“, sagte Irene trocken, „mein Leben ist ohnehin wie eine Seifenoper.“

„Wir haben so viel zu erzählen!“ Bobby stand strahlend im Türstock, wieder ihnen zugewandt, vibrierend vor Aktivität.

Und das aus dem Kopfschmerz entstandene Traumland verschwand hinter der Realität.

Irene lächelte und erhob sich, um mit Bobby nach unten zu gehen.

22. Kapitel

Am nächsten Tag hätte Irene am liebsten ihren Morgenlauf ausfallen lassen. Sie war noch früher aufgewacht als sonst und hatte sich stundenlang hin und her gewälzt, während es langsam Tag wurde, irritiert von verwirrenden Erinnerungen an den Kuss.

Der Kuss.

Es war, als hätte ihr Hirn diesen einen Moment in Dauerschleife in ihrem Kopf geparkt. Wie Blitzlichter tauchten Toms Berührungen, seine behutsamen Bewegungen in ihrer Erinnerung auf, begleitet von Gänsehaut und dem Kribbeln in ihrem Bauch.

Es war doch nur ein Kuss gewesen! Schlaftrunken und aus der eigenartigen Stimmung des gewittrigen Nachmittags entstanden. Nicht weiter der Rede wert. Eine Verwirrung des Kopfwehnebels.

Am Vortag hatten sie keine Gelegenheit mehr gehabt, den Kuss zu besprechen, geschweige denn, ihn zu wiederholen. Bobby hatte sie mit einer Mischung aus Berichten über die Lesung und das aufziehende Wetter unterhalten und ihr keine Atempause gegönnt. Sie hatte Irene aber auch nicht lange genug ablenken können, um Nanas Blick (und das verschwörerische Blinzeln in ihren Augen) übersehen zu können. Lächelnd hatte sie nur leicht den Kopf geschüttelt. Es war nichts, sollte das heißen.

Nicht der Rede wert.

Tom hat nur wenige Minuten nach ihr die Küche betreten, vollkommen unaufgeregt und ruhig wie immer. Nur seinem zerknitterten T-Shirt konnte man ansehen, dass er kurz zuvor noch anderen Dingen nachgegangen war. Er mahnte Bobby zu einem schnellen Aufbruch, weil es bereits leicht zu regnen begonnen hatte und beim erwarteten gewittrigen Regenguss auch der kurze Weg durch die beiden aneinander anschließenden Gärten bereits eine Herausforderung war.

Den ganzen Abend über hatte sich Irene sinnlos durch die Fernsehprogramme schaltend vom Gewitter und dem gemeinsamen Aufwachen mit Tom abgelenkt. Im Stillen hatte sie Nana gedankt, dass diese keine neugierigen Fragen stellte. Irene war sich nämlich nicht im Klaren, wie sie darauf antworten hätte können.

Und so hatte Irene eine halb schlaflose Nacht verbracht und wünschte sich, an diesem Morgen allein mit ihren Gedanken zu sein. Sie quälte sich in ihr Laufgewand und streckte sich in der Morgensonne, als sie vors Haus trat. Die Wiese im Vorgarten war noch nass und auf der

Straße sah man vereinzelt Pfützen, aber sonst gab es keinerlei Hinweise mehr auf das Unwetter des Vortags. Der Himmel war blau, die Luft etwas abgekühlter, aber immer noch sommerheiß und die Sonne strahlte bereits durch den frühen Morgen.

Irene joggte langsam zum üblichen Treffpunkt und erreichte die Stelle gerade, als auch Tom um die Ecke bog.

„Guten Morgen", sagte Tom und berührte sie leicht an der Schulter, vermutlich unentschlossen, ob er einfach nur über ihren Oberarm streichen oder sie in einer Umarmung an sich ziehen sollte. Irene gab ihm gar keine Chance, den Kontakt zu intensivieren, indem sie sich leicht wegdrehte und ihr übliches Lauftempo aufnahm.

Heute war sie diejenige, die schweigen würde.

Am Nachmittag des gleichen Tages hörte sie Bobbys Stimme aufgeregt über die Hecke hinweg, die zwischen ihren Gärten lag.

„Das könnt ihr nicht machen!", hörte sie das Mädchen rufen. „Ihr bringt mich in Schwierigkeiten!"

Der Level an Verzweiflung in ihrer Stimme war hoch genug, um Irene in Bewegung zu versetzen und sich durch die kleine Gartentür zu zwängen.

Sie sah Bobby auf der Terrasse sitzen und ihr Telefon auf den Tisch schleudern, gerade als sie in ihr Blickfeld geriet.

„Hallo Bobby", sagte Irene, um sich so früh wie möglich bemerkbar zu machen. Das Mädchen sah auf und lächelte, als sie Irene erkannte. Das Lächeln erreichte ihr Gesicht aber nur zur Hälfte, der Rest ihres Ausdrucks war von Sorgenfalten durchzogen.

Irene brannte die Neugier unter den Nägeln, aber ein kurzes Aufflackern ihres Instinkts ließ sie ignorieren, was sie gerade gehört hatte, und sie entschloss sich, das überhörte Telefonat nicht anzusprechen. Anstelle dessen fragte sie Bobby, ob sie ein bisschen trainieren wollten.

„Bist du nie müde?", fragte Bobby erstaunt.

„Hm?" Irene war überrascht über die Frage, aber auch darüber, dass sie tatsächlich nicht mehr so müde war wie noch vor ein paar Wochen. Der stete Schlafmangel, der sie während ihrer Zeit in Wien begleitet hatte, war ihr so vertraut gewesen und offenbar machten sich das ruhige Leben am Land, der regelmäßige Alltag und vor allem die viele Bewegung deutlich bemerkbar. Sie war so kräftig und energiegeladen wie noch nie zuvor.

„Warum bist du nie müde?", fragte Bobby nochmals. „Du stehst noch im Morgengrauen auf, um mit Tom laufen zu gehen, du spielst mit mir in der größten Sommerhitze Fußball ohne Anzeichen von Erschöpfung und die restliche Zeit radelst du durch den Ort, wenn du nicht bei Bella den Laden schupfst."

Irene zog verlegen ihre Schultern hoch. „Beobachtest du mich?", fragte sie mit einem Augenzwinkern.

Bobby schmunzelte für sich und senkte ihren Blick.

„Es scheint so, oder?“, sagte sie dann und wirkte einen Moment lang nachdenklich. „Es gibt hier niemanden so wie dich.“

„Was meinst du?“

„Man sieht dir deinen Erfolg schon von Weitem an. Du bist die, die aus der Großstadt da ist und hier sein kann, weil es ihr gerade so passt. Du machst alles richtig, du lächelst immer, du sportelst regelmäßig, du bist für Nana da, ohne dass sie danach gefragt hatte. Sogar Nana sieht glücklicher aus als je zuvor. Wahrscheinlich strahlst du ab!“ Bobby verrückte ihren Sessel leicht. „Setz dich zu mir und gib mir auch etwas von deiner Erfolgsstrahlung.“

Irene sah sie sprachlos an. Wenn Bobby bloß wüsste!

„Es ist doch so, oder?“, fragte Bobby weiter. „Und wenn du nicht mehr hier sein willst, ziehst du einfach weiter. Das ist so cool! Diese Freiheit! Einfach kommen und gehen zu können, wann man will.“

Irene tat sich schwer, Bobbys Gefühlsausbruch zu folgen. Der Eindruck, den sie Bobby offenbar vermittelt hatte, war überhaupt nicht übereinstimmend mit ihrem inneren Gefühlsaufruhr – zum Zusammenbruch ihres privaten und beruflichen Lebens in der Stadt kam nun auch dieses komplizierte Kribbeln wegen Tom hinzu.

„Es ist nicht so, wie du glaubst, dass es ist“, sagte sie daher ruhig, um auf Bobbys Wortschwall zu reagieren und wurde mit hochgezogenen Augen dafür bedankt. Nun gut, dann probierte sie es mit Ehrlichkeit. „Ich weiß nicht genau, was ich dir sagen soll“, begann sie erneut. „Ich glaube, es geht hier gar nicht um mich, oder?“

Bobby senkte ihren Blick wieder.

„Wo würdest du denn hingehen, wenn du alles Geld der Welt und auch die Erlaubnis dafür hättest?“, fragte Irene und nahm in einem Liegestuhl neben Bobby Platz.

„Madrid“, antwortete Bobby wie aus der Pistole geschossen und Irene lachte überrascht auf.

„Warum denn das?“

„Warum denn nicht?“, antwortete Bobby trotzig.

„Madrid ist ein tolles Ziel“, lenkte Irene ein, „ich hatte aber mit etwas anderem gerechnet: Berlin oder New York. Du siehst aus wie jemand, der nach New York passen würde.“

Bobby kicherte und murmelte: „Danke“.

„Ich mag Madrid“, sagte Bobby leise, „ich mag die Sprache und mir gefallen die Häuser. Ich mag den Fußballclub …“

„Tatsächlich??“ Irenes Entrüstung war nur zum Teil gespielt. „Von allen Clubs in Spanien suchst du dir Real Madrid aus?“

„Atlético“, antwortete Bobby ruhig und mit leicht überheblicher Stimme, „du bist nicht die erste, die hier den falschen Schluss gezogen hat.“ Natürlich interessierte sich Bobby für den *anderen* Club aus Madrid, der es zu Weltruhm gebracht hatte. Der Club, der sich vom „weißen Ballett“ von Real Madrid in so vielen Facetten unterschied, auch in der Spielweise und auch im Erfolg, obwohl Atlético Madrid in den vergangenen Jahren auch auf internationaler Bühne gewinnen konnte.

„Natürlich“, murmelte Irene und hob ihren Blick, um Bobby anzusehen. Sie wurde von einer Welle der Sympathie überrollt für dieses kluge und umsichtige Mädchen, das so offenkundig nach irgendetwas suchte, das sie wohl selbst nicht benennen konnte. Wie es eben so ist, wenn man 14 Jahre alt war: alt genug, um die Fülle der Möglichkeiten, die diese Welt einem bot, zu begreifen, aber zu jung, um sich daran auszuprobieren. Die Entwürfe eines Erwachsenenlebens existierten hier erst in der Theorie, noch nicht einmal annähernd in Griffweite.

„Ich finde, das ist eine gute Idee“, sagte Irene schließlich, „vielleicht fährt Tom ja mit dir hin. Habt ihr einen Urlaub geplant?“

Bobby lachte bitter auf. Sie gestikulierte wild um sich herum. „Das hier ist mein Urlaub“, sagte sie ärgerlich. „Dieser Garten ist mein Gefängnis für den Sommer.“

Irene wollte gerade widersprechen, aber Bobbys Telefon piepste und unterbrach das Gespräch.

Bobby griff nach ihrem Handy, las die Nachricht, verdrehte die Augen und seufzte tief, bevor sie heftig herumtippte, um auf das SMS, das sie gerade erhalten hatte, zu antworten.

Irene verbiss sich erneut ihre neugierige Frage, bemühte sich aber um einen aufmerksamen Blick in Richtung Bobby.

Als Bobby bemerkte, dass Irene ihr zusah, überflog ein Hauch von Verlegenheit ihr Gesicht und sie murmelte eine Entschuldigung. „Tom regt sich immer auf, wenn ich das Gespräch unterbreche, wenn das Telefon piepst", sagte Bobby leise.

„Ist schon o. k.", antwortete Irene, „manchmal ist das einfach wichtiger."

„War es gar nicht", antwortete Bobby leise und Irene ermutigte sie mit ihrem Blick weiterzusprechen.

„Meine Freunde", begann Bobby, „also Karla und die Zwillinge wollten heute Nachmittag vorbeikommen, aber ich habe ihnen abgesagt."

„Okay", Irene bemühte sich um einen neutralen Tonfall.

„Sie wollten mich abholen und ein bisschen in der Gegend herumfahren."

„Das klingt ja nett!"

„Mit dem Auto."

„Oh." Irene dachte nach. „Wer ist denn alt genug, um mit dem Auto fahren zu können?"

„Linus", antwortete Bobby, „einer der Zwillinge. Albert hat die Prüfung nicht geschafft. Kannst du dir das vorstellen?"

„Besser als du glaubst", antwortete Irene, die zwei Mal zu ihrer Führerscheinprüfung antreten musste. Bobby sah sie neugierig an, aber Irene winkte kurz mit ihrer Hand. Das war ein Thema für einen anderen Nachmittag.

„Tom erlaubt dir nicht, mit ihnen mit dem Auto mitzufahren?", fragte sie, um das Gespräch wieder zurückzulenken.

„Ja, das auch“, sagte Bobby und hob ihren Blick in den Himmel, als gäbe es dort die Antworten auf alle Fragen ihres Teenager-Weltschmerzes und Irene wartete ab.

„Ich will mich gar nicht mit ihnen treffen“, flüsterte Bobby schließlich. „Sie fahren zu schnell und trinken immer wieder und ich fühle mich nicht sicher. Und Tom sagt, ich muss nicht mitmachen, wenn ich mich nicht sicher fühle.“ Ihre Worte kamen immer schneller und Irene hielt sich zurück, um Bobby nicht zu umarmen. In Momenten wie diesen sah man, dass immer noch ein Kind in diesem grantigen Körper steckte.

„Also habe ich vorgeschoben, dass Tom es mir verbietet“, setzte Bobby fort, „aber so ein Verbot hält sie natürlich nicht ab.“ Sie seufzte schwer. „Ich habe nun geschrieben, dass du hier bist, weil Tom mir einen Babysitter aufgezwungen hat.“ Bobby sah sie schuldbewusst an. „Sorry.“

„Kein Problem“, antwortete Irene.

„Ich will mich einfach nicht mit ihnen treffen, wenn sie so eigenartig sind“, brach es aus Bobby plötzlich hervor, „eine Zeit lang war es recht lustig mit ihnen, weil sich meine Mutter so sehr darüber aufgeregt hat, aber sie sind so langweilig. Sie finden alles blöd, reden über nichts anderes als über Bier und so weiter. Es ist ihnen auch völlig egal, dass ich in zwei Monaten in ein anderes Land ziehen muss!“ Bobby sprang wütend auf und auch Irene erhob sich von ihrem Stuhl, wenn auch etwas langsamer. Sie berührte Bobby leicht an der Schulter.

„Weißt du, manche Freundschaften haben einfach ein Ablaufdatum“, sagte Irene so ruhig wie möglich, „dann trennen sich die Wege. Manchmal liegt das einfach auch daran, dass man unterschiedliche Interessen hat oder sich die Lebensumstände geändert haben. Und manchmal trifft man sich auch zu einem späteren Zeitpunkt wieder." Irene dachte nach. „Bella und Otto und auch Nana sind Freunde aus einem früheren Leben", sie lächelte, „und sie alle drei haben mir verziehen, dass ich eine Zeitlang nicht hier war. Das Leben und die Freundschaft gehen weiter."

Bobby sah sie nachdenklich an.

„Willst du jetzt ein bisschen Fußball spielen?", fragte Irene nochmals und Bobby nickte. Die Bewegung würde ihnen beiden gut tun und ein paar der angestauten Energien verbrennen.

Sie spielten im Schatten unter dem Kirschbaum, bis sie einen Wagen vorfahren hörten und kurz darauf Toms Stimme durchs Haus klang, der nach Bobby rief.

Unter einem Vorwand beeilte sich Irene, schnell nach Hause zu kommen und bemühte sich vor allem darum, vor Bobby nicht den Eindruck zu hinterlassen, als würde sie die Flucht ergreifen. Aber Bobby schien ungerührt von ihrem überstürzten Aufbruch zu sein und winkte bloß fröhlich und freundlich, als Irene durch den Garten eilte.

Im Hintergrund hörte sie, wie Bobby Tom einen herzlichen Gruß zurief und sie beschleunigte unauffällig ihren Schritt.

„Irene!", hörte sie Tom plötzlich etwas näher hinter sich rufen, als sie gerade das Gartentor schloss. Sie zögerte einen Moment, schalt sich währenddessen für ihr kindisches Verhalten und drehte sich schließlich doch mit einem Anflug eines Lächelns zu Tom um.

Dieser joggte langsam durch seinen Garten und ein herzliches Lächeln überzog sein Gesicht, als er bemerkte, dass sie sich umgedreht hatte. In den wenigen Augenblicken, die Tom benötigte, um die Distanz zwischen ihnen zu überwinden, verfluchte Irene ihr Schicksal, neben einem derart attraktiven Nachbarn gelandet zu sein. Es war wirklich nicht fair. Nach einem ganzen Tag mit sommerlichen Temperaturen sah Tom immer noch vollkommen unbeeindruckt von jeglichen Umwelteinflüssen aus. Seine Haare zwirbelten sich fröhlich über seinen Kopf und seine Augen strahlten. An diesem Tag trug er ein einfaches blaues Hemd, das er an den Unterarmen aufgestülpt hatte. Irene zwang sich, ihren Blick von seiner braungebrannten Haut an dieser Stelle abzuwenden und seufzte leicht. Sie fühlte sich lächerlich und vor allem fühlte sie sich allein mit diesen wirren und äußerst beharrlichen Teenie-Gefühlen, deren Existenz sie nur ihrem allgemeinen Geisteszustand zuschreiben wollte.

„Ich wollte mit dir sprechen“, begann Tom und fuhr sich durch seine Haare. So aus der Nähe wirkte er plötzlich nervös und Irene sah ihn neugierig an.

„Wegen gestern …“, begann er nochmals, unterbrach sich aber selbst und lächelte verlegen.

Innerlich verdrehte sie die Augen. Natürlich musste er ihren Moment der Schwäche ansprechen.

Sie setzte ihr professionelles Lächeln auf, jenes, das sie früher immer nur für schwierige Kunden bereitgehalten hatte und lachte im Stillen darüber, dass man manche Gewohnheiten wohl schwer abstellen konnte. Freundlich bleiben, obwohl das Gegenüber Schwierigkeiten machte, war ihre Spezialität. Sie schluckte die aufkeimende Neugier darüber, was Tom ihr eigentlich sagen wollte, hinunter und hob ihre Hand freundlich abwehrend. Es gäbe keinen Grund weiterzusprechen, sagte sie ihm mit dieser Geste, und bestärkte dies auch noch mit ihren Worten.

„Wir müssen wirklich nicht darüber sprechen“, sagte sie mit ruhiger und bestimmter Stimme, die sie beinahe selbst überraschte, „ich bin immer etwas verwirrt, wenn ich Kopfweh habe.“

Lüge. Die intensiven Gefühle machen Angst. Und das ist verwirrend.

Tom zog seine Augenbrauen hoch und holte Luft, als wollte er etwas sagen, ließ es dann aber doch bleiben. Anstelle dessen runzelte er seine Stirn.

„Verwirrt …“, murmelte er und auch sein Lächeln verzog sich. Für einen kurzen Moment sah er enttäuscht aus.

„Ja, verwirrt“, bestätigte Irene, „ich bin nicht sehr stolz darauf. Ich wäre froh, wenn wir nicht mehr darüber sprechen würden.“ Sie intensivierte ihr Lächeln-für-schwierige-Kunden, ignorierte Toms Blick, der direkt in sie hineinzusehen schien, nickte noch einmal und beeilte sich dann, in Nanas Haus zurückzukehren.

Damit Tom nicht auch noch sehen konnte, wie sehr ihr das Herz in der Brust klopfte.

23. Kapitel

Zwei Tage später tauchte Tom kurz nach der Mittagszeit im „Kaffeekränzchen“ auf und wurde von Bella herzlich begrüßt. Irene, die gerade eine Kaffeebestellung zubereitete, nickte ihm freundlich zu und konzentrierte sich aufs Schäumen der Milch. Im Hintergrund hörte sie, wie Bella Tom anwies, an einem der Tische im Eck Platz zu nehmen, sie würde nur schnell ihre Unterlagen holen.

„Ich kann auch später wiederkommen“, bot ihr Tom an, „falls es jetzt nicht passt.“

„Unsinn“, schalt ihn Bella und trug weiter zur Irenes Neugierde bei, „Irene hat den Laden im Griff. Bestell inzwischen etwas, während ich meine Unterlagen hole. Probier auch unbedingt Irenes Schwarzbeermuffins!“

Irene hörte Tom leise lachen, während sie die Bestellung fertig abwickelte, kassierte und der Kundin einen schönen

Tag wünschte. Mit ihrem frischen Kaffee in Händen drehte sich die Kundin um und auch wenn Irene ihr Gesicht nicht sehen konnte, entnahm sie der veränderten Körperhaltung, dass die Frau zu strahlen begann, als sie Tom sah.

„Hallo Tom!", flötete sie und Irene bemühte sich um einen neutralen Blick.

„Hallo Anni", sagte Tom freundlich, aber unverbindlich.

Das war doch unverbindlich, oder? Hat es sonst noch jemand gehört?

Aber Anni ließ nicht locker. Sie plauderte mit Tom über die Hitze und über irgendwelche Sportschuhe, die sie bei ihm kaufen wollte. Ihre Stimme trug sich laut durchs Lokal, während Tom jedes Mal kurz angebunden, aber höflich antwortete.

Als Anni ihren Redeschwall in ein anderes Themengebiet umlenkte und gleichzeitig mit einer viel zu langen Berührung von Toms Oberarm über neue Bikinimodelle im „Outdoorsy" zu sprechen begann, riss Irene der Geduldsfaden.

„Tom, wolltest du etwas bestellen?", tönte sie über Anni und das Geschnatter der anderen Gäste hinweg. Für ein paar Augenblicke schien jedes Gespräch im Lokal zu stoppen und alle Gäste drehten sich in ihre Richtung, aber Irene ignorierte die ungewollte Aufmerksamkeit der anderen Gäste, als Tom seinen Blick hob und ihr zulächelte.

„Ja, gerne", sagte er und nickte freundlich.

Hatte bisher schon die Sonne geschienen? War es im Lokal plötzlich heller geworden?

Irene beobachtete, wie Tom sich aus Annis Stahlgriff losriss, etwas von einem Termin murmelte und sich verabschiedete.

„Was hättest du gerne?“, fragte Irene, als er endlich vor ihr stand, um seine Bestellung aufzugeben.

Toms Augen weiteten sich für einen Moment und er schien sprachlos, dann lächelte er verlegen und seine Wangen röteten sich ein wenig. Er murmelte etwas, das nach „so viele Dinge“ klang, aber Irene wollte nicht nachfragen, da sie ihrem eigenen Geisteszustand in seiner Anwesenheit nicht mehr über den Weg traute.

Aber Tom räusperte sich, schüttelte leicht den Kopf und bat schließlich um einen Cappuccino.

„Ein Fan?“, fragte Irene mit einem Kopfnicken in Richtung Tür, durch die Anni kurz davor verschwunden war. Sie wagte es nicht, Tom anzusehen, sondern konzentrierte sich auf die schäumende Milch in ihren Händen.

Sie hörte Tom kurz auflachen. „Ein Ausrutscher eher“, antwortete er.

Überrascht hob sie den Blick und Tom zuckte mit den Schultern. Aus irgendeinem Grund hielt sie inne und musterte Tom von Kopf bis Fuß. Sie kannte seinen Körper, seine Statur, seine Ausstrahlung, aber in diesem Moment versuchte sie sich ihn mit der zierlichen und hübschen, wenn auch aufdringlich lauten Anni vorzustellen. Ihre Gedanken schienen in ihrem Gesicht abzulesen zu sein, denn Tom rieb sich verlegen den Nacken, je länger sie ihn ansah.

„Alles klar“, sagte Irene schließlich, weil ihr nichts anderes einfiel und widmete sich wieder der Kaffeezubereitung.

„Nein! Irene ...“, begann Tom und bemühte sich, über den Tresen nach ihr zu greifen, was ihm aufgrund ihrer schnellen Bewegungen rund um die Kaffeemaschine nicht gelang, „es ist nicht so ...“ Er unterbrach sich selbst und schnaufte frustriert auf.

„Schau mich an, bitte“, sagte er schließlich leise.

Irene stellte die Kaffeetasse ab und hob widerwillig den Blick. Tom musterte sie, als sei sie ein großes Rätsel.

„Warum habe ich das Gefühl, ich sollte mich jetzt rechtfertigen?“, fragte er mit ruhiger Stimme. Irene riss überrascht die Augen auf.

„Bitte nicht!“

„Wie bitte?“

„Bitte keine Rechtfertigung! Das geht mich wirklich nichts an, was du in deiner Freizeit machst“, sagte Irene lauter als ihr lieb war. Dieses ganze Gespräch war ihr plötzlich unangenehm geworden. Sie kümmerte sich weiter um Toms Kaffee und als er endlich fertig war, schob sie ihm die Tasse über den Tresen und lächelte ihm zaghaft zu. Erst jetzt sah sie, wie Tom sie genau beobachtete, mit einem nicht deutlich erkennbaren Gesichtsausdruck, der von der nachdenklichen Falte über seiner Stirn verstärkt wurde.

„Alles klar", wiederholte er ihre Worte leise, als würde er nur mit sich sprechen und nickte dazu einmal. Plötzlich legte sich Sanftheit in seinen Blick und ein Anflug eines Lächelns war erkennbar. Die nachdenkliche Stirn war verschwunden.

„Hättest du gerne einen Kuchen dazu?", fragte Irene, wie sie jeden anderen Kunden auch fragen würde und hoffte damit, diese verwirrende Spannung zwischen ihnen lösen zu können.

„Natürlich nimmt er einen Muffin!", rief Bella plötzlich hinter ihr und eilte an Irene vorbei in den Bereich, in dem die Gäste saßen. Sie entschuldigte sich bei Tom, dass sie so lange gebraucht hatte, um ihre Unterlagen zusammenzusuchen, aber die Entwürfe des Architekten seien kurzfristig verschollen gewesen.

Irene blendete das Geplapper aus. Sie richtete zwei Muffins auf passenden kleinen Tellern an und brachte diese an den Tisch, an dem Bella und Tom Platz genommen hatten. Die beiden bedankten sich und beugten sich gleich über die Unterlagen, die Bella aufzubreiten begonnen hatte.

„Wollt ihr eventuell noch einen Kaffee trinken?" Irene beugte sich an Bella vorbei, um den Tisch vom benutzten Geschirr zu befreien. In den vergangenen zwei Stunden hatten sich weder Bella noch Tom von ihren Plätzen bewegt und die beiden haben unaufhörlich Papiere verschoben, Notizen verglichen und über irgendetwas diskutiert. Irene hatte in der Zwischenzeit die Nachmittagskundschaft betreut und eine Reihe frisch gebackener Muffins mit unterschiedlichen Mustern und kleinen Zuckerherzen dekoriert.

In wenigen Minuten würde Yvonne für die Abendschicht erscheinen und üblicherweise machte Irene zuvor noch eine Runde durchs Lokal, obwohl es angesichts des Selbstbedienungssettings gar nicht nötig war.

Bella hob auf Irenes Frage hin lächelnd den Kopf und verneinte dankend.

„Tom?", fragte sie, als dieser keine Reaktion zeigte und völlig vertieft auf seinen Laptop starrte. Auch er hob seinen Blick, blinzelte erst Bella, dann Irene an und wurde plötzlich von einem derart intensiven Gähnen übermannt, dass beide Frauen lachen mussten.

„Espresso für Tom?", fragte Irene augenzwinkernd und er grinste.

„Bitte", sagte er.

„Wo ist Bobby heute?", fragte Irene bemüht freundlich.

Na also! Small talk unter Freunden. Geht doch.

„Bei Felix", antwortete Tom mit einem schelmischen Lächeln, „sie hat sich heute Früh nach dem Fahrrad erkundigt und bekanntgegeben, dass sie heute Nachmittag zu Hans und Felix radeln würde." Sein Lächeln wurde noch breiter. „Das ist das erste Mal, dass sie von sich aus etwas unternommen hat, das nicht gefährdend für die Gemeinschaft oder ihren Geisteszustand ist." Er wandte sich an Irene. „Was auch immer du ihr neulich gesagt hast, es hat geholfen.“ Er schluckte und sah sie direkt an. „Danke.“

Irene riss überrascht ihre Augen auf. „Ich habe eigentlich gar nichts zu ihr gesagt.“ Sie dachte nach. „Ich habe sie bloß darin bestärkt, dass sie sich nicht mit Leuten abgeben muss, mit denen sie sich nicht treffen will.“

Tom lächelte sie an und zwinkerte ihr zu. „Wie auch immer: Du bist jetzt als Bobbys Therapeutin engagiert.“ Er wandte sich an Bella. „Ich habe in der Früh zu Bella gesagt, dass sich Hans bei mir melden soll, sobald sie bei Hans und Felix eingetroffen ist. Und das hat sie ihm doch tatsächlich ausgerichtet!“ Tom strahlte, als hätte er im Lotto gewonnen und nicht bloß eine 14-Jährige davon überzeugt, dass er tolerierbar war.

Irene grinste.

„Hans war komplett perplex“, lachte Tom und erzählte weiter, „er hat gesagt, er sei noch nie auf die Idee gekommen, dass sich Felix melden sollte, wo auch immer er im Laufe des Tages landete.“ Toms Ausdruck wurde ernst.

„Wie geht es Hans denn?“, fragte Bella mit ähnlich ernster Stimme.

Tom hob eine Schulter. „Es scheint sich langsam einzuspielen. Er hat endlich eine passende Pflege gefunden, um wieder regelmäßig zur Arbeit gehen zu können. Dazwischen kümmert er sich um die Kinder, aber abends schickt er die Pflegerin immer nach Hause. Ich weiß nicht, ob es am Geld liegt, oder woran …“ Tom ließ den

Satz in der Luft hängen, während sich Bella an Irene wandte und die fehlenden Informationsstücke einfügte.

„Hans kennst du ja noch aus der Schule, oder?“, fragte sie und Irene nickte. „Sein Vater braucht seit etwa einem Jahr Hilfe im Alltag, er hatte einen Schlaganfall und kann sich nicht mehr allein um sich kümmern und wohnt jetzt bei Hans und den Kindern. Felix kennst du ja und die kleine Doris ist jetzt zehn Jahre alt, glaube ich.“ Bella sah zu Tom, der mit den Schultern zuckte. „Wie auch immer, Hans war verheiratet. Nein, er ist immer noch verheiratet.“

„Nicht dass er Zeit haben würde, sich scheiden zu lassen“, warf Tom bitter ein und Bella lachte kurz auf.

„Stimmt! Hans' Frau hat ihn jedenfalls vor Kurzem erst verlassen, vor zwei, drei Monaten etwa. Ich weiß es nicht mehr genau. Und jetzt muss er sich um alles allein kümmern, zuvor war's zu zweit natürlich leichter.“

Tom schnaubte verächtlich durch die Nase. Was auch immer das wieder bedeuten mochte. Bella lächelte. „Wir gehen jedenfalls davon aus, dass es für ihn leichter war, solang die Angelika noch zu Hause war“, ihr Ton war vielschichtig und ließ einiges an Interpretation zu, worauf sich Irene aber nicht einließ. Sie kannte die betreffenden Personen gar nicht. Und auch Hans hatte sie seit 15 Jahren nicht mehr gesehen.

Aber sie kannte Felix. Und ihr war seine anfangs ruppige und abweisende Art ebenso noch in Erinnerung wie die Tatsache, dass sich kaum jemand der anderen Zuseher im Stadion um ihn und seine Verletzung gekümmert hatte.

Das sah alles nach gekappten Verbindungen, hinter sich abgebrochenen Brücken aus.

„Lässt Hans sich nicht helfen?“, fragte Irene, ihrem Instinkt folgend und sowohl Tom als auch Bella nickten heftig.

„Du glaubst gar nicht, wie oft Otto oder ich schon bei ihm vor der Tür gestanden sind“, sagte Tom.

„Ich auch“, ergänzte Bella, „einmal hatte ich sogar meinen Staubsauger in der Hand, damit er mich nicht gleich wieder wegschicken konnte.“ Sie lachte auf.

„Er will das aus irgendeinem Grund alles allein machen“, seufzte Tom.

Irene nickte.

„Beharrlich bleiben“, sagte sie schließlich. „Und ich kümmere mich jetzt mal um den Kaffee, damit wenigstens ihr euch helfen lasst.“ Sie zwinkerte freundlich und wandte sich zurück zum Tresen.

Während die drei sich unterhalten hatten, war Yvonne im Geschäft erschienen und hatte die neuen Gäste betreut. Irene ließ einen Espresso in eine kleine Tasse laufen und brachte diese zu Tom und Bella, die bereits wieder in ihre Arbeit vertieft waren. Irgendetwas diskutierten sie mit großem Eifer und Irene bemühte sich, nicht allzu neugierig zu sein.

„Wenn wir auf Facebook Werbung schalten, erreichen wir wahnsinnig viele Leute“, sagte Bella gerade, als Irene Toms Kaffee abstellte.

„Hast du schon jemals auf Facebook Werbung geschalten?“, fragte Tom.

„Nein“, antwortete Bella beschämt, „aber ich habe gelesen, dass es toll funktioniert.“

„Ich habe das schon ein- oder zweimal gemacht“, sagte Irene, ohne lange nachzudenken und mit einem schelmischen Augenzwinkern. Selbstverständlich hatte sie während ihrer Agenturjahre sehr viele Werbekampagnen auf Facebook betreut. „Was wollt ihr denn machen?“, fragte sie, ihre Neugier nun doch nicht mehr verbergend.

Tom und Bella tauschten einen Blick aus, vermutlich um sich abzustimmen, ob sie Irene in ihre Pläne einweihen sollten.

„Ihr müsst es mir auch nicht erzählen“, ruderte Irene zurück, aber Bella lachte nur auf.

„Ach, es ist ja gar kein großes Geheimnis!“, rief sie aus. „Wir hatten uns nur vor ein paar Tagen mal darüber unterhalten, ob wir dich fürs Marketing anheuern sollen, nachdem du ja deine eigene Agentur hattest. Aber wir haben uns noch nicht darauf geeinigt.“

Irene sah verwirrt zwischen Tom und Bella hin und her, deren Blick zwischen schuldbewusst und engagiert lag.

„Was hat euch abgehalten?“, fragte Irene freundlich. „Es ist ja nicht so, dass ich derzeit überlastet wäre.“ Sie stellte sicher, dass die Ironie in ihrer Stimme erkennbar wäre.

„Natürlich, aber wir waren uns nicht sicher, ob der Kontakt zu deiner früheren Arbeit irgendwelche schlechten Erinnerungen weckt“, gab Bella zu.

„Außerdem ist unser Marketingbudget quasi nichtexistent", sagte Tom und klang peinlich berührt.

Irene nickte und lächelte. „Ich kann euch versichern", sagte sie, auch um sich selbst zu überzeugen, „dass Facebook bei mir keine posttraumatischen Belastungen triggert. Es war nicht alles schrecklich während meiner Jahre in Wien."

„Aber du siehst jetzt so viel besser aus als kurz nach deiner Ankunft!", sagte Bella, völlig ungefiltert.

„Danke …?", antwortete Irene irritiert, nicht wissend, ob Bellas Aussage ein Kompliment oder eine Beleidigung war. Sie entschied sich – auch um der Freundschaft willen – für Ersteres.

„Du weißt, was ich sagen will", lenkte Bella ein, „du siehst sicher selbst, dass du jetzt viel schöner bist, viel strahlender als zu Beginn. Oder, Tom?" Sie wandte sich an ihr Gegenüber, aber bevor Tom etwas sagen konnte, fiel Irene ihm ins Wort: „Er kann das nicht beurteilen, in den ersten paar Tagen hat er mich immer nur betrunken gesehen."

„Und du mich!", rief Tom ihre frühmorgendliche Begegnung am Hauptplatz in Erinnerung und Irene lachte auf.

„Weit sind wir seither gekommen", antwortete Irene kichernd, in Anspielung auf ihre regelmäßigen Laufrunden und ihre latente Freundschaft.

„Ich trinke jetzt eigentlich gar nicht mehr, weil ich sonst die Laufrunden am nächsten Tag nicht schaffe", gab Tom zu und wieder lachten alle.

„So schnell wie er läuft, ist's kein Wunder, dass ich ‚strahle'", Irene zeichnete Anführungszeichen in die Luft, „bei dem Tempo produzieren wir sicherlich Energie."

Toms und Bellas Lachen schallte durch das gesamte Lokal.

„Also, worum geht es?", lenkte Irene schließlich das Gespräch wieder auf die Ausgangsdiskussion zurück. „Wir könnten es ja so machen: Ihr erzählt mir, was für ein Problem ihr habt und warum ihr Facebook für Werbung verwenden möchtet und ich sage euch, ob und wie ich euch helfen kann. Wäre das für euch in Ordnung?"

Bella nickte bereits eifrig und begann, ihre Unterlagen zu durchsuchen, bis sie eine Skizze daraus hervorzog, die eine kleine Bar und mehrere gepolsterte Sitzmöbel zeigte, eingebettet in eine Waldszenerie.

„Das ist unser Projekt", sagte Bella stolz und Irene beugte sich interessiert über die Skizze. „Mein ‚Kaffeekränzchen' bekommt eine eigene Nische im ‚Outdoorsy'!" Bella war jetzt nicht mehr zu bremsen. „Du weißt ja, dass ich in letzter Zeit immer wieder mit Smoothies und Fruchtsäften herumexperimentiert habe. Wir möchten im ‚Outdoorsy' eine Kaffee- und Juice-Bar einrichten. Für die Kunden dort."

„Das ist ja eine hervorragende Idee!", rief Irene aus. „Erklärt mir den Plan!"

Tom übernahm das Gespräch, zeigte Irene, wie die Einrichtung geplant war. Sie wollten, dass sich die Kunden einerseits erfrischen konnten, aber eben auch etwas länger aufhalten konnten, falls sie mit einer Kaufentscheidung haderten.

„Hier etwa", sagte Tom und zeigte auf eine Stelle auf dem Plan, „hier planen wir, die Möbel in eine ‚Wanderteststrecke' zu integrieren. Du kennst das sicher, dass man in Sportgeschäften über leichte Hindernisse klettern kann, um neue Schuhe vor dem Kauf zu testen. Das machen wir hier etwas größer und eben neben der Kaffeebar. Wenn die Leute zusätzlich auch noch etwas konsumieren und sich stärken können, bleiben sie vermutlich länger im Geschäft."

„Und ich werde bei den auswärtigen Gästen mit meinem Angebot bekannt", ergänzte Bella. „Außerdem *liebe* ich das ‚Outdoorsy' und alles, was es besser macht, gibt mir ein gutes Gefühl."

Irene lachte und sah mit einer sie selbst überraschenden Zuneigung zwischen Tom und Bella hin und her. Die beiden waren so erfolgreiche und glückliche Unternehmer, es wirkte alles so selbstverständlich. Hatte sie auch jemals so viel Freude als Chefin ihrer Firma ausgestrahlt? Sie war sich nicht sicher.

Tom und Bella sahen sie erwartungsvoll an und Irene nickte, in ihrem Kopf sprudelten bereits die ersten Ideen hervor. Beide Unternehmen waren gut besucht und sehr bekannt, man brauchte nur an wenigen Schrauben drehen, um die Leute auf die Neuerung im „Outdoorsy" hinzuweisen.

Bevor sie jedoch die beiden mit ihren Ideen überrollte, stellte Irene noch einige Fragen – ausgehend von der bestehenden Werbung und welche Kanäle noch nicht bespielt wurden. Nach einigem Hin und Her einigten sie sich zum einen auf eine Gutscheinaktion im „Kaffeekränzchen“. Kunden, die in den zwei bestehenden Filialen einkehrten, erhielten einen Gutschein für die neue Filiale im „Outdoorsy“. Umgekehrt erhielten auch Kunden des Sportgeschäfts einen Coupon, mit dem sie einen der neuen Juices gratis vor Ort testen durften. Begleitet sollte die Offline-Aktion von einer kleinen Kampagne via Social Media werden, die die Aufmerksamkeit auf beide Geschäfte legen sollte.

Irene scrollte auf ihrem Handy durch die Facebook-Seiten der beiden Unternehmen, nachdem sie sich schnell einen neuen Account angelegt hatte. Ihren alten Zugang hatte sie ja kurz nach ihrer Ankunft bei Nana gelöscht.

„Wer kümmert sich derzeit um eure Seiten?“, fragte Irene, ohne den Kopf von ihrem Telefon zu heben.

„Ich“, sagte Tom und meinte die Seite seines Sportgeschäfts.

„Ich“, sagte Bella über die Seite ihres Cafés.

„Hm“, sagte Irene und scrollte weiter.

„Ist es so schlecht?“, fragte Bella so besorgt, dass Irene lachen musste.

„Nein“, sagte sie freundlich. „Es ist offenkundig, dass ihr es nicht unbedingt benötigt“, ergänzte sie und deutete ins voll besetzte Geschäftslokal, „sogar bei Hitze rennen sie dir hier die Bude ein.“ Sie drehte sich zu Tom. „Und ich vermute, dass der Sommer auch bei dir immer viel Geschäft bringt, oder?“

Tom nickte.

„So wie ich es sehe“, sagte Irene vorsichtig, „könnte man eure Seiten ein bisschen aufräumen: Manche Daten ergänzen und ab und zu etwas aus dem Geschäftsalltag posten. Ich bin ja regelmäßig hier im Geschäft, da lässt es sich leicht einrichten, dass ich mal Fotos von frischen Kuchen poste oder ein Kaffeefoto.“ Natürlich war das alles ein Klischee, aber die beiden brauchten keine bahnbrechende Kampagne, um über ihre Existenz zu informieren. Es reichte, wenn man ihr bestehendes, reales Image über die sozialen Medien in der digitalen Welt dokumentierte.

„Tom, dir würde ich empfehlen, dass du auf die Saisonen reagierst. Du hast sicher häufiger Angebote, Rabattaktionen oder Ähnliches – je nach Jahreszeit. Außerdem hast du viel Wissen zu den Produkten, die man bei dir kaufen kann. Du könntest etwa einen Wanderschuh posten, der gerade in Aktion ist, und dazu ein paar Informationen schreiben, worauf man beim Kauf eines Wanderschuhs achten sollte. Und so weiter.“

„Ja, genau!“, Bella klatschte in die Hände. „Das klingt super! Du bist engagiert!“ Sie dachte kurz nach, dann sah sie Irene mit großer Ernsthaftigkeit an. „Du könntest an den Tagen, an denen du nicht hier arbeitest, bei Tom im Geschäft nach Material für seine Postings recherchieren. Zum Beispiel montags?“ Bella drehte sich zu Tom. „Am Montag hat sie immer frei.“

Irene biss sich auf die Unterlippe, um nicht lauthals aufzulachen. Wenn es bis jetzt nicht klar war, dass Bella sie beide häufiger zusammenbringen wollte, schien absolut kein Zweifel mehr zu bestehen.

„Das ist eine gute Idee“, sagte Irene mit einem Blitzen in den Augen und drehte sich zu Tom: „Passt dir Montag für Social-Media-Time?“

Tom starrte sie kurz an, lächelte dann aber und nickte kurz. „Sicher. Du kannst diese Woche auch schon mal vorbeikommen, dann richte ich dir den Zugang zur Seite ein.“

Sie besprachen auch Irenes Honorar für ihre Arbeit mit den Social-Media-Kanälen. Dann vereinbarten sie ein kurzes Treffen an einem der kommenden Tage. Irene schlug vor, dass Bobby sie dabei begleiten konnte.

„Damit sie noch mehr Zeit über ihrem Handy hängend verbringen kann“, Tom verdrehte die Augen. „Wir müssen das nicht auch noch fördern.“

Irene lächelte. „Sie verbringt sowieso die halbe Zeit in irgendeiner Foto-App oder schneidet irgendwelche Videos. Wenn sie das für dich macht, ist es wenigstens sinnvoll.“

„Von mir aus“, antwortete Tom, klang jedoch nicht ganz überzeugt, „wenn sie im Gegenzug dazu tatsächlich mit deinem Fußballtraining beginnt, darf sie das machen.“

„Ich glaube, ihr ist hauptsächlich langweilig“, sagte Irene leise.

„Ich weiß!“, rief Tom aus und warf seine Hände in die Luft. „Was soll ich denn machen, wenn ihre Freunde

Pflaumen sind und ihre Mutter in ein anderes Land verschwindet?“

Irene berührte ihn am Unterarm ohne nachzudenken und zuckte kurz zusammen, als Tom mit einem scharfen Atemzug seinen Blick hob, um sie anzusehen. Sie ignorierte das Leuchten in seinen Augen und sprach schnell drüber hinweg.

„Es geht ihr gut“, sagte sie ruhig, „sie ist nur ein bisschen orientierungslos zurzeit. Wie das eben so ist in dem Alter.“ Irene zog ihre Hand zurück und blickte schnell zu Bella, die sie beide unverhohlen beobachtete.

Als niemand etwas sagte, ergänzte Irene: „Außerdem hast du gerade vorhin erzählt, dass sie sich heute mit Felix getroffen hat. Das ist doch eine positive Veränderung, oder?“

Tom nickte und atmete tief ein und aus.

Tom sah Bella an: „Es ist ein Horror, alleinerziehend zu sein. Ich habe keine Ahnung, wie Lisa es so lang geschafft hat, ohne durchzudrehen.“ Er seufzte. „Und ich mache das erst seit ein paar Wochen. Am Ende des Sommers habe ich wahrscheinlich nur mehr graue Haare.“

Bella und Irene lachten und Irene wandte ihren Blick zu Toms dunkelblonden Locken, die noch keine Spur von Grau zeigten. Erinnerungen, wie sich seine Haare zwischen ihren Fingerspitzen angefühlt hatten, übermannten ihr Hirn und übernahmen die Kontrolle über alle Nervenbahnen. Sie wusste, sie hatte keine Chance, ihre Gedanken durch ihre Aufregung zu verbergen und bemerkte, wie Toms Ohren leicht rot wurden.

Ja, man konnte ihr deutlich im Gesicht ablesen, woran sie gerade gedacht hatte.

Mitten in die spannungsgeladenen Sekunden zwischen Tom und Irene platzte plötzlich Ottos Stimme herein, der unwissend den Moment auflöste. Bella räusperte sich lauthals, bevor sie ihren Mann begrüßte und Irene wandte sich verlegen lächelnd von Tom ab.

Otto begrüßte die Runde und erkundigte sich nach den Fortschritten von Toms und Bellas Plänen. Zu dritt erklärten sie ihm die nächsten Schritte und inwieweit Irene darin involviert werden würde. Otto strahlte.

„Ich habe auch gute Neuigkeiten“, sagte er und wandte sich an Irene, „ich habe mit dem Sportverein gesprochen und sie würden euch den Sportplatz jeden Donnerstag für zwei Stunden überlassen. Bis zum Ende des Sommers verlangen sie keine Miete, aber solltest du das Angebot längerfristig anbieten, würden sie nochmals nachverhandeln.“

„Wirklich?“ Irene klatschte in die Hände. „Das ist super! Wann können wir anfangen?“

„Diese Woche? Nächste Woche? Wann immer du willst“, sagte Otto.

Irene sah zu Tom, der ebenso strahlte. „An mir soll's nicht scheitern, teil mich ein“, sagte er.

„Das wird dann auch etwas für deine Facebook-Seite“, sagte Irene, „wir müssen der Welt natürlich mitteilen, dass du das Mädchentraining unterstützt.“

Bella hatte sich kurz vom Tisch zurückgezogen und stand nun mit einer Flasche Prosecco und vier Gläsern neben ihnen. Sie deutete mit dem Kopf nach draußen. „Wir sollten anstoßen“, sagte sie. Dann schlug sie vor, dass sie sich in den Schanigarten setzten, um die anderen Gäste nicht zu stören.

Und während sich die Sonne langsam hinter den Hügeln der Weinberge senkte, plauderten sie zu viert über alles und nichts, aber vor allem über Irenes Neustart als Social-Media-Beauftragte für Toms und Bellas Unternehmen und wie sie gemeinsam das Fußballtraining für Mädchen bekannt machen würden.

24. Kapitel

„Warum mussten wir so früh dafür aufstehen?“, jammerte Bobby auf der Rückbank.

„Du stehst immer früh auf“, antwortete Tom.

„Aber doch nicht *so* früh!“, grummelte Bobby. „Ihr seid beide unheimlich – dieser tägliche Morgensport zum Hahnenkrähen.“ Irene kicherte, vor allem auch, um ihr eigenes Gähnen zu unterdrücken.

„Manchmal hat man halt Glück und findet etwas extra Motivation für Morgensport“, sagte Tom mit ruhiger Stimme und sah augenzwinkernd zu Irene. Sie grinste vieldeutig zurück. Ja, ihr Drang, frühmorgens laufen zu gehen, lag seit einiger Zeit auch eher in ihrem Bedürfnis, Tom zu sehen, begründet.

Heute jedoch fiel der Morgenlauf aus und sie saßen bei noch kaum erkennbarer Morgendämmerung im Auto, die vor Müdigkeit grummelnde Bobby und einen vor Müdigkeit halb bewusstlosen Felix auf der Rückbank.

An ihrem ersten gemeinsamen Social-Media-Nachmittag, wie Irene ihren Arbeitstag im „Outdoorsy“ nannte, hatten sie Irenes erste Idee aufgegriffen, um einen aktuellen Wanderschuh mit ein paar Tipps von Tom zum Kauf von Wanderschuhen zu posten. Doch dieses eine Posting erschien ihnen zu wenig und so hatten sie nach ein paar Überlegungen und verworfenen Ideen beschlossen, die Auswahl einer gesamten Wanderausrüstung für Männer, Frauen und Kinder in unterschiedlichster Aufbereitung über die kommenden Wochen mit Postings zu begleiten. Von einem Video, in dem Tom über die unterschiedlichsten Materialien für Regenwetter sprach, bis hin zu Fotos von sommertauglichen Wanderhosen und natürlich ein paar lustigen Schnappschüssen von Wandersocken reichte der Content, den sie produzierten. Um ihren Wanderschwerpunkt abzurunden, hatten sie außerdem entschieden, die Ausrüstung dem Praxistest zu unterziehen und auch dies Social-Media-tauglich zu begleiten.

Weshalb sie sich für diesen Tag einen Ausflug in die Berge vorgenommen hatten. Sie hatten auch Bobby und Felix davon überzeugen können, sie bei der geplanten Wanderung zu begleiten, obwohl sie vorsorglich vermieden hatten, die Uhrzeit, zu der sie aufbrechen wollten, frühzeitig zu erwähnen.

„Wessen Idee war das?“, begann Bobby erneut.

„Ihre“, sagte Tom und lachte, als Irene gleichzeitig „Seine“ antwortete.

„Ihr seid viel zu früh aktiv jeden Tag. Der Tag, an dem ihr beide mal länger im Bett liegen bleibt als ich, soll ein Feiertag werden."

„Es ist Samstag, nicht Feiertag", murmelte Felix im Halbschlaf und der Blick, den Bobby ihm zuwarf – eine Mischung aus Irritation und Zuneigung – ließ Irene beinahe laut auflachen.

Nach etwa einer Stunde Wanderung und einigen Fotos für „Outdoorsys" Social Media ließen sie sich an einer Waldlichtung nieder und packten ihre mitgebrachte Jause aus. Der Weg vom Parkplatz bis zu dieser Stelle war eine wenig anspruchsvolle, aber stetig leicht steigende Schotterstraße, die sich abwechselnd über Weiden und durch Waldstücke zog. Sie waren früh genug unterwegs, um wenigen anderen Wanderern zu begegnen, wie Tom ihnen erklärte. Im Laufe des Tages konnte der Weg recht überfüllt werden, denn die Route sei besonders familienfreundlich und deshalb sehr beliebt.

„Spielen wir deshalb hier Familie?", hatte Bobby daraufhin mit bissigem Unterton gefragt, der Irene nicht entgangen war – und vermutlich auch Tom nicht, wenn man sein darauf folgendes grantiges Schweigen und sein leicht erhöhtes Geh-Tempo zu deuten versuchte.

Bobby schien ihr Kommentar sofort leid zu tun, denn sie sah sich erst hilfesuchend nach Unterstützung von Felix um, der jedoch nur mit den Schultern zuckte und etwas murmelte, das nach „Familie, Familie – was soll das schon sein?" klang. Ihr fragender Blick traf auch auf Irene, die mit ihren Lippen nur „Ich kenne mich nicht aus“ formte, was der Wahrheit entsprach. Sie hatte Bobbys und Toms Beziehung immer noch nicht durchschaut. Auf eine bestimmte Art und Weise verband die beiden mehr als nur die familiären Bande von Onkel und Nichte. Sie waren schließlich beide von Toms Schwester und Bobbys Mutter Lisa auf eine gewisse Art verlassen worden und in diese Wohngemeinschaft gezwungen worden. Je mehr Zeit Irene jedoch mit Tom und Bobby verbrachte, desto mehr hatte sie den Eindruck, dass die beiden sich aneinander gewöhnt hatten. Und auch gerne zusammenlebten.

Aber Irene wollte sich nicht einmischen. Niemand konnte sagen, wie lange sie selbst hier bleiben würde, so angenehm sich diese Sommerwochen auch anfühlten. Und so erinnerte sie sich weiterhin regelmäßig daran, nicht zu intensive Verbindungen einzugehen.

Tom unterbrach sein Schweigen erst wieder, als sie sich zu ihrem Picknick niederließen und er die eingepackten Jausenbrote verteilte. Irene hatte sich einen Platz gesucht, bei dem ihr Gesicht zum Teil von der Sonne angeschienen wurde, und sie schloss für einen Moment die Augen, um die Wärme der Almsonne aufzusaugen. Die Bäume rauschten im leichten Wind, irgendwo in der Nähe plätscherte ein Bach. Die Stille wurde nur gelegentlich vom Rascheln des Jausenbrotpapiers unterbrochen und auch in Irene regte sich ein leichtes Hungergefühl.

Sie bemerkte, dass sich jemand neben sie gesetzt hatte und noch bevor sie die Augen öffnete, nahm sie Toms Geruch wahr, Zitrone und die Luft eines Sommermorgens. Ihr Bauch entwickelte das mittlerweile schon fast vertraute Kribbeln und lächelnd wandte sie sich zu ihm.

Tom bot ihr Tee aus seiner Thermoskanne an und sie nahm dankend ein paar Schlucke aus der Tasse.

Aus den Augenwinkeln sah sie, wie Felix begonnen hatte, an einem Zweig herumzuschnitzen und für einen Moment sah sie ihm fasziniert zu. Bobby und er saßen sich im Schneidersitz gegenüber und Felix erklärte murmelnd, was er gerade machte. Hin und wieder zückte Bobby ihr Telefon, um Felix' Arbeit zu dokumentieren.

Irene bemerkte, wie Tom ihrem Blick folgte, und nach einigen Minuten des stillen Zusehens sahen sie sich an, warfen sich einen verschwörerischen Blick zu.

„Die sind so lieb", sagte Irene leise und Tom nickte.

„Ich kann dich hören!", rief Bobby, ohne sich zu ihr umzudrehen.

„Ja?", antwortete Irene mit deutlich erkennbarem Humor in ihrer Stimme. „Bin ich dir peinlich?"

Bobby drehte sich um und sah sie mit durchdringendem Blick an, dann schüttelte sie den Kopf, ernsthafter, als es die Situation erforderte.

Felix, der dem gesamten Austausch nicht gefolgt zu sein schien, hob verwirrt den Kopf und fragte Bobby dann, ob sie ihm bei der Suche nach Schaufelrädern behilflich sein würde. Bobby nickte eifriger, als Irene es erwartet hatte und die beiden verschwanden in dem Waldstück, das sich hinter ihrem Picknick-Platz erstreckte.

„Geht nicht zu weit weg!", rief Tom ihnen hinterher.

„Wir vergessen nicht, Brotkrumen auszustreuen", antwortete Bobby und Irene musste lachen.

„Graue Haare“, murmelte Tom, „in wenigen Wochen bin ich ein alter Mann.“

Irene lachte noch einmal und lehnte sich an den Baumstamm. Ihre Schulter streifte Toms Oberarm, aber keiner von ihnen unterbrach diese leichte Verbindung, die sich warm und angenehm anfühlte.

„Du wirst sie noch sehr vermissen“, sagte Irene leise.

„Ja“, antwortete Tom schnell. Überrascht von der Überzeugung in seiner Stimme, mit der er ihr geantwortet hatte, drehte sich Irene mehr zu ihm. Und intensivierte – zwar unabsichtlich, aber immerhin – den Kontakt zwischen ihnen.

„Warst du deshalb vorhin so beleidigt?“, fragte sie Tom, der seine Finger verknotete und wieder entknotete, ohne sie anzusehen.

„Ich war nicht beleidigt.“

Irene schnaufte in einem Tonfall, der deutlich vermittelte, dass sie ihm nicht glaubte.

„Na gut“, sagte Tom, „ich war ein bisschen gekränkt.“ Er seufzte. „Wir sind ja schließlich eine Familie, wir sind zwar nur zu zweit, aber wir haben es nicht schlecht.“

„Ich glaube, sie wollte dich eher wegen mir provozieren“, sagte Irene.

„Hm?“ Tom drehte sich mit verwirrtem Gesichtsausdruck zu ihr.

„Vater, Mutter, Tochter, Sohn“, Irene deutete von Tom zu sich und dann in den Wald, wohin die Kinder verschwunden waren. „Wir geben das Bild einer klassischen Familie ab. Etwas, das Bobby, wenn ich es richtig verstanden habe, nie hatte.“ Irene lehnte sich wieder zurück. „Ich auch nicht.“

Sie schwiegen für einen Augenblick und Irene konzentrierte sich auf das freundliche Pochen, das sie an der Stelle spürte, an der sie Toms Oberarm mit ihrer Schulter berührte. Für einen Moment erlaubte sie sich die kindischen Schmetterlinge im Bauch.

Distanz, Irene! Es ist für alle besser so!

„Glaubst du wirklich, dass ihr das fehlt?“, fragte Tom. „Hat dir das Familienleben jemals gefehlt?“

Irene lachte bitte auf. „Ich kann das über mich nicht sagen. Meine Erinnerung an die Zeit, als ich so alt war wie Bobby, ist mittlerweile sehr verschwommen. Obwohl mir natürlich viele Geschichten von früher einfallen, seit ich wieder hier bin. Aber meistens irgendetwas, das Nana betrifft. Oder irgendwelche Blödheiten mit Otto und den anderen.“ Sie schluckte. „Ich weiß, dass ich wütend war. Ähnlich wie Bobby. Ich war ständig wütend. Außer beim Laufen. Und beim Training.“

Es raschelte leicht, als sich Tom bewegte, aber er griff nur nach ihrer Hand, berührte sie erst leicht an der Außenseite und – nachdem sie ihre Handfläche geöffnet hatte – ließ er seine Finger langsam nach innen gleiten, bis sie Handfläche an Handfläche mit verschlungenen Fingern dasaßen.

Seine Wärme strahlte in ihren gesamten Körper aus und sie fragte sich, ob es Tom genauso erging. Ihre Gedanken drifteten langsam wieder zu ihrem Gespräch zurück.

„Ich musste mehrmals über deinen Kommentar zum Alleinerzieherdasein neulich nachdenken", begann Irene schließlich leise. „Hättest du je gedacht, dass du mit Mitte 30 plötzlich für einen Teenager sorgen musst?" Sie lachte leise auf und spürte, wie Tom die Schultern hob. Ihre Finger blieben miteinander verbunden.

„Nein", antwortete er mit ebenso ruhiger Stimme, „zu Beginn war ich wütend, als Lisa mich darum gebeten hatte. Erst hat sich schon Bobbys Vater für die Karriere aus dem Staub gemacht und jetzt auch noch Lisa!?" Er schnaufte. „Dann war ich verzweifelt, als Bobby so wütend war. Diese abrasierten Haare! Ich habe gedacht, ich explodiere!" Er lachte bitter auf.

„Sie wachsen ja bereits wieder nach", sagte Irene tröstend. Bobbys Haare waren deutlich nachgewachsen in den vergangenen Wochen und standen meist in alle Richtungen von ihrem Kopf ab.

Wieder seufzte Tom. „Das Laufen in der Früh hilft sehr", sagte er schließlich.

„Hast du das nicht immer schon gemacht?"

Tom schüttelte den Kopf. „Nicht so regelmäßig." Er holte Luft. „Während dieser kurzen Laufrunden in der Früh kann ich abschalten. Da pendelt sich dann alles wieder ein. Und all die Dinge, die mich sonst zur Weißglut bringen, sind plötzlich nicht mehr so wichtig."

„Das freut mich", sagte Irene und meinte es auch so. „Für mich war das Laufen vor allem zu Beginn sehr wichtig. Nach dieser Explosion meines Lebens in Wien war ich so unruhig, dass ich nicht wusste, wohin mit mir. Auf eine bestimmte Art beruhigt mich das Laufen auch. Wie früher. Auch wenn ich mich erst an dein Schweigen gewöhnen musste." Sie kicherte leicht und auch Tom lachte.

„Ja, ich hatte manchmal das Gefühl, dass ich mich bei dir dafür entschuldigen müsste", sagte er, „aber ich wollte es auch gar nicht erklären. Ich wollte einfach nur neben dir laufen und den Stress vergessen."

Irene drückte seine Hand leicht. „Das ist schon okay so", sagte sie leise.

„Hast du jemals drüber nachgedacht, ob Bobby bei dir bleiben sollte?", fragte Irene schließlich.

„Täglich", antwortete Tom leise. „Ich wollte nie, dass sie geht. Aber seit Kurzem gestehe ich es mir auch ein. Ich will, dass sie bleibt." Er hielt kurz inne und intensivierte die Verbindung ihrer Hände mit einem leichten Druck. „Ich bin mir nicht sicher, aber ich glaube, auch Bobby denkt drüber nach. Sie hat ihr Zimmer eingerichtet – so richtig, mit Bildern und Kissen und Büchern – und sie stellt manchmal so eigenartige Fragen, was meine eigene Zukunft betrifft. Ob ich in dem Haus wohnen bleiben möchte. Ob ich mal eigene Kinder haben möchte. Und wenn ja, ob sie dann babysitten dürfte. Und so weiter." Er seufzte wieder. „Sie hat mich allerdings jedes Mal am falschen Fuß erwischt und ich war manchmal richtig schroff zu ihr." Tom drehte sich zu Irene und suchte ihren Blick. „Was antwortet man auch einer 14-Jährigen, wenn man plötzlich gefragt wird, ob man Kinder möchte?"

Irene sah ihn gespielt mitleidig an. „Nun ja, wir Frauen werden das ja regelmäßig gefragt – von unseren Chefs,

Familienmitgliedern, manchmal auch von wildfremden Personen auf Partys“, sie bemühte sich darum, möglichst viel Frustration und Spott in ihrer Stimme mitklingen zu lassen und sogleich zog Tom peinlich berührt eine entschuldigende Grimasse.

„Ich habe auch keine Antwort darauf“, sagte Irene schließlich etwas ernsthafter, „meistens bin ich ehrlich und versuche, die eigentlichen Motive der Frage zu ignorieren: Warum fragt dich ein Chef oder ein Kunde, ob du Kinder möchtest? Und so weiter. Sehr häufig bin ich aber auch verärgert. Diese Frage geht nur dich und deinen Partner etwas an. Ich kenne einige Leute, die gerne Kinder hätten, aber keine bekommen können. Ich finde, die Fettnäpfchen-Wahrscheinlichkeit ist so wahnsinnig hoch, dass es mich erstaunt, dass die Frage noch so häufig gestellt wird.“

Tom seufzte.

„Das tut mir leid“, sagte er schließlich.

„Du musst dich wirklich nicht dafür entschuldigen“, sagte Irene bitter, „so ist die Welt und es ist noch ein weiter Weg bis zur Besserung.“ Sie drückte seine Hand.

„Was war deine ehrliche Antwort, wann immer du gefragt worden bist?“, fragte Tom plötzlich und Irene lächelte.

„Meistens habe ich etwas gesagt wie ‚Wenn es sich ergibt‘ oder so ähnlich. Du darfst nicht vergessen, dass ich bis vor Kurzem in einer Langzeitbeziehung war.“ Irene blieben plötzlich die Worte im Hals stecken. Sie räusperte sich leise.

„Ich weiß“, sagte Tom mit tiefer, ernsthafter Stimme.

Wieder schwiegen sie für einen Moment.

„Fehlt er dir?“, fragte Tom leise.

„Wer?“

„Dein Ex-Mann.“

„Frank?“

„Wenn er so geheißen hat.“

„So hat er geheißen. Heißt er noch immer. War nicht mein Mann.“ Irene schnaufte. „Nur Freund und Co-Geschäftsführer. Hat gereicht.“

Tom schwieg und Irene erinnerte sich an seine Ausgangsfrage. Ihr Magen ziepte in der Erinnerung an Frank.

„Er fehlt mir überraschend wenig“, gab sie schließlich zu, „aber ich erlaube mir zurzeit auch nicht, sehr häufig an mein früheres Leben zu denken. Es ist alles überdeckt mit Wut und Enttäuschung, vielleicht auch nur gekränkte Eitelkeit.“ Sie seufzte. „Hauptsächlich gebe ich mir selbst die Schuld.“ Sie spürte, wie ihr die Tränen kamen und blinzelte schnell, schluckte mehrmals, während sie Toms Blick auf sich spürte. Irene bemühte sich um ein ihre Gefühle überdeckendes Lächeln und drehte sich wieder in seine Richtung.

„Lass uns das Thema wechseln“, schlug sie ihm vor.

Tom runzelte seine Stirn, nickte leicht.

„Willst du bleiben?“, fragte er schließlich.

„Hier im Wald?“ Irene wusste, dass er das nicht gemeint hatte, aber sie hoffte, sich etwas Zeit zu verschaffen.

Tom lächelte müde.

„Nein", sagte er, „hier bei uns." Wieder drückte er ihre Hand, aber mit wesentlich mehr Bedeutung als bisher.

Irene zuckte mit den Schultern. „Es ist sehr schön hier", begann sie und deutete mit ihrer freien Hand in die Gegend, „aber es ist auch Sommer. Im Sommer ist immer alles schön." Sie seufzte. „Irgendwann werde ich auch wieder etwas mehr arbeiten müssen als einen Nachmittag hier, einen Vormittag dort. Allein schon, um mein Hirn wieder etwas mehr zu fordern." Sie dachte kurz nach. „Aber ich mag die Pause zurzeit sehr gerne. Und ich habe derzeit noch keine Pläne, wieder abzureisen." Sie schwieg für einen Moment. „Ich kann dir aber nicht sagen, wie lang ich bleiben werde. Bis zum Ende des Sommers vielleicht? Bis zum Ende des Jahres? Für immer? Wer weiß das schon."

„Aber hast du kein Bauchgefühl?"

„Wofür?"

„Wo du sein möchtest!"

Irene sah Tom verwirrt an. „Hast du das etwa?"

„Ja!" Er hob seine Augenbrauen, um seine Überraschung zu unterstreichen. „Immer! Oder fast immer." Wieder runzelte er die Stirn. „Ich handle nicht immer danach, aber ich weiß immer, ob ich etwas machen möchte oder nicht."

„Und jetzt grad?", fragte Irene und hob ihre verbundenen Hände.

Tom lächelte schief, dann lehnte er sich so nah an ihr Gesicht, bis seine Nase ihre Wange berührte. „Jetzt grad möchte ich mehr als nur deine Hand halten“, flüsterte er und Irene spürte seinen Atem an ihrem Ohr. Und die Schmetterlinge im Bauch.

„Ja?“, krächzte sie.

„Ja“, sagte Tom mit einem Lachen. „Aber ich werde dir nicht die Entscheidung abnehmen. Du musst selbst entscheiden, was du willst.“ Er lehnte sich wieder zurück und sah sie direkt an. „Warum weißt du nicht, was du willst, Reni?“ Seine Augen waren trotz der Sonnenstrahlen, die immer höher stiegen, von dunkelstem Braun durchzogen und Irene fühlte sich zu Tom hingezogen und unter Druck zugleich.

Sie wünschte sich, dass Tom sie immer so ansah, Tag für Tag, sie forderte und ihr gleichzeitig das Gefühl gab, an ihr interessiert zu sein. Für sie da war, aber ihr auch Spielraum für ihr eigenes Tempo gab. Sich mit ihr unterhielt und mit ihr gemeinsam schwieg.

Sie wollte ihm antworten. Sie wollte ihm antworten *können*.

Aber Irene zuckte nur mit den Schultern, verbarg das Chaos in ihrem Inneren. „Ich dachte, ich wollte das Leben, das ich geführt habe“, flüsterte sie schließlich mit gesenktem Blick, „aber jetzt fehlt es mir nicht. *Überhaupt nicht.* Woher soll ich wissen, *was ich will*, wenn ich schon einmal total daneben gelegen bin?“

Wieder zuckte sie mit den Schultern, aber Tom fing ihre Bewegung ab.

Er wickelte einen Arm um ihren Oberkörper und zog sie in eine feste Umarmung, sodass ihr keine Wahl blieb, als ihre Nase in die Kurve zwischen seinem Hals und seinem Schlüsselbein zu stecken. Irene inhalierte seinen so einzigartigen Duft so unauffällig wie möglich und ließ sich von seinen Händen, die warme Kreise über ihren Rücken zogen, festhalten.

„Du riechst gut", murmelte sie und Tom lächelte leise. Er ließ eine seiner Hände in ihrem Nacken ruhen und hielt sie an dieser Stelle fest, mit seinen Fingern zeichnete er kleine Figuren rund um ihren Haaransatz, während er selbst mehrmals tief einatmet, als würde auch er sich in ihrer Umarmung entspannen.

„Wann hast du das letzte Mal etwas nur für dich entschieden?", fragte Tom leise. „Wann hast du aktiv eine Entscheidung getroffen und nicht auf etwas anderes, auf eine Möglichkeit, auf eine Verletzung, auf einen Umstand hin reagiert?"

Irene zuckte mit den Schultern. Sie wusste, es war eine wichtige Frage. Und Tom hatte recht, sie ihr zu stellen. Aber jetzt im Moment wollte sie nichts anderes, als hier in seinen Armen liegen und seinen zitronigen Sommerduft einatmen.

Man möge doch bitte kurz die Zeit anhalten.

Toms Kopf näherte sich ihr noch weiter, so nah, dass sie seine Lippen an ihrem Ohr spürte. In ihrem Bauch begannen die Schmetterlinge wieder, sich in Hochform zu präsentieren.

„Nur damit es keine Missverständnisse gibt“, raunte Tom in ihr Ohr, „*ich will dich*.“

Irene schnappte nach Luft und lehnte sich zurück, um Tom anzusehen. Als er die Überraschung in ihrem Gesicht sah, legte sich plötzlich ein Hauch an Enttäuschung über seinen Gesichtsausdruck. Dann lächelte er wieder, überspielte den Moment.

Irenes Gefühle fuhren mit ihr Achterbahn und sie wusste nicht, wie ihr geschehen war. Toms Fragen hämmerten in ihrem Kopf und sie hatte das Gefühl, als hätte sie eine Prüfung nicht bestanden. Es war ihr ein Rätsel, wie sie reagieren hätte sollen.

Noch einmal berührte Tom sie im Nacken und zog sie kurz an sich, küsste ihre Stirn leicht und murmelte „Es tut mir leid“ so nah an ihrer Haut, dass die Stelle leicht kribbelte.

Irene seufzte und beschloss, ihren Gefühlssturm zu erklären, all das Chaos irgendwie in Worte zu fassen, aber da hörten sie Bobby und Felix aufgeregt nach ihnen rufen, man solle doch zu ihnen kommen, sie wollten ihnen etwas zeigen.

Kopfschüttelnd machte sich Tom daran, ihre Picknick-Utensilien zusammenzusuchen und Irene packte mit an, dankbar für die Ablenkung. Sie rief Bobby zu, dass sie sich gleich auf den Weg machen würden.

Sie dachte an den Beginn ihres Gesprächs und Toms Gedanken zu Bobbys Wohnsituation.

„Wirst du Bobby fragen, ob sie bei uns bleiben will?“, fragte sie leise, als sie ihren Rucksack schulterte. Dann bemerkte sie erst, was sie gesagt hatte. „Bei dir, meine ich." Sie lachte verlegen auf. „Wirst du sie fragen, ob sie *bei dir* bleiben will?"

Toms Handrücken strich leicht über ihren Handrücken, als er sie anlächelte. „Bestimmt", antwortete er und richtete seinen Blick auf den kleinen Anstieg vor ihnen, „sehr bald vermutlich."

Dann marschierten sie nur wenige Meter und ließen sich von Felix und Bobby ihr selbstgebasteltes Schaufelrad, das sie in einer kleinen Quelle installiert hatten, präsentieren.

25. Kapitel

Toms verwirrende Fragen pochten beständig in Irenes Kopf, während die Sommerwochen durchs Land zogen. Die Stadt leerte sich immer weiter, als sie – nicht nur anhand der Temperaturen – auf den Hochsommer zusteuerten.

Tom und Irene trafen sich weiterhin jeden Morgen, um gemeinsam zu laufen. An manchen Tagen war es aber bereits in den Morgenstunden beinahe zu heiß für Sport und so wählten sie häufig eine kurze Route, die sie direkt an eine Stelle führte, an der der Fluss zugänglich war. Dort nahmen sie jeweils auf einem Baumstamm Platz, ließen sich vom Plätschern des Wassers einlullen und saugten die kühle Luft, die sich in der Früh vom Fluss erhob, ein.

Irene hatte mehrmals das Bedürfnis, Tom weitere Fragen zu stellen. Das Gespräch, das sie während ihrer Wanderung nicht zu Ende geführt hatten, noch einmal aufzunehmen. Häufig lag sie abends noch wach in ihrem Bett und formulierte ihre Gedanken, überlegte sich Strategien, wie sie das morgendliche Schweigen durchbrechen würde. Aber an jedem Tag, der darauf folgte, verließ sie aufs Neue der Mut und sie erlaubte Tom ein weiteres Mal, während des Laufens das Tempo und die Stille vorzugeben.

Ein Gedanke nagte besonders an ihr: Toms Frage, wann sie das letzte Mal etwas nur für sich entschieden hatte, hatte einen wunden Punkt getroffen. Und so resümierte sie Tag für Tag, wann immer sich eine freie Minute ergab, wie sie ihren bisherigen Weg gewählt hatte.

Natürlich hatte sie im Laufe ihres Lebens viele Entscheidungen getroffen, häufig und immer wieder – von der Entscheidung für neue Mitarbeiter bis hin zur Entscheidung, was sie essen oder anziehen wollte. All diese Dinge fielen ihr nicht schwer. Aber die Überlegung, dass sie ihr bisheriges Leben nicht *nach ihren Wünschen* gelebt hatte, wurmte sie. Und all das führte natürlich zur nächsten schmerzhaften Überlegung: *Was waren denn ihre Wünsche?*

In den vergangenen Wochen, nicht erst nach ihren Gesprächen mit Bella und Tom, war Irene immer wieder darauf gestoßen worden, dass sie mit ihrem Leben mit Frank zwar zufrieden gewesen war, aber dass sie es leichthin zurücklassen hatte können. Auch wenn sie die Verletzung und den Verrat durch Frank zur Seite schob, blieb wenig übrig, das ihr fehlte: Ihre Wohnung? Nein. Ihre Firma und der Stress mit den Mitarbeitern? Eher nicht. Die Kunden und ihre rund um die Uhr eintrudelnden Wünsche? In keiner Minute.

Sie hatte ihre Arbeit gern gemacht, sie entwickelte gerne neue Ideen und nach einigen intensiven Nachmittagen, an denen sie sich den Social-Media-Kanälen von Bellas „Kaffeekränzchen" und Toms „Outdoorsy" gewidmet hatte, war ihr auch klar, dass sie diese Arbeit immer noch gut leiden konnte. Sie mochte die Energie, die Bella und Tom als Unternehmer ausstrahlten, und es gab ihr ein gutes Gefühl, die beiden unterstützen zu können. Aber würde ihr die Arbeit fehlen, wenn sie sie nicht für die beiden machen konnte? Irene wusste es nicht.

Und auch unabhängig von ihrem Berufsleben, das zugegebenermaßen bis zu ihrer Flucht aufs Land den Hauptteil ihres Lebens eingenommen hatte, fiel ihr wenig ein, das sie sich unbedingt wünschte. Ihr Privatleben war bis vor wenigen Monaten von Franks Launen und ihrer jeweiligen Arbeitslast geprägt gewesen. Sie hatte keine Alternative vor Augen gehabt, also hätte sie auch nicht gewusst, was ihr gefehlt haben sollte.

Aber je länger sie in Nanas Haus ein und aus ging, mit all der Regelmäßigkeit an gemeinsamen Mahlzeiten, Gesprächen und dem Wissen, dass jemand nicht weit entfernt war, auch wenn man sich gerade allein in einem Eck des Hauses aufhielt, desto eher bemerkte sie, dass sie sich *ein* Gefühl in all den Jahren in Wien nie eingestanden hatte: das Bedürfnis, wo zu Hause sein zu wollen.

Je weiter der Sommer voranschritt und je mehr sie sich an Nanas Gesellschaft, an die regelmäßigen Arbeitszeiten im „Kaffeekränzchen", ans Laufen mit Tom und an die Gespräche mit Bella und Otto gewöhnte, überkam Irene eine unbekannte Unruhe – ausgelöst von der offenkundig temporären Situation ihres neuen Lebens. Sie fühlte sich in einer Übergangsphase. Und das passte ihr nicht mehr.

Irene wusste, sie konnte bei Nana wohnen, solang sie es wollte. Und sie wusste auch, dass Bella sie unbefristet als Aushilfskraft behalten würde. Niemand legte für sie ein Ende ihrer aktuellen Situation fest, aber in ihr selbst regte sich der Wunsch, für klare Verhältnisse zu sorgen.

Denn das war es auch, was sie Tom schuldete. Ihre Gedanken waren durchzogen von Erinnerungen an ihren Kuss im Kopfwehnebel sowie der Spannung, die sich während ihrer Umarmung an der Waldlichtung aufgebaut hatte. Toms geflüstertes „Ich will dich" begleitete ihre Träume, aber auch immer häufiger ihre wachen Minuten, und ihr ganzer Körper verlangte danach, ihrem Gefühl nach Nähe, ihrer Sehnsucht nach Tom weiter nachzugeben.

Und dennoch verbat sie sich diese Gefühle. Denn woher konnte sie wissen, ob das nicht auch einfach nur ein vorübergehender Irrtum war. Wie ihre Jahre mit Frank.

Und so stand sie eines Nachmittags gedankenverloren neben Felix am Spielfeldrand, während Tom eine kleine Gruppe an Mädchen mit Wasserflaschen versorgte. Das Fußballtraining mit Bobby hatte jede Woche neue Mädchen angezogen und so waren es an diesem Tag bereits sieben Kinder im Alter zwischen acht und 14 Jahren, die in der Augusthitze Passübungen und ein leichtes Lauftraining absolviert hatten.

Tom und Irene hatten sich mehrere Übungen einfallen lassen, die sie den Mädchen abwechselnd präsentierten. Sie hatten außerdem vereinbart, das Training häufig für

Trinkpausen zu unterbrechen, weshalb sie regelmäßig Wasserflaschen austeilten und die Mädchen in den Schatten baten. Irene hatte bemerkt, dass diese Pausen auch dabei halfen, dass sich die Kinder untereinander besser kennenlernten. Man tauschte sich aus, um mehr über einander zu erfahren, da nicht alle die gleiche Schule besuchten.

Felix war von ihnen als Trainingsassistent engagiert worden, nachdem er Bobby zur ersten Trainingseinheit begleitet hatte und unaufgefordert geblieben war. Die beiden hatten in den vergangenen Wochen eine fast eigenartige Freundschaft entwickelt, die – soweit Irene das beurteilen konnte – konsequent platonisch war, auch wenn beide Kinder ihre gegenseitige Bewunderung nicht einen Augenblick lang zu verbergen suchten.

Manchmal schienen sie um Jahre jünger zu werden, wenn sie sich konzentriert einem ihrer Projekte widmeten – so wie dem Schaufelrad, das sie während ihrer Wanderung gebastelt hatten. Irene hatte den Verdacht, dass von beiden Kindern schon früh verlangt worden war, erwachsenes Verhalten an den Tag zu legen, sodass sie jetzt in dieser Bubble, die sie sich – beschützt von Tom – geschaffen hatten, Kindheitsabenteuer nachzuholen schienen.

Man sah sie oftmals durch die Stadt radeln oder mit einem Eis am Fluss sitzen, eine Kindheits-Idylle auslebend, die es eigentlich nur mehr in Werbeprospekten gab. Nana hatte das Duo ebenso unter ihre Fittiche genommen und spannte sie regelmäßig zur Gartenarbeit ein, was beide – in ihrem neu entwickelten Bewegungsdrang – überraschend geduldig über sich ergehen ließen.

Erst wenn man ihnen länger dabei zusah, bemerkte man ihre stille Art der Kommunikation, das verschmitzte Kichern und ihre Code-Wörter, wie sie von Geschwistern und eben sehr engen Freunden entwickelt wurden. Und Irene ertappte sich immer häufiger dabei, wie sie selbst immer wieder die Nähe der Kinder suchte, sich in einen Gartenstuhl begab, während die beiden in ihrer Welt verschwanden. Allein die Anwesenheit der beiden Kinder sowie diese vertrauten, beständigen Geräusche ihres Tuns im Hintergrund gaben Irene eine neue Form von Ruhe, die sie erst nach einiger Zeit als Zuneigung erkannte.

Ihr eigener, verstaubter, um nicht zu sagen: verkorkster Familienbegriff begann sich neu zu formen und Irene wunderte sich, wie sie nach all den Jahren des Lebens in der Stadt, der Konsumation von Literatur und Filmen und zahllosen Gesprächen mit anderen Menschen mit völlig neuen Augen auf so wesentliche Bereiche des Lebens blicken konnte.

Ihr Ausstieg aus dem täglichen Hamsterrad und aus einer offenkundig gescheiterten Beziehung hatte ihr neue Perspektiven eröffnet – innerhalb ihrer vertrauten, wenn auch vergessen geglaubten Umgebung.

Und so sinnierte sie in der Hitze des Augustnachmittags vor sich hin und begann zu verstehen, warum Tom sie mit all seinen Fragen zu ihren Entscheidungen überhaupt so gelöchert hatte.

Sie hatte wirklich keine Ahnung.

Nach dem Training half ihr Bobby, die leeren Wasserflaschen zum Müll zu tragen. Sie plauderten über die Übungen, die sie heute gemacht hatten, und darüber, dass sie sich neue Optionen für die Getränke überlegen sollten, nachdem die Vielzahl an Plastikwasserflaschen Unmengen an Müll produzierten. Irene nickte und versprach, sich mit Tom und Bella zu besprechen, vielleicht hatten die beiden eine Idee oder Zugang zu einem größeren Container, den sie als Wasserspender verwenden konnte.

Auf dem Rückweg von den Mülltonnen zum Vereinshaus sahen sie Tom und Felix, wie sie die Bälle einsammelten und selbst ein wenig hin und her passten. Als Tom einen besonders scharfen Pass von Felix nicht stoppen konnte, kicherte Bobby leise.

„Felix will auch mal Trainer werden wie Tom“, sagte sie plötzlich.

„Ja?“

Bobby nickte. „Ich kann mir das gut vorstellen. Er sitzt nie ruhig.“

Irene lachte leise.

„Er würde auch gerne bei Tom im Geschäft arbeiten“, erzählte Bobby weiter.

„Ist er dafür nicht ein bisschen zu jung?“, fragte Irene, die sich daran erinnerte, dass Felix erst 13 Jahre alt war.

„Ja, schon“, antwortete Bobby engagiert, „aber irgendwann einmal in den nächsten Jahren. Ich will das auch machen. Nächsten Sommer vielleicht schon!“

Irene sah scharf zu Bobby, während sie sich an einem schattigen Platz neben dem Spielfeld niederließen und Tom und Felix beim Spielen zusahen.

„Kommst du nächstes Jahr wieder für den Sommer zu Tom?“, fragte sie mit ruhiger Stimme, aber Bobby antwortete nicht gleich.

Irene wandte sich wieder dem Spiel zu und schalt sich im Stillen, ein so sensibles Thema derart plump adressiert zu haben.

„Tom hat mich gefragt, ob ich die ganze Zeit bei ihm bleiben möchte“, sagte Bobby plötzlich leise.

Irene nickte aufmunternd, um Bobby zum Weitersprechen zu bewegen.

„Wir haben es noch nicht mit meiner Mutter besprochen, aber er hat mir erklärt, dass es diese *Möglichkeit* gibt“, sagte Bobby, „er hat die ganze Zeit herumgestottert und ungefähr 100-mal das Wort ‚Möglichkeit‘ gesagt. Warum auch immer.“

„Vermutlich, damit du dich nicht unter Druck fühlst“, mutmaßte Irene und Bobby zuckte mit den Schultern.

„Ich würde auch die Schule wechseln müssen, damit der Schulweg nicht so weit ist“, erzählte Bobby weiter. „Aber zwei von den Mädchen aus dem Team wären in der neuen Schule, also wäre das vielleicht gar nicht so schlimm.“

Irene wusste für einen Moment nicht, was sie sagen sollte. Sie hatte nicht erwartet, dass Tom das Thema so bald ansprechen würde, aber offenbar war er wirklich so, wie er es ihr bei ihrer Wanderung erklärt hatte: Wenn er etwas wollte, verfolgte er es auch.

„Keine leichte Entscheidung", murmelte Irene schließlich.

„Bleibst *du* hier?", fragte Bobby nach einigen nachdenklichen Minuten und überraschte Irene mit ihrem direkten Blick.

Irene hob die Schultern. „Ich weiß es nicht", flüsterte sie.

„Warum weißt du das nicht?", fragte Bobby, ehrlich neugierig.

„Ich schiebe die Entscheidung vor mir her", gab Irene zu, „ich mag es hier. Ich mag Nana, ich mag ihre Nachbarn." Augenzwinkernd lehnte sie sich mit ihrer Schulter an Bobby, die kicherte.

„Die Nachbarn sind wirklich toll!", rief das Mädchen aus und auch Irene lachte. Dann wurde sie wieder ernst.

„Tom hat mich neulich auch darauf gestoßen, dass ich mich fragen sollte, ob ich hier bleiben möchte", erzählte Irene und Bobby kicherte.

„Wahrscheinlich treiben wir ihn in den Wahnsinn mit unserer Übergangslösung", lachte Bobby und Irene grinste.

„Na ja, er hat es ja einfach. Er hat hier sein Zuhause gefunden. Den Luxus der leichten Entscheidung hat nicht jeder."

Bobby zuckte mit den Schultern.

„Ich weiß nicht", sagte sie unverbindlich, „er redet nicht viel über sich. Oder generell. Zu Beginn habe ich gedacht, ich störe ihn, weil er immer so schweigsam in sich zurückgezogen war."

„Tatsächlich?"

Bobby nickte wieder. „Ja! Ich war so unglücklich! Aber dann ist mir aufgefallen, dass er lauter nette Kleinigkeiten macht: Er bringt immer diese eine Sorte Kekse, die ich so gerne mag, mit nach Hause. Er fragt mich jeden Tag in der Früh, was ich frühstücken möchte und richtet es dann. Und einmal haben wir uns die Nachrichten angeschaut und ich hatte eine Frage zum Wahlsystem in den USA. Am nächsten Tag hat er mir gleich ein Buch zum Thema aus dem ‚Seitenweise' mitgebracht." Bobby lächelte leicht und Irene schluckte gegen die Wärme hinter ihrem Brustbein an, die ihren gesamten Körper zu übermannen schien.

„Das ist wirklich sehr nett", flüsterte Irene und Bobby lächelte.

„Wie wirst du dich entscheiden?", fragte Irene schließlich.

Bobby hob ihre Schultern.

„Wir haben darüber gesprochen, dass ich mal für ein Jahr bei ihm bleiben könnte. So lange läuft auch der Vertrag von der Mama. Und falls er verlängert wird, können wir ja nochmals drüber nachdenken, ob ich zu ihr ziehe", sagte Bobby. „Ich will sie aber eigentlich nicht allein lassen. Das ist der Hauptgrund, warum ich zögere." Bobby stand auf und klopfte sich ein paar Grashalme von ihrer Sporthose, dann ließ sie ihren Blick zu Tom und Felix auf dem Spielfeld schweifen. „Tom würde eigentlich auch ohne mich gut zurecht kommen", setzte sie fort, „er hat ja schließlich dich." Bobby lächelte. „Und Nana. Und das Geschäft." Sie lachte und hielt Irene ihre Hand hin, um ihr aufzuhelfen.

„Ja, aber was willst *du*?", fragte Irene ehrlich interessiert, als sie nach Bobbys Hand griff und sich langsam erhob. Bobby zuckte mit den Schultern.

„Ich mag mein Zimmer in Toms Haus", sagte Bobby. „Ich mag, dass er mich meistens in Ruhe lässt. Und ich mag, dass er mir zuhört, wenn ich etwas sage. Auch wenn er nicht immer antwortet." Bobby lachte. „Er lacht mich auch nie aus, wenn ich einen Fehler mache. Dann erklärt er mir nur schnell, wie es anders geht. Er hat nicht immer sofort Zeit, aber immer irgendwann schon. Verstehst du?"

Irene nickte.

„Außerdem würde Felix vor Langeweile sterben, wenn ich ihn jetzt hier am Land zurücklassen würde!" Bobby empörte sich gespielt und Irene musste lachen.

„Für uns alle wäre es eine Spur langweiliger, wenn du nicht mehr hier wärst", murmelte Irene.

Plötzlich wickelte Bobby ihre Arme um Irenes Taille und umarmte sie fest. Von der ungewohnten Berührung überrascht, brauchte Irene ein paar Augenblicke, um die Umarmung zu retournieren.

„Bitte bleib auch", flüsterte Bobby in ihre Schulter und Irene drückte sie leicht.

Als sie den Blick hob, sah sie, dass Tom und Felix sie beide beobachteten. Und lächelten.

26. Kapitel

Wenige Tage später hatte es etwas abgekühlt. Zwar war es immer noch sommerlich warm, aber die beständige Hitze hatte etwas nachgelassen und die gesamte Stadt schien darüber aufzuatmen. Und so genossen zahlreiche Gäste den Nachmittag im Schanigarten des „Kaffeekränzchens“ am Hauptplatz und ließen sich von der angenehmen Sommerstimmung einlullen.

Bella debattierte mit Otto via SMS, ob sie nach dem Ende ihres Diensts im Café ins Freibad gehen sollten und Irene blödelte mit ihr deshalb herum.

„Wann hast du das letzte Mal ein Date ohne deine Wetter-App geplant?“, rief Irene gerade über ihre Schulter ins Café auf dem Weg in den Schanigarten, um sich nach leerem und benutztem Geschirr umzusehen und um die Tische abzuwischen. Bella prustete los.

„In unserem Alter ist man da nicht mehr so flexibel“, rief sie Irene hinterher und lachte über sich selbst, „da wird jeder Ausflug bis ins Detail geplant!“

Irene drehte sich auf den Treppen des Cafés nochmals um: „Bis ihr im Wasser seid, ist das Wetter auch schlecht geworden.“ Sie kicherte und wandte sich wieder in den Schanigarten, prallte aber sofort wieder zurück, als sie Tom vor sich stehen sah.

Mit seinem roten, abgewaschenen T-Shirt, seinen Jeans und Laufschuhen sah er zum Anbeißen aus.

Zum Anbeißen?! Ernsthaft?! Wer legte ihr solche Wörter in ihre Gedanken?

Tom richtete sich wie eine Wand vor Irene auf und nahm ihr somit die Möglichkeit, ihm auszuweichen. Verlegen sah Irene zu Boden, als sie Toms amüsiertes Blinzeln bemerkte.

„Hallo“, sagte er sanft und strich ihr leicht über den Oberarm. Das war neu, aber beständig regelmäßig, dass Tom sie so begrüßte und jedes einzelne Mal bildete sich eine Gänsehaut genau dort, wo er sie berührt hatte.

„Hallo“, sagte Irene leise und lächelte.

„Das Wetter wird heute nicht schlecht“, sagte er dann plötzlich in Bezug auf ihren letzten Kommentar in Richtung Bella und Irene kicherte, da er offenbar das Ende ihrer Unterhaltung gehört hatte. Sie drehte sich wieder ins Lokal um und rief Bella zu, dass sie gar keine Wetter-App benötigen würde, solang sie Zugang zu Tom hatte und beide lachten.

„Um was geht's?", fragte Tom und blieb weiterhin aufregend nah vor ihr stehen.

„Bella und Otto können nichts unternehmen, ohne vorher alle Eventualitäten mit allen Apps dieser Welt abzuklären", sagte Irene amüsiert. „Sie verhandeln gerade, ob und wann und wie lang sie ins Freibad gehen. In der Zwischenzeit wäre ich schon wieder retour!"

„So schnell, wie du mittlerweile läufst, bin ich mir sicher, dass das so wäre", sagte Tom augenzwinkernd und bewegte sich langsam an ihr vorbei hinein ins Geschäft. Irene lachte.

„Ich war immer schon schnell!", rief sie Tom hinterher.

„Das habe ich ja nicht bezweifelt", rief er lachend zurück, „jetzt bist du jedenfalls *sehr schnell.*"

Kopfschüttelnd und immer noch lächelnd wandte sie sich endlich in den Schanigarten, um ihrer eigentlichen Aufgabe nachzugehen. Sie ließ ihren Blick über die besetzten Tische schweifen, ob einer der Gäste etwas benötigte, dann wandte sie sich an den ersten der beiden Tische, auf dem nur mehr benutztes Geschirr zurückgelassen worden war.

Als sie sich gerade um einen weiteren Tisch kümmerte, merkte sie, dass sich die Stimmung im Gastgarten leicht verändert hatte. Ein leichtes Raunen ging durch die Gäste, interessiertes Flüstern und dazu lautes Schlagen von Autotüren. Neugierig hob Irene den Kopf.

Sie brauchte nur wenige Sekunden, um die Situation zu begreifen: Ein schwarzes Mercedes SUV, das einfach mitten vor dem Springbrunnen stehen geblieben war, obwohl man dort gar nicht parken durfte. Ein Wiener Kennzeichen. Und zwei typische Stadtmenschen, die sämtliche Autotüren mehrmals öffnen und lauthals zuwerfen mussten, bis sie ihre Taschen und Handys und Wasserflaschen in der Hand hatten.

Irene blinzelte ein Mal.

Zwei Mal.

Sie kannte die beiden, die allein mit ihrer Anwesenheit für so viel Aufmerksamkeit sorgten.

Irene wusste, dass sie schon mehrmals davon gelesen hatte, wie sich jemand in Trance auf etwas zubewegt hatte und für einen Augenblick war ihr klar, dass dies nun auch für sie galt. Sie stellte ihr Tablett mit dem schmutzigen Geschirr einfach auf dem nächstbesten Tisch ab, warf einen kurzen Blick zur Eingangstür des Cafés, wo sie nur am Rande ihres Bewusstseins Tom lehnen sah, der eine Espressotasse in der Hand hielt und in dieser umrührte. Sein Blick galt ihr, aber sie konnte sich nicht darum kümmern. Nicht jetzt.

Langsam setzte sich Irene in Bewegung, schluckte gegen alle Gefühle in ihr an, vor allem aber gegen das Zittern, das sich aus ihrer Körpermitte heraus erheben wollte.

In wenigen Schritten war sie beim Brunnen und stellte sich vor den Mercedes.

„Frank“, sagte sie mit überraschend klarer und ruhiger Stimme ohne Fragezeichen dahinter. Ohne das Zittern zu erkennen zu geben.

Frank wirbelte um seine eigene Achse und sein Gesicht verzog sich in ein vermeintlich freundliches Lächeln.

Früher dachte ich, er meint es ernst mit diesem Lächeln, hörte Irene eine Stimme in ihrem Kopf sagen.

„Irene!“, rief er aus und sein falsches Lächeln wurde nur noch breiter. Er musterte sie von Kopf bis Fuß und seine Freundlichkeit fror um ein paar Grad, als er die Schürze mit dem „Kaffeekränzchen“-Logo um ihre Hüften entdeckte.

„Musst du jetzt *kellnern*?“, flüsterte er mit gespielter Besorgnis. „Warum hast du denn nichts gesagt? Ich hätte dir doch Geld geborgt!“

Irenes Magen fing Feuer und gerade als sie etwas erwidern wollte, nahm sie die Frau wahr, die mit Frank aus dem Auto gestiegen war und nun eifrig telefonierend hinter dem SUV hin und her stöckelte.

Stella.

Stella!!

Frank deutete ihr überraschtes Schweigen jedenfalls falsch und setzte zu einem weiteren Monolog an. Dass sie sich doch melden hätte sollen, warum sie einfach so verschwunden sei, man könne ja über alles reden.

„Warum bist du hier?“, fragte Irene, als sie schließlich ihre Sprache wiederfand.

„Na, wir holen dich zurück!“, rief Frank aus, als sei das immer schon der Plan gewesen. Er schnippte mit den Fingern in der Luft und wenige Sekunden später tippelte Stella um den Wagen herum, beendete mit einem „Ich muss jetzt aufhören“ und dem dazu gehörenden gelangweilten Augenrollen ihr Telefonat.

Als sie Irene sah, überzog auch ihr Gesicht ein falsches Lächeln und wie schon Frank vor ihr konnte es sich Stella nicht verkneifen, sie von Kopf bis Fuß zu mustern.

„Du siehst gesund aus“, sagte Stella und es klang tatsächlich ernst gemeint.

„Danke“, sagte Irene, „ich bin auch gesund.“

Fragend sah sie zu Frank, der nur unauffällig mit den Schultern zuckte.

„Wir vermissen dich“, begann er von Neuem und öffnete seine Arme, als wollte er sie umarmen.

„Wie bitte?“, fragte Irene. Frank ließ seine Arme sinken.

„Wir vermissen dich“, wiederholte er wie für ein kleines Kind

mit immer weniger Geduld in seiner Stimme.

„Okay“, sagte Irene nüchtern. „Ich bin hier, ich bin am Leben. *Ich bin gesund.*“ Sie konnte ein leichtes Schmunzeln nicht verbergen. Für einen Moment fixierte sie Frank und erlaubte sich, ihren Gefühlen nachzugehen, die sich neben der Wut in ihrem Bauch angesammelt hatten.

Da stand er nun vor ihr, wie immer in schwarzer Hose und schwarzem Poloshirt. Seine Haut im Gesicht glänzte leicht und er war blass, blasser jedenfalls, als es die Leute hier in der Gegend waren, die der Sonne in ihrem Alltag kaum ausweichen konnten.

Was war es nur, das sie jemals an ihm attraktiv gefunden hatte?

Stella hüstelte leicht und Irene wandte ihren Blick zwischen ihr und Frank hin und her. Was für ein eigenartiges Duo die beiden waren. Stella musste gut 15 Jahre jünger sein als Frank, dessen Dasein als Workaholic wortwörtlich aus jeder seiner Poren triefte.

Was für eine eigenartige Welt.

„Sei nicht kindisch", sagte Frank schließlich und die Wut loderte erneut in ihrem Magen auf, überdeckte alles. „Es wird Zeit, dass du wieder zurückkommst und ins Geschäft einsteigst. Deine Kunden vermissen dich."

„Ach ja?" Irene schluckte heftig gegen die drohende Explosion an.

Stella nickte eifrig. *Ach ja?*

„Ja. Und du erfüllst deinen Vertrag nicht mit deiner Abwesenheit", setzte Frank fort, „du hattest überhaupt nicht so lange Urlaubsanspruch, wie du jetzt bereits konsumiert hast. Aber ich bin bereit, darüber hinwegzusehen. So wie wir auch deine unangekündigte Abreise tolerieren können." Er schnaufte, als sei ihm alles zu kompliziert. „Aber jetzt ist es genug und es wird Zeit, dass du wiederkommst."

Urlaubsanspruch?

„Ich denke, mein Anwalt hat bereits alles mit dir geklärt", begann Irene, die mit Sicherheit wusste, dass ihr Ausstieg aus der Agentur bereits abgewickelt worden war. Frank machte eine wegwerfende Bewegung mit seiner Hand.

„Für wie blöd hältst du mich eigentlich? Du stehst hier vor mir – mit deiner *Mätresse*! – und glaubst, ich komme mit einem *Fingerschnippen* wieder zurück?“ Irene sah ihn ungläubig an.

Franks Augen verschmälerten sich.

„Du bist undankbar“, zischte er wütend.

„Undankbar?“ Irenes Stimme erhob sich leicht über den Hauptplatz, der ungewöhnlich ruhig war, vermutlich war die Stadt mit all ihren Einwohnern vor Spannung unbeweglich verharrt, um nur ja kein Wort dieser Auseinandersetzung zu verpassen.

„Undankbar?“, wiederholte sie, noch eine Spur lauter. Über Jahre hinweg hatte sie die Agentur geleitet und durch alle Schwierigkeiten manövriert, spätnachts Konzepte er- und überarbeitet, die Frank dann locker vor den Kunden präsentiert hatte, ohne sie oder ihre Extraschicht zu erwähnen – wenn er sich überhaupt die Mühe gemacht hatte, sie zu den Terminen zu begleiten. Sie wusste, dass manche ihrer Kunden sehr wohl die ungerechte Arbeitsteilung bemerkt hatten … –

Ihre Gedanken stoppten plötzlich.

„Wer hat sich beschwert?“, fragte sie und sah erst zu Stella, die kurz zusammenzuckte, und dann zu Frank, dessen Miene neutral wurde.

„Hm?“, fragte er gelangweilt.

„Wer hat sich beschwert? Irgendeiner der Kunden braucht etwas, das du ihm nicht liefern kannst.“ Sie hob ihre Arme in plötzlicher Klarheit. „Du kommst nicht wegen mir als Person hierher. Oder wegen mir als Freundin.“ Sie deutete zu Stella. „Der Bereich ist abgedeckt.“ Sie lachte kurz auf. „Du brauchst mich wahrscheinlich nicht einmal für die organisatorischen Fragen in der Agentur.“ Sie schärfte ihren Blick und fokussierte sich genau auf ihn. „Aber du brauchst mich für einen Kunden. Wer ist es?“

Franks Kopf schob sich wütend nach vorn und er schnaubte mehrmals durch die Nase.

„Die Eis-Brüder.“ Frank und Irene drehten sich gleichzeitig zu Stella, die ihre Stimme erhoben hatte und nun Frank fixierte. „Ich verstehe nicht, warum du es ihr nicht sagst“, schmollte sie in Franks Richtung, „sie hat ja recht. Die Eis-Brüder kündigen, wenn sie nicht mit Irene zusammenarbeiten können.“

Irene sah die beiden mit offenem Mund an.

Frank fing sich etwas schneller und nahm wieder seine eigentümliche Körperhaltung mit geöffneten Armen ein, die vermutlich Vertrauen symbolisieren sollte, aber Irene verspürte nur Übelkeit.

Frank lächelte einseitig. „Wir verdoppeln sogar dein Honorar.“ Er zwinkerte ihr zu. „Was sagst du dazu?“

Plötzlich war die Übelkeit kaum mehr zu unterdrücken, ihr Zittern bahnte sich von innen heraus durch alle Nervenbahnen bis in die Fingerspitzen und Irene wusste nicht mehr, wie sie die Situation noch eine Sekunde länger aushalten sollte.

„Nein, danke“, sagte sie und bemühte sich um eine ruhige Stimme. Sie atmete tief durch. „Ihr seid umsonst gekommen. Ich kehre unter keinen Umständen zurück. Das ist nicht verhandelbar. Das ist indiskutabel!“

Dann drehte sie sich auf dem Absatz um und stürmte davon. Blindlings, ohne sich darum zu kümmern, wer sie beobachten konnte. Ohne sich darum zu kümmern, dass sie eigentlich ihre Schicht im Café nicht beendet hatte.

Sie bog in die erste Quergasse, die vom Hauptplatz wegführte, ab und begann langsam zu laufen. Tränen brannten in ihren Augen und sie schien nicht genügend Luft zu bekommen. Mehrmals bog sie nach links und dann wieder nach rechts ab, bis sie sich an jener Weggabelung wiederfand, an der sie bei ihrem ersten Morgenlauf mit Tom gelandet war. Sie stolperte den mittlerweile gut bekannten, schmalen Weg entlang, bis sie zu jener Stelle gelangte, an der sie die gesamte nähere Umgebung überblicken konnte.

Erst als sie unter dem schattigen Zwetschkenbaum zum Stehen kam, ließ sie dem Zittern und Schluchzen freien Lauf.

Minuten oder Stunden später hörte sie plötzlich Schritte hinter sich und noch bevor sie die Arme, die sich sacht um sie wickelten, spürte, bemerkte sie den vertrauten Duft nach Zitronen.

Ein Schluchzen durchzog sie von Kopf bis Fuß und das Zittern verstärkte sich für einen Augenblick.

Tom drehte sie in seinen Armen und drückte ihren Kopf an seinen Hals. Murmelte beruhigende Worte in ihr Ohr.

Seine Umarmung wärmte sie und es dauerte nicht allzu lang, bis das Zittern endlich nachließ.

„Atme ein", sagte Tom leise und langsam, „atme aus." Er wiederholte die Aufforderung mehrmals, während er mit einer Hand ihren Hinterkopf festhielt und mit seiner anderen Hand Kreise auf ihren Rücken zeichnete.

„Es ist alles okay", sprach Tom weiter. „Sie sind schon wieder weg." Irene zitterte leicht. „Und sie kommen nicht wieder." Irene holte tief Luft, im gleichen Tempo, in dem sich auch Toms Brustkorb hob und wieder senkte.

„Versprochen", murmelte er in ihr Ohr.

„Hat das wirklich gerade stattgefunden?", murmelte Irene in Toms Hals nach einigen weiteren tiefen Atemzügen.

„Ja", sagte Tom sehr leise. „Aber jetzt ist es vorbei." Er zog sie noch weiter an sich und Irene spürte erneut Tränen in ihren Augen brennen.

„Ich möchte noch einmal heulen", sagte sie daher leise.

„Kein Problem", antwortete Tom mit einem Lächeln. „Soll ich dich nach Hause bringen?"

Irene zuckte mit den Schultern.

„Ist Nana zu Hause?", fragte Tom weiter.

„Ich weiß es nicht", antwortete Irene wahrheitsgemäß. Nachmittags war Nana oft im "Seitenweise„ oder im Freibad, je nachdem, wonach ihr gerade war.

„Dann kommst du mal mit zu Bobby und mir und wir geben Nana Bescheid, wo du bist. O. K.?"

Irene nickte und löste sich langsam aus Toms Umarmung. Sie ließ ihr Gesicht gesenkt, aus Scham über ihr verheultes Aussehen und ihren Ausbruch.

„Ich kann nicht fassen, dass du das alles gesehen hast!", sagte sie laut und hielt sich die Hände vors Gesicht. „Du und die halbe Stadt, oder?"

Tom zog ihre Hände auseinander und hob ihr Gesicht, indem er ihr Kinn mit seinem Zeigefinger anhob.

„Schau mich an", bat er sie und nach einigem Zögern erlaubte sich Irene, Tom in die Augen zu sehen. In seinem Blick lagen nur Verständnis und Freundlichkeit. Und etwas anderes. Zuneigung oder einfach nur Freundschaft. Irene schluckte.

Zu viele Emotionen für einen Nachmittag.

Tom lächelte sie an.

„Du hast eine unmögliche Situation mit beeindruckender Eleganz gelöst. Das gesamte Publikum, das ihr angezogen hattet, war wutentbrannt über seine Dreistigkeit und die Unverschämtheit, noch dazu mit dem Mädchen anzutanzen!" Auch Toms Stimme war durchzogen von Ablehnung und Wut. „Dass du so cool reagiert hast, hat beinahe zu Spontanapplaus geführt." Er legte seine Hände auf ihre Schultern. „Bella mussten wir halt im Café festhalten, sonst hätte sie wohl den Mercedes zerstört.“

Irene grunzte ein kurzes Lachen durch die Nase und lehnte ihre Stirn an Toms Brustkorb. Vielleicht konnte sie sich ja noch für einige Minuten verstecken. Neuerlich rannen ihr Tränen übers Gesicht, diesmal aber aus Rührung über Bellas Loyalität.

Tom beugte sich nach vorn und ließ seine Lippen über ihren Scheitel streichen, der sanfteste Kuss, den Irene je erhalten hatte.

„Lass uns gehen!“, murmelte Tom und wickelte seine Arme diesmal so um sie herum, dass sie eng umschlungen den Heimweg antreten konnten.

27. Kapitel

Der Spaziergang entlang des Weges, den sie in letzter Zeit so oft gelaufen waren, zog sich aufgrund ihres langsamen Gehtempos etwas, und Irene wäre es lieber gewesen, schneller nach Hause zu gelangen. Sie wusste, dass ihnen auf dieser Strecke zwar selten Leute begegneten, aber sie wollte kein Risiko eingehen und noch mehr neugierige Blicke auf sich ziehen.

Als sie schließlich endlich in die Gasse einbogen, über die sie Toms Haus erreichten, hatte das Zittern langsam nachgelassen und Toms Arm berührte sie nur mehr leicht an ihrem unteren Rücken.

Ihr Kopf raste jedoch weiterhin. Wie ein schnell geschnittener Film durchzogen Szenen aus der Begegnung am Hauptplatz ihr Gehirn, durchbrochen von Erinnerungen an die gemeinsamen Jahre mit Frank.

War er immer schon so abstoßend berechnend gewesen?

Wie blind war sie gewesen?

Die Fragen hämmerten durch ihren Kopf und schubweise überfiel sie die Scham wie Hitzewallungen. Dazu kam auch noch die Irritation, sich von Tom wie eine bedürftige Person durch die Gegend führen lassen zu müssen.

Aber sie konnte und wollte jetzt nicht allein sein.

Irene wollte schreien und heulen und schlafen gleichzeitig. Überfordert übermannte sie eine gewisse Resignation und sie ließ sich von Tom ins Haus führen.

Kaum waren sie durch die Tür getreten, setzte das Zittern wieder ein.

Toms Wohnzimmer war gemütlich eingerichtet mit mehreren dick gepolsterten Sitzmöbeln, die sich rund um eine riesige Couch verteilten. Der Raum sah bewohnt aus, mit Zeitschriften und Büchern an unterschiedlichen Stellen verteilt, als wären sie gerade erst nur für einen Moment zur Seite gelegt worden.

„Entschuldige das Chaos", murmelte Tom, als er Irene ins Zimmer führte, „Bobby und ich räumen nur ein Mal pro Woche auf."

Als Irene keine Reaktion zeigte und nur leicht zitternd und etwas verloren im Raum herumstand, drehte sich Tom, mehrere Zeitschriften in den Händen, nach ihr um. Er musterte sie für einen Moment und Irene war überrascht, dass sie in der Lage war, seinen Blick zu halten. Dann wandte er sich plötzlich ab und klopfte einige Pölster auf, gruppierte diese an einem Ende der Couch und wies Irene an, sich hinzulegen. Er deckte sie mit einer leichten, aber unheimlich weichen Decke zu und öffnete die Tür zur Terrasse, murmelte, dass er bald wiederkommen würde. Dann verschwand er in einem anderen Raum. Dem Geklapper nach dürfte es die Küche gewesen sein.

Irene horchte auf die Geräusche, die sie umgaben, das Scheppern von Geschirr nebenan, das Rauschen der Blätter draußen im Garten, das Zirpen der Grillen und auch einiges Vogelgezwitscher war zu hören. Alles klang nach einem normalen Sommernachmittag. Langsam ließ das Zittern etwas nach.

Und Irene wurde müde.

Sie gähnte gerade herzhaft, als Tom wieder ins Wohnzimmer trat, zwei Tassen in seinen Händen.

„Lisa sagt immer, man soll Melissentee trinken, wenn man sich aufregt, deshalb habe ich den immer im Haus“, sagte Tom und hielt ihre eine Tasse hin. Irene bedankte sich.

„Wann regst du dich denn auf?“, fragte Irene mit leiser Stimme und unterdrückte ein weiteres Gähnen.

„Oft genug“, murmelte Tom und setzte sich ans andere Ende der Couch zu ihren Füßen.

Sie tranken still vor sich hin und Irene ließ sich von der Wärme des Getränks einlullen. Noch einmal gähnte sie.

Tom stellte seine Tasse auf dem kleinen Couchtisch neben ihr ab und lehnte sich zurück. Er berührte sanft ihren Unterschenkel, ließ seine Hand kurz dort liegen.

„Geht’s jetzt wieder besser?“, fragte er sie und Irene nickte leicht.

„Ich habe ein paar Leuten Bescheid gegeben, wo du bist und dass es dir gut geht“, sagte Tom dann und hob gedankenverloren die Decke hoch, um seine Hand direkt auf ihr Schienbein zu legen. Sie trug Shorts und der direkte Hautkontakt beruhigte sie noch weiter. Irene hob fragend ihren Kopf.

„Ich habe Bella, Nana und Bobby geschrieben“, erzählte er weiter und begann, leicht über ihr Bein zu streicheln. „Bella wollte gleich vorbeikommen, ich habe ihr aber gesagt, dass es morgen wohl besser wäre. War das o. k.?“, fragte er und ein besorgter Blick überflog seine Gesichtszüge.

„Ja, natürlich“, sagte Irene leise. „Was ist mit Nana und Bobby?“

Tom lachte kurz auf. „Offenbar sind sie gemeinsam im Freibad. Mit Felix natürlich.“ Er lachte leise. „Ich habe eine Messaging-Gruppe für uns alle eingerichtet – Bobby, Nana, dich und mich – du kannst das dann eh auf deinem Telefon selbst nachlesen, was jeder geschrieben hat. Bobby schickt jetzt jedenfalls ständig Netflix-Empfehlungen, die dich aufmuntern sollen.“

Irene lächelte.

„Ach herrje!“, rief sie plötzlich aus. „Mein Telefon und meine ganzen Sachen sind ja noch im Café!“ Stöhnend ließ sie ihren Kopf zurückfallen und hielt ihre Hände vors Gesicht.

„Wir holen das einfach morgen“, sagte Tom ruhig, „oder wir bitten Bella, dass sie die Sachen vorbei bringt. Das ist nicht so schlimm.“ Er strich weiterhin beruhigend über ihren Unterschenkel.

Irene grummelte weiterhin leicht herum.

„Es ist schon schlimm!“, rief sie aus. „Die ganze Stadt hat meinen öffentlichen Zusammenbruch mitbekommen! Oh mein Gott, ich kann nie wieder im Café arbeiten!“ Irene drückte ihre Handflächen gegen die Augen.

„Aber das stimmt doch nicht!“, rief Tom aus. „Die Stadt hat mitbekommen, wie du von einem Bully öffentlich konfrontiert worden bist und dich davon nicht überrumpeln hast lassen. Das Zittern und das Heulen waren nur für mich zu sehen.“ Er drückte ihren Unterschenkel leicht und lächelte sie an. „Und selbst, wenn es jemand gesehen hätte: Das war doch absolut verständlich! Irgendwo musste die Wut ja raus.“ In seiner Stimme lag so viel Trost und Wärme, dass sich Irene davon einhüllen ließ.

Irene hob ihren Kopf und sah Tom direkt an.

„Ich will jetzt grad niemanden sehen“, sagte sie leise. „Ich kann das jetzt noch nicht …“

„Okay“, sagte Tom ruhig, während Irene ein weiteres Mal tief gähnte. „Vielleicht solltest du ein bisschen schlafen.“ Er erhob sich von der Couch, um ihr Platz zu machen und richtete ihre Decke zurecht.

„Bleib“, flüsterte Irene, rutschte etwas tiefer in die Couchpölster hinein und hob ihre Decke an, damit Tom sich ebenso darunterlegen konnte. Sie spürte, wie die Couch sich leicht hob und senkte, bevor sie von Toms Körper zur Gänze umhüllt wurde. Wie damals im Kopfwehnebel.

Sein Atem kribbelte in ihrem Nacken, gefolgt von einem zarten Kuss unter ihren Haaransatz.

Dann schlief sie ein.

Als Irene aufwachte, lag abendliches Dämmerlicht in der Luft und sie schwitzte. Tom hatte sich während ihres Schläfchens keinen Millimeter bewegt und hielt sie immer noch gleich fest umarmt, seine Nase in ihren Nacken gedrückt, leicht schnaufend vom tiefen Schlaf übermannt.

Sie fühlte sich sicher und wohl. Die Nervosität und die an Hysterie grenzende Unruhe, die die Begegnung mit Frank ausgelöst hatte, waren für einen Moment verschwunden und vergessen und Irene ließ sich in diese Entspannung fallen. Noch einmal gähnte sie herzhaft, sodass sich ihr gesamter Körper von Kopf bis Fuß noch mehr entspannte.

Ihre leichten Bewegungen dürften Tom aufgeweckt haben, denn seine Atmung begann sich zu verändern. Er zog sie noch weiter an sich heran, sofern das überhaupt möglich war, und nestelte seine Nase unter ihr Ohr.

„Morgen“, murmelte er in ihre Haut und Irene bemerkte eine ganz andere Form von Nervosität in ihrem Bauch aufsteigen. Die Schmetterlinge waren wieder zurück.

„Morgen“, flüsterte Irene zurück. Sie wickelte ihre Hände um Toms Arme, dort wo er sie festhielt, und drückte leicht. „Danke“, sagte sie leise.

„Wofür?“, fragte Tom mit verschlafener Stimme.

„Fürs Festhalten", antwortete Irene und Tom intensivierte für einen Moment ihre Umarmung.

„Immer", sagte Tom und Irene hielt die Luft an. „Immer gerne."

Irene lächelte in den Couchpolster.

Nach einigen Minuten lockerte Tom die Umarmung und lehnte sich ein wenig zurück, strich aber mit einer Hand gedankenverloren über ihren Oberarm.

„Ich muss mich bei dir entschuldigen", sagte er schließlich leise.

„Warum?", fragte Irene überrascht.

„All diese Fragen und diese Vorwürfe, dass du dich entscheiden sollst – das war einfach blöd von mir", sagte Tom.

Irene hob überrascht ihre Augenbrauen.

„Ich wollte dich damit nicht unter Druck setzen", sprach Tom weiter.

„Hast du gar nicht", sagte Irene verwirrt. „Wie kommst du jetzt drauf?"

„Ich hatte gleich danach ein schlechtes Gewissen. Du hast so nachdenklich gewirkt. Und heute, als ich dich nach diesem Showdown so aufgelöst gefunden habe, hatte ich Sorge, dass ich das auch mitausgelöst hatte."

Irene drehte sich um, sodass sie Tom in die Augen sehen konnte, dafür musste sie sich aber zur Hälfte auf seinen Körper legen. Toms Arme wickelten sich wieder leicht um sie, um sie in der neuen Position festzuhalten.

„Bist du deshalb heute so nett zu mir?“, fragte Irene mit zusammengezogenen Brauen.

Tom schüttelte heftig den Kopf, dann sah er sie direkt an. „Nein“, er drückte ihren Köper etwas mehr an seinen, „das hier geht immer.“ Er lächelte leicht. „Auch wenn's dir gut geht“, ergänzte er flüsternd. Irene vergrub ihr Gesicht in seinem Brustkorb und atmete den Geruch seines T-Shirts ein – ein Hauch von Waschmittel, gemischt mit den Erlebnissen des Tages begleiteten den gewohnten Zitronengeruch und für einen Moment ließ sie sich fallen.

„Das war schon in Ordnung, was du gesagt hast“, sagte Irene schließlich, „es gibt keinen Grund, dass du dich entschuldigen musst.“ Sie atmete einmal tief durch. „Und du hast natürlich recht: Ich muss irgendwann eine Entscheidung treffen.“ Sie hob ihren Kopf und sah Tom an. „Du siehst ja, was rauskommt, wenn ich mich vor mir hertreiben lasse.“

„Hm?“

„Ich habe mich nicht gekümmert“, begann Irene leise, „ich habe nur auf die Agentur geachtet, auf die Kunden, auf die Arbeit, aufs nächste Projekt. Alles andere habe ich ausgeblendet. Ich habe tatsächlich keine Entscheidung getroffen: Frank hat entschieden, dass wir die Agentur gründen, er hat entschieden, dass wir zusammenziehen, er hat die Wohnung gesucht und gemietet. Ich habe gearbeitet, Kunden betreut, Ideen gewälzt und gelächelt, wenn man sich in einem Meeting erst an ihn gewandt hat mit einer Frage zu einem Thema, das ich besser beantworten hätte können. Das war mein Leben. Abgesehen vom latenten Sexismus, der ‚halt einfach dazu gehört', wie man in einer Position wie der meinen oft genug hört – ‚Du hast ja eh schon so viel erreicht' ist übrigens auch ein Klassiker – also, abgesehen vom Sexismus habe ich das Bild von Erfolg gelebt." Irene wunderte sich über ihre eigenen Formulierungen. Die ganzen Stunden des Nachdenkens haben nicht für so viel Klarheit gesorgt, wie ihre kurzen Ausführungen gerade eben.

Manchmal half es also doch, wenn man ein Gespräch suchte.

„Und wann immer ich müde war oder etwas nicht so gut geklappt hatte", setzte sie fort, „habe ich meine Augen verschlossen und mich darauf konzentriert, was ich hatte: eine große Wohnung, eine Beziehung, eine erfolgreiche Agentur und genügend Geld am Konto. Da regt man sich doch nicht auf, oder?"

Tom lächelte leicht.

Irene schluckte. „Und dann höre ich eines Nachmittags ein komisches Geräusch und platze in einen Live-Porno in *meiner* Agentur! Von einer Sekunde auf die andere war alles sichtbar, was ich bis dahin ausgeblendet hatte. Mein Limit an Blindheit war erreicht." Sie lachte bitter auf.

„Wenigstens hast du ein Limit", bemerkte Tom ruhig, „du weißt, dass es viele Leute gibt, die auch Seitensprünge tolerieren – aus welchem Grund auch immer."

„Es geht ja nicht nur um die Affäre", winkte Irene ab, „das war doch nur mehr der Tropfen, der das Fass zum Überlaufen gebracht hat. Es war doch vorher schon die Luft draußen. Aus allem. Auch aus der Agentur. Mit

Frank habe ich nur mehr das nötigste gesprochen – über Monate hinweg." Irene seufzte. „Was mich am meisten irritiert, ist ja, dass ich es mir nicht eingestanden hatte. Jetzt im Nachhinein sehe ich natürlich klarer, aber in den Monaten davor, war ich mir so sicher, dass ich alles richtig mache." Sie seufzte noch einmal. „Dieser Frank, der heute vor mir gestanden ist, der war eine fast fremde Person für mich. Ich habe mich vorhin auf dem Weg nach Hause die ganze Zeit gefragt, ob er immer schon so war. Das ist doch irre, oder?"

Tom schmunzelte leicht. „Manchmal will man den Tatsachen eben nicht ins Auge blicken", sagte er tröstend.

Sie schwiegen einen Augenblick.

„Lass dir Zeit", meinte Tom dann schließlich und strich ihr leicht über den Kopf, „bleib hier und komm zu Kräften. Schau dich um, was es alles auf der Welt gibt und überleg dir dann, was du willst." Er schluckte. „Und lass dich auch von mir nicht aus der Ruhe bringen." In Irenes Bauch löste sich ein Knopf, der seit Jahren alles zusammengehalten haben dürfte. Sie atmete tief ein, so tief, wie sie es niemals für möglich gehalten hatte. Der beständig in ihrem Oberkörper pochende Druck, der ihr so selbstverständlich vorkam, ließ nach und sie fühlte sich leicht.

Und frei.

Toms Blick wurde intensiver und Irenes Schmetterlinge im Bauch wurden von alles überdeckender Wärme abgelöst. Ihr Hirn klarte auf und machte einer Entschlossenheit, die sie noch nie in ihrem Leben verspürt hatte, Platz.

Irene stützte sich auf ihre Ellenbogen und robbte näher an Toms Gesicht heran. Tom hielt still und beobachtete sie mit kurzen Atemzügen, die sich so nach und nach über ihre Wangen verteilten. Sie näherte ihr Gesicht dem seinen und hielt knapp über seinen Lippen inne. Tom schloss seine Augen und legte seinen Kopf in den Nacken, bereit für einen Kuss und als dieser nicht gleich kam, lächelte er mit leichter Verzweiflung.

„Du bringst mich aber aus der Ruhe", flüsterte Irene und ließ ihre Lippen leicht über seinen Mund streifen. Wie aus einem Reflex heraus strich Tom mit der Zunge über jene Stellen, an denen sie ihn berührt hatte.

„Ja?", hauchte er.

„Ja", antwortete Irene und lehnte sich langsam nach vorn.

Sie presste ihre Lippen auf Toms und ließ sich vom Knistern und Kribbeln übermannen. Ihr gesamter Körper begann zu vibrieren, als Tom seinen Mund öffnete und er sich langsam, langsam, langsam vortastete.

Irene seufzte leicht und ließ sich noch weiter in seine Umarmung fallen, bis ihre Zungen miteinander tanzten und ihre Körper noch mehr Nähe suchten.

Mehr brauchte es nicht, um ihre Bewegungen zu beschleunigen. Mit abwechselnden Seufzern, Stöhnen und dem gelegentlichen Kichern zwischendurch suchten ihre Hände frenetisch nach Zugang zu ihren Körpern. Sie zogen wechselseitig an ihren T-Shirts, bis sie sich diese über die Köpfe gezogen hatten, und Irene hielt einen Moment inne, um Toms Oberkörper zu bewundern. Mit beiden Händen strich sie über die Muskeln, die sich in kleinen Paketen erkennbar über seinen Bauch und Brustkorb zogen. Sie lehnte sich auf seinen Schultern weiter nach vorn, um das Küssen wieder aufzunehmen, während Tom mit einer Hand ihren Rücken festhielt und sie somit an sich drückte. Mit der anderen Hand erkundete er die Rückseite ihres Oberschenkels und Irene zog scharf Luft ein, als er sich langsam unter ihr Hosenbein vortastete.

„Wo ist Bobby?“, keuchte Irene zwischen zwei besonders intensiven Küssen, bevor sie eine Reise über Toms Wangenknochen bis zu seinem Ohrläppchen antrat.

„Nicht da“, antwortete Tom abgelenkt.

„Versprochen?“, fragte Irene und als Tom kichernd nickte, beschloss sie, keine Zeit mehr vergehen zu lassen und widmete sich Toms Gürtel und seinen Jeans.

Mit ihren Fingerknöcheln strich sie leicht über den Stoff seiner enganliegenden Boxershorts in schlichtem Schwarz. Sie genoss das Pulsieren unter ihren Fingern, bis Tom mit einem verzweifelten Stöhnen nach ihrem Handgelenk griff und ihre Hand zu sich zog, sie auf seinen Brustkorb legte.

„Nicht“, seufzte er und lehnte seine Stirn an ihr Schlüsselbein.

„Warum nicht?“, fragte Irene.

„Langsamer“, lachte Tom und Irene kicherte.

Sie beugte sich nach vorn und flüsterte in sein Ohr: „Dann ziehe ich jetzt langsam meine Shorts aus.“ Tom küsste sie hart, bevor sie sich aus seiner Umarmung befreite und sich von der Couch erhob. Mit gespielt langsamer Bewegung öffnete sie den Verschluss ihrer Shorts und schob den Stoff wie in Zeitlupe ihre Beine entlang.

Toms Augen blitzten erhitzt auf und gedankenverloren ließ er seine Hand unter den Bund seiner Boxershorts gleiten, wo er sich ohne Eile selbst streichelte. Irene stockte für einen Augenblick der Atem, so aufregend war der Anblick des Mannes vor ihr.

Irene schluckte heftig und lächelte Tom zu, während sie ihre Shorts lässig über die Couch warf.

„Ich mag das", flüsterte sie mit einem Nicken zu Toms sich lässig bewegender Hand.

Tom lächelte. „Ich mag das auch." Dann verschärfte sich sein Blick. „Zieh dich weiter aus!", bat er sie und mit einem Lächeln leistete Irene Folge.

Für einen Augenblick überkam sie Schüchternheit, als sie schließlich nackt vor Tom stand. Aber er ließ seinen Blick nur kurz über sie streifen, dies jedoch mit überbordender Bewunderung und Zuneigung. Dann sprang er auf und mit wenigen Handgriffen befreite er sich von seiner restlichen Kleidung, bis auch er gänzlich nackt war. Mit einer Handbewegung, die so routiniert war, als würde er das seit Jahren machen, zog er Irene nah an seinen Körper heran und sie konnte sich ein überraschtes Luftschnappen nicht verkneifen. Wenn Tom schon mit – und vor allem ohne – Kleidung absolut sehenswert war, kam nichts davon an das Gefühl heran, ihn nackt zu spüren. Sein gesamter Körper glühte vor Hitze und aufgeregte Gänsehaut überzog ihren Rücken. Die Spannung zwischen ihnen war kaum auszuhalten.

„Du bist so schön“, flüsterte Tom in ihr Ohr und küsste sie direkt unter ihrem Ohrläppchen. Das kitzelte und Irene wand sich leicht in seiner Umarmung. Sie spürte seine Erregung, die gegen ihren Unterbauch drückte und mit einem Seufzen lehnte sie sich dagegen.

„So sexy“, flüsterte Tom weiter, „und du riechst so gut.“

Er ließ seine Hände über ihren Rücken streichen bis zum Ansatz ihres Pos, wo er nur mehr seine Fingerspitzen über die Haut streifen ließ. „So schön“, wiederholte er ein weiteres Mal und Irenes Atem beschleunigte sich noch mehr. „Deine Haut …“, murmelte Tom in ihren Nacken und sie drückte sich noch weiter an ihn.

Sie küssten sich heftig, bis sich Tom wieder langsam auf die Couch fallen ließ und Irene auf seinen Schoß zog, auf jeder Seite ein Bein von ihr. Mit beeindruckender Geduld strich Tom über ihre Oberschenkel, über ihren Po und ließ eine Hand über ihren Bauch wandern. Nach unten, nach unten, nach unten, bis seine Finger in ihrer erhitzten Körpermitte eintauchten. Irene ließ ihren Kopf mit einem Stöhnen nach hinten fallen.

Hatte sie sich schon jemals so gut gefühlt?

„Mehr“, seufzte sie.

„Hm?“, murmelte Tom und hinterließ weitere feuchte Küsse in jener kleinen Grube zwischen ihrem Hals und ihrem Brustbein, die normalerweise kaum Beachtung fand.

„Mehr!“, wiederholte Irene etwas lauter und hob Toms Gesicht an, um ihn zu küssen. Ihre Zungen wickelten sich in einem nicht gekannten Hunger umeinander und ihr

Stöhnen und Seufzen intensivierte sich, brachte ihre beiden Körper noch mehr in Schwingung, bis sie nur mehr eine einzige, einheitliche Bewegung waren.

Und plötzlich unterbrach Tom ihren Kontakt, zog sie zwar zu sich heran, beugte sich jedoch zur Seite und fischte nach einer kleinen Lade im Couchtisch. Irene tauchte langsam aus dem Kussnebel auf und warf einen Blick über Toms Schulter, über die Lehne der Couch, durch die noch immer geöffnete Terrassentür, vor der die Dunkelheit Einzug gehalten hatte. Nanas Haus war nur in Umrissen erkennbar und darüber erstreckte sich der Sternenhimmel, blinkend und glitzernd, wie er nur am Land zu sehen war.

Das vertraute Rascheln einer Folienverpackung holte sie wieder zurück aus der Abendstimmung vor dem Haus und sie lehnte sich leicht zurück, um Tom zu beobachten, wie er ein Kondom überstreifte. Alles an ihm war sensationell und Irene lächelte verträumt vor sich hin.

Tom hob seinen Blick und sah sie fragend an. Irene nickte – als hätte sie Nein sagen können! – und hob ihr Becken an. Toms Hände stabilisierten ihren Po und Irene unterbrach ihre Bewegung hin zu Toms Lippen, hielt seinen Blick, während sie langsam auf ihn hinabsank. Er füllte sie aus und das Gefühl war so überwältigend, dass sie sich beide eng aneinander schmiegten, ihre Nähe intensivierten, bis sie sich so nach und nach in einem sich stetig steigernden Rhythmus wiederfanden.

Irene war hingerissen. Zur aufbauenden Erregung und dem Kribbeln im gesamten Körper gesellte sich aber auch eine noch nie da gewesene Ruhe. Das Gefühl, am richtigen Ort zu sein. Dass dieser Moment genau so war, wie er sein sollte.

Sie fühlte sich warm.

Und sicher.

Und schön.

Als würde sie endlich ihren Körper zur Gänze ausfüllen. Sie war weder zu viel noch zu wenig.

Tom flüsterte ihr beständig Zärtlichkeiten ins Ohr und hielt sie fest. Zog sie immer weiter an sich heran, während sie sich mit seinen Hüften mitbewegte.

„Ja", seufzte Irene, weil ihr die Worte fehlten.

„Ja", antwortete Tom, weil er genau zu wissen schien, was sie meinte. Seine Stimme war rau und nur für sie bestimmt.

Plötzlich überfiel sie ein Feuerwerk in ihrem Innersten und sie wurde von unzähligen Gefühlen übermannt, während Tom weiter konsequent in sie stieß, bis auch er mit ihrem Namen auf den Lippen für einen Moment die Kontrolle über sich und die Welt verlor, bevor er völlig außer Atem auf die Couch zurücksank.

„Du bist –", keuchte Tom und umarmte sie fest.

„Du auch", flüsterte Irene und lächelte in seinen Nacken.

„Wundervoll", hauchte Tom so leise, dass sie es beinahe überhört hätte.

28. Kapitel

Irene erwachte in kompletter Dunkelheit und brauchte einige Sekunden, bis sie wieder wusste, wo sie eigentlich war. Und warum sie leichtes Schnarchen neben sich hörte. Und warum ein Arm um ihren Bauch gewickelt war. Sie drehte sich um und befreite sich gleichzeitig aus der Umarmung. Tom gab ein kurzes Schnaufen von sich, das Irene kichern ließ, schien aber gleich wieder einzuschlafen.

Leise bewegte sie sich aus dem Zimmer, sammelte in der Dunkelheit ihr Gewand zusammen, um sich unbemerkt aus dem Haus zu schleichen. Die Terrassentür stand immer noch offen, weshalb Irene den kürzesten Weg durch den Garten wählte. Erst als sie die Gartentür hinter sich schloss und auf Nanas Haus zusteuerte, fiel ihr ein, dass sie eigentlich gar keinen Schlüssel bei sich hatte, nachdem sie ihre Handtasche am Vortag ja im Café zurückgelassen hatte.

Die Erinnerung an die Tasche löste einen Strom weiterer Gedanken an die Ereignisse des Vortags aus und Irene musste sich für einen Moment setzen. Im Vorgarten standen die üblichen Gartenmöbel herum und Irene suchte aus einer der Ziertruhen daneben eine Decke heraus, um der kühlen Nachtluft etwas entgegenzusetzen. Sie schätzte die Uhrzeit auf etwa vier Uhr, bald würde die Morgendämmerung beginnen und Irene ließ sich für ein paar Minuten auf die Geräusche der Nacht ein. Das leichte Trapsen eines Igels, zwei Katzen, die sich in der Ferne stritten, das Rauschen der Blätter.

Dann kamen die Erinnerungen wieder.

Das Café.

Frank.

Tom.

Tom!

Es war der mit Abstand beste Sex, den sie je gehabt hatte, und Irene unterdrückte ein sehnsüchtiges Seufzen, als sie daran dachte. Nach ihrem ersten Feuerwerk auf der Couch hatte Tom Pizza bestellt und sie hatten sich nackt unter der Decke auf der Couch festgehalten und mit Küssen vom Hunger abgelenkt, bis die Lieferung bei ihnen eingetroffen war.

Während des Essens hatten sie sich mit Gesprächen über alles und nichts unterhalten, aber hauptsächlich über Toms und Bellas Projekt, das Potenzial, das kleine Unternehmen hier am Land hatten.

„Würdest du nochmals eine Firma gründen?“, hatte Tom zwischendurch mal gefragt und ihr leicht über die Wange gestrichen. Irene hatte nachgedacht.

„Als ich dich und Bella neulich beobachtet habe, habe ich erst bemerkt, wie anders als ich ihr euren Arbeitsalltag lebt“, hatte Irene daraufhin geantwortet. „Man sieht euch einfach an, dass ihr eure Arbeit gerne macht, dass ihr gerne Teil dieser Community hier seid und eure Unternehmen auf gewisse Art einen Beitrag dafür leisten. Das hatte ich mit meiner Agentur nie. Da ging es ums Gewinnen, um Tempo, um Reichweite, um Wachstum. Das war nicht schlecht, aber eben anders.“ Sie hatte weiter nachgedacht. „Ich würde es nicht wiederholen wollen, aber ab und zu ein kleines Projekt ist sicher nett. So wie jetzt für euch beide“, hatte Irene weiter ausgeführt und Tom hatte verständnisvoll genickt.

„Mich hat auch ein Typ von einer dieser Regionalzeitungen angesprochen“, war Irene dann eingefallen, „ich habe total vergessen, dir davon zu erzählen. Er will, dass ich einen Beitrag über die Fußballmädchen für seine Zeitung schreibe.“ Sie hatte Tom mit einem Lächeln angesehen. „Das wäre doch nett, oder?“

Tom hatte gestrahlt und einen Augenblick lang geschwiegen. „Ich kann dir gar nicht sagen, wie viel es mir bedeutet, dass du das organisierst.“ Sein direkter Blick hatte Wärme und Zärtlichkeit ausgestrahlt.

„Hm? Du arbeitest da ja auch mit“, hatte Irene überrascht entgegnet.

„Ja, schon. Aber Bobby hätte sich ohne dich niemals darauf eingelassen.“

„Das glaube ich nicht.“

„Oh doch. Seit du mit ihr Zeit verbringst, toleriert sie mich endlich ein bisschen.“ Toms Augen hatten gefunkelt.

Irene hatte gespielt gleichgültig mit den Schultern gezuckt. „Was soll ich sagen? Jahre in der Welt des Marketings machen es mir einfach leicht, die positiven Seiten anderer hervorzuheben.“

Sie hatten beide gelacht, ihre Pizza fertig gegessen und nach erfolglosem Zappen durch die Fernsehkanäle – es war einfach kein Programm interessant genug, um mit den Küssen und intensiven Umarmungen mithalten zu können – hatte Tom sie ins Badezimmer geführt. Die gemeinsame Dusche war heiß und erholsam und brachte Irene noch weitere zwei Mal zum Höhepunkt. Und nachdem sie sich in Toms Bett noch einmal mit ihren nackten Körpern vertraut gemacht hatten und sich einer ausgiebigen Erkundungstour mit ihren Lippen hingegeben hatten, waren sie beide innerhalb von Sekunden in einen tiefen, erholsamen Schlaf gesunken.

Bis Irene vor wenigen Minuten aufgewacht war und nicht mehr liegenbleiben konnte. Für einige Sekunden erlaubte sie sich, der Frage nachzugehen, warum sie nicht geblieben war, versicherte sich aber, dass Tom es sicher so gewollt hatte.

Ja, bestimmt. Es war eine Laune des Moments, dass sie miteinander geschlafen hatten – wenn auch ein sehr langer, sich mehrmals wiederholender Moment.

Und Toms Blicke.

Und seine Berührungen.

Und seine Küsse.

Und all die Komplimente, die er ihr ständig ins Ohr geflüstert hatte.

Irene war klar, dass nach der Durststrecke, die ihre Beziehung mit Frank auf jeder Ebene war, jeder nachfolgende Liebhaber leichtes Spiel gehabt hätte, um sie zufriedenzustellen, aber sie musste sich auch in der Erinnerung an ihre spärlichen Erfahrungen vor Frank eingestehen, dass Sex mit Tom eine Klasse für sich war. Wie der Mann selbst.

Irene seufzte verträumt. Er war liebevoll, geduldig, ruhig (manchmal fast zu ruhig, wenn sie an ihre Laufrunden dachte) und vor allem war er wunderschön. Sogar seine kleinen Lachfältchen um die Augen, die sie unter der Dusche mit ihren Fingern und später im Bett auch nochmals mit ihren Lippen erkundet hatte, waren attraktiv.

Was sollte sie bloß mit ihm machen?

Irene musste kurz eingedöst sein, denn sie schreckte hoch, als sie hörte, wie sich der Schlüssel im Haustor umdrehte.

„Was machst du hier?", fragte Nana leise in die graue Morgendämmerung hinein.

„Ich habe keinen Schlüssel mit", antwortete Irene, „meine Tasche ist noch im Café."

„Habt ihr euch gestritten?"

„Nein", antwortete Irene, „warum glaubst du das?"

Nana musterte sie eindringlich. „Warum bist du hier? Ich dachte, du bleibst heute im Nebenhaus!"

„Ich *war* im Nebenhaus. Dann bin ich aufgewacht und wollte nach Hause."

Nana verschärfte ihren musternden Blick und Irene wurde verlegen.

„Warum siehst du mich so an?"

Nanas Gesichtszüge wurden sanfter, mitfühlender.

„Was ist passiert?", fragte sie schließlich.

„Nichts", antwortete Irene und konnte nichts dagegen tun, dass sich eine leichte Rötung über ihr Gesicht zog.

„Ach, Reni", seufzte Nana zu Irenes Verwirrung und dann streckte sich ihre alte Freundin, um ihr über den Kopf streichen zu können. „Du musst nicht immer davonlaufen."

Ein kalter Luftzug ließ Irene kurz erschaudern und sie kündigte an, dass sie sich heiß duschen gehen würde. Danach würde sie sich wahrscheinlich nochmals hinlegen.

Nana nickte nur und Irene spürte ihren Blick, bis sie im Obergeschoß verschwunden war. Die Ereignisse der vergangenen zwölf Stunden waren aber zu umfassend und aufregend, um nun auch noch auf Nanas aktuelle Stimmung eingehen zu können.

29. Kapitel

Irene verschlief den Morgenlauf. Zumindest redete sie sich das ein. Sie versicherte sich, dass es zum Wohle aller war, dass sie ihre Augen geschlossen gehalten und sich schlafend gestellt hatte, als Nana nach ihr gesehen hatte. Dass sie tatsächlich wieder eingeschlafen war, auch nachdem sie Nana im Untergeschoß mit Tom sprechen gehört hatte, untermauerte nur ihre Theorie.

Es war besser, wenn sie Tom eine Zeit lang aus dem Weg ging.

Ein Fortsetzen dieser „Affäre" (denn was sollte es denn sonst sein) würde nur die Grenzen verschleiern. Bobby und Nana würden nur verwirrt sein. Sie war bloß aufgewühlt von der Begegnung mit Frank und Tom hatte aus Mitleid darauf reagiert. Es war besser, sie würden einige Zeit lang Distanz halten und dann in diese eigenartige Freundschaft zurückgleiten, die sie seit ihrer Ankunft in der Stadt aufgebaut hatten.

Schweigsames Laufen, das konnten sie gut. Das war unkompliziert.

Gerade als sie zu diesem Schluss gekommen war, hörte Irene Schritte auf der Treppe und das verräterische Knarren ihrer Türschwelle. Widerwillig drehte sie sich im Bett um, befreite sich aus der Bettwäschehöhle, in die sie ihren Kopf gebohrt hatte, und öffnete blinzelnd ihre Augen. So grell wie die Sonne bereits in ihr Zimmer leuchtete, dürfte sie tatsächlich noch ein paar Stunden geschlafen haben, denn das grelle Tageslicht deutete an, dass es bereits später Vormittag war.

Mit möglichst neutraler Miene wandte sie sich in die Richtung, in der sie den ungebetenen Besucher vermutete und schluckte unauffällig, als sie Tom mit verschränkten Armen am Türstock lehnen sah. Mit grimmiger Miene betrachtete er ihr Schauspiel. Ihre Handtasche baumelte von seinem Arm.

„Bist du krank?“, fragte er mit dunkler Stimme, nicht ernsthaft in Erwägung ziehend, dass sie tatsächlich krank war.

Irene schüttelte den Kopf.

Ihr Bauch flatterte, ihr Hirn spielte unaufhörlich Erinnerungen an die vergangene Nacht in ihr Bewusstsein, aber Toms Haltung war so konträr zu diesen Erinnerungen, dass es ihr für einen Moment die Sprache verschlug.

„Was ist los, Irene?“, forderte Tom sie heraus, seinen Ärger kaum verhehlend.

„Warum bist du so verärgert?“, fragte Irene schließlich irritiert.

„Warum bist du einfach verschwunden?“

„Ich wollte nach Hause!“

„Und dann lässt du zum ersten Mal seit überhaupt das Laufen aus?“

Irene zuckte mit den Schultern.

„Ich dachte, es wäre leichter so“, murmelte sie.

„Wie bitte?“

„Ich dachte, es wäre leichter so“, wiederholte sie etwas lauter.

Tom seufzte genervt. „Was sollte leichter sein?“

„Damit es nicht eigenartig wird zwischen uns!“ Irene ließ ungeduldig ihre Hände auf die Bettdecke fallen.

„Und das hier“, Tom deutete auf sie, wie sie sich unter der Bettdecke versteckte, „das hier macht es nicht eigenartig?“

Irene zog einen Schmollmund. „Du bist derjenige, der mich hier schlafend überfällt.“

„Du hast doch nicht geschlafen!“ Tom schnaubte wütend aus. Dann fuhr er sich mit den Händen übers Gesicht.

„Irene“, begann er ein weiteres Mal, bemüht ruhiger, „warum warst du heute nicht bei unserem Treffpunkt? Habe ich dich irgendwie beleidigt?“

Irene schreckte auf. „Nein!“, beeilte sie sich zu sagen. „Natürlich nicht!“ Sie schüttelte ihren Kopf. „Du warst toll … du *bist* toll. *Es war toll*!“ Tom ließ ein leichtes Lächeln durch seine grantige Fassade blitzen, während

Irene versuchte, ihre leichte Gesichtsrötung mit Fassung zu tragen.

Sie atmete einmal tief durch. „Ich wollte nicht bleiben", sagte sie schließlich leise. „Ich wollte nicht, dass du mich in der Früh verwirrt ansiehst und dich wunderst, warum ich immer noch da bin."

„Ich war verwirrt!", rief Tom aus. „Aber weil du *nicht* da warst!" Er holte tief Luft. „Habe ich dir irgendwie einen Anlass gegeben, zu glauben, dass du nicht bis zum Morgen willkommen gewesen wärst?" Seine Stimme war wieder etwas ruhiger geworden.

Irene dachte nach. Es gab keinen bestimmten Anlass, eher ein Gefühl. Ein Gefühl, dass sie eine von vielen gewesen wäre.

„Du hast Kondome in deiner Couch-Schublade", sagte Irene schließlich und sah Tom trotzig an, der nur verständnislos mit den Schultern zuckte. „Ich dachte, deine üblichen Eroberungen würden auch nicht über Nacht bleiben."

„Meine üblichen … *was*?" Tom sah sie kurz verständnislos an, dann sanken seine Schultern wie nach einer Niederlage herab und er bewegte sich zu ihrem Bett, nahm am Fußende Platz, legte ihre Tasche auf den Boden neben seine Füße.

„Ich weiß nicht, wie lang ich noch brauchen werde, um dein kompliziertes Gehirn zu verstehen", sagte er schließlich leise und hob seinen Blick.

„Es gibt keine ‚üblichen Eroberungen'", setzte er fort und zeichnete Anführungszeichen in die Luft, „meine letzte

Beziehung – oder ‚Eroberung', wie du sagen würdest – liegt so lange zurück, dass ich es dir lieber nicht erzählen möchte." Er zwinkerte leicht. „Die Kondome liegen mitten im Wohnzimmer, weil ich irgendwo gelesen habe, dass man Verhütung leicht zugänglich machen sollte, wenn Teenager im Haushalt leben."

„Bobby ist 14!", fiel ihm Irene ins Wort.

Verlegen hob Tom eine Schulter. „Du hast die Typen nicht gesehen, mit denen sie zu Beginn des Sommers herumgezogen ist. Better safe than sorry habe ich mir gedacht." Er lachte bitter. „Obwohl sie die Kondome zurzeit eher für Wasserbomben verwenden würde, so wie sie im Moment drauf ist."

Irene lachte auf. „Ja, sie scheint in den vergangenen Wochen eher jünger zu werden als älter."

Tom nickte amüsiert. „Alles, was mir Schwierigkeiten erspart oder diese zumindest hinauszögert, ist mir recht." Wieder fuhr er sich mit seinen Händen übers Gesicht. „Auch das geht vorbei." Er seufzte und drehte sich noch weiter in Irenes Richtung, legte eine Hand auf ihren von der Decke verborgenen Unterschenkel. Irene war sich sicher, dass sie die elektrische Spannung durch den Stoff spüren konnte.

„Hör mal", begann Tom erneut, nun etwas ernsthafter, „ich fand den Abend gestern sensationell." Er sah sie direkt an, seine Augen blitzten leicht auf. „Ich dachte, du bleibst. Ich dachte, wir wiederholen das. Oder wir gehen mal aus miteinander. Oder was auch immer du gerne machen möchtest, nachdem wir uns ja ohnehin täglich sehen." Tom zuckte mit den Schultern. „Aber vielleicht bin ich zu voreilig. Die Konfrontation am Hauptplatz hat ja deutlich gezeigt, dass du dein Stadtleben noch nicht ganz verdaut hast." An dieser Stelle wollte Irene ihn am liebsten unterbrechen, aber sie wusste nicht, womit. Ihr fehlten die Worte. „Weißt du, für einen Moment warst du gestern bei mir, nur bei mir. Als ob du dir erlaubt hättest, einmal etwas nur für dich zu tun. Einem Impuls nachzugeben, der nur für dich ist." Irene schluckte, ihr stieg die Hitze über den Rücken direkt in den Kopf. Sie fühlte sich ertappt und das empfand sie als falsch.

Tom klopfte auf die Bettdecke und stand langsam auf.

„Ich werde nicht leugnen, dass ich enttäuscht bin, wie sich das nun entwickelt hat", er seufzte leise, „und du sagst nicht einmal etwas dazu!" Tom richtete seinen Blick kurz zur Decke. „Egal", er schüttelte seine Schultern, dann sah er Irene direkt an, „ich werde unseren Abend nicht mehr erwähnen. Ich hoffe, du kommst morgen wieder zum Laufen. Es ist einfach lustiger, zu zweit zu trainieren." Er lächelte sie traurig an, dann drehte er sich um und ging.

„Tom", sagte Irene leise, als er gerade über die Türschwelle trat, aber er winkte nur ab, ohne sich umzudrehen. „Wir reden ein anderes Mal", rief er über seine Schulter, „erhol dich gut!"

Irene hatte das Gefühl, einen Fehler gemacht zu haben und konnte ihren Finger nicht auf die Ursache legen. Das gesamte Gespräch mit Tom hatte sie verwirrt und unruhig zurückgelassen und es verlangte sie nach einer Ablenkung.

Als ihr die Unruhe zu viel wurde, schlug sie ihre Decke zurück und kramte in ihrer Handtasche nach ihrem Telefon. Zahlreiche verpasste Anrufe und Nachrichten waren auf dem Display zu sehen, dazu ein besorgniserregender Akkustand. Irene hängte das Telefon ans Aufladekabel und setzte sich auf den Boden, lehnte sich neben die Steckdose. Sie scrollte durch ein paar der Nachrichten und blieb bei der Einladung zu einer Messaging-Gruppe mit Nana, Tom und Bobby hängen. Das konnte sie später auch noch bestätigen.

Irene checkte ihre eigenen Social-Media-Accounts sowie die Seiten der zwei Unternehmen, die sie betreute. Für den heutigen Tag hatte sie sonst nichts weiter geplant und da sie ihr Telefon nicht abzulenken vermochte, beschloss sie, sich in den Garten zu setzen.

Sie fand Nana im Vorgarten im Schatten, wo sie Bohnenschoten putzte. Irene ließ sich neben ihre alte Freundin fallen und seufzte. Ihr Nachthemd hatte sie gegen ein sommerliches Outfit, bestehend aus einem Bikini und einem einfarbigen Hängerkleidchen, eingetauscht.

„Du siehst sehr hübsch aus“, sagte Nana augenzwinkernd. „Ausgeschlafen?“

„Ha ha“, antwortete Irene, „hast du ihn nach oben geschickt?“

Nana kicherte. „Nein“, antwortete sie lachend, „ich hätte ihn nicht abhalten können, so geladen war er.“ Sie sah Irene musternd an. „Ich habe euch nicht streiten gehört.“

„Wir haben auch nicht gestritten.“

„Warum nicht?“

„Warum hätten wir streiten sollen? Er hat gesprochen, ich habe ihm schweigend zugehört. Alles ist bestens."

Nicht einmal sie glaubte sich selbst und Nanas Gesichtsausdruck verriet, dass auch sie Irene nicht abkaufte, dass alles bestens sei.

„Willst du drüber reden?", fragte Nana leise.

„Nein", antwortete Irene schnell. „Ja. Nein. Vielleicht." Sie stieß einen frustrierten Laut aus. „Ich weiß es nicht!"

„Ich weiß nicht, was das Problem ist!", ergänzte Irene schließlich, als Nana nicht auf ihre Verwirrung einging.

„Hm?"

„Ich verstehe nicht, warum er ständig herummeckert. Es ist, als könnte ich nichts richtig machen! Jedes Mal, wenn wir uns ein Stück näher kommen, gibt's eine Forderung nach der anderen. Und jedes Mal tut Tom so, als sei es mein Fehler!"

Nana kicherte leise.

„Was ist daran lustig?", fragte Irene frustriert.

„Nichts", antwortete Nana schnell und brachte ihre Gesichtszüge unter Kontrolle. „Ich habe dich nur schon lang nicht mehr so emotional gesehen."

„Na ja, kurz nach meiner Ankunft war ich emotional", warf Irene ein.

Nana dachte nach. „Vermutlich", sagte sie ruhig, „aber da warst du eher im Schock. Jetzt bist du aufgewühlt. Ratlos und irritiert." Sie kicherte wieder. „Endlich."

Irene sah sie scharf an. „Ich habe das Gefühl, ich stecke mitten in einem Insider-Witz und bin völlig davon ausgeschlossen. Wovon redest du?"

„Für jemanden, der im Marketing arbeitet, bist du erstaunlich blind für menschliche Emotionen", Nana sah Irene nachdenklich an, „aber vielleicht trifft das nur zu, wenn es um dich persönlich geht."

Irene konnte ihre ratlose Miene nicht verbergen. „Ich habe immer noch keine Ahnung, was du meinst", sagte sie.

„Fangen wir von vorn an", begann Nana mit geduldiger Stimme und holte tief Luft. „Magst du Tom?"

„Ja, natürlich!", antwortete Irene. „Aber ich mag auch Bobby. Und dich. Und Bella. Und Otto manchmal, wenn er nicht im Bürgermeister-Modus ist."

Nana kicherte wieder.

„Und angenommen, du würdest Tom mit einer anderen Frau sehen", setzte Nana fort, „mit einer Frau, mit der er offenkundig in einer Liebesbeziehung ist. Sie würden sich küssen, umarmen … du kennst das Spiel. Wie wäre das dann für dich?" Irene dachte nach. Dachte an die Begegnung zwischen Anni und Tom, die sie vor einiger Zeit mal im Café beobachtet hatte, und ein beißendes Gefühl stellte sich in ihrer Magengegend ein.

„Ich denke nicht, dass ich dazu eine Meinung haben dürfte", presste Irene hervor und eine Ahnung, wohin sich das Gespräch entwickeln würde, begann sich einzustellen.

„Ich denke, wenn wir zwei unter uns sind, darfst du sehr wohl eine Meinung dazu haben“, antwortete Nana cool.

„Es wäre mir nicht recht, ihn so zu sehen“, sagte Irene leise und senkte ihren Blick.

„Und warum wäre es dir nicht recht?“, Nana sprach mit ihr wie mit einem kleinen Kind und Irene schnaubte wütend auf.

„Ich weiß, worauf du hinauswillst“, sagte sie daher schärfer als ihr lieb war, „ich bin nicht blöd!“

Nana machte ein unverbindliches Geräusch, das ihre Aussage sehr wohl in Zweifel zog und Irene blickte sie scharf an.

„Ich kenne mich aus mit meinen Gefühlen“, wütete Irene schließlich weiter, „und ja: Ich mag Tom. Das ist ja auch nicht schwer. *Jeder* mag Tom!“

Nana kicherte und nickte zustimmend. „Das stimmt.“ Sie wandte sich an Irene und deutete mit dem Zeigefinger auf sie. „Aber das wichtige Detail, das du vergisst, ist, dass er dich auch mag. So richtig mag! Mit Herzen in den Augen mag. Von Anfang an schon, als ihr euch nur betrunken begegnet seid, hat man sehen können, dass Tom sich für dich interessiert. Anfangs war er vielleicht nur neugierig, aber nach einiger Zeit war es fast amüsant zu sehen, wie er seine Kreise immer enger gezogen hat. Wie er immer mehr in deine Nähe kam.“ Nana sah sie an. „Das muss dir doch aufgefallen sein!“

„Ja. Nein. Vielleicht.“ Irene warf ihre Hände frustriert in die Höhe. „Wir sind uns alle nähergekommen. Ich habe ja auch viel Zeit mit Bobby verbracht.“

„Ja“, sagte Nana ruhig, „das hat ihn wahrscheinlich schlussendlich zur Gänze überzeugt.“

Irene atmete tief durch.

„Hör mal, Reni“, sagte Nana schließlich und griff nach ihren beiden Händen, „ich könnte dir jetzt mehrere Dinge sagen, von denen ich glaube, dass du sie machen solltest, aber das hilft dir alles nicht. Sonst wäre *ich* diesmal diejenige, die dir die Entscheidung abnimmt.“

„Was soll das neuerdings, dass jeder glaubt, ich könnte mich nicht entscheiden?“ Irene war nun richtig aufgebracht. „Natürlich kann ich mich entscheiden! Ich treffe tagtäglich viele Entscheidungen!“

„Ja, das tust du natürlich“, beruhigte sie Nana, „aber du drückst dich an den wesentlichen Lebensentscheidungen immer ein bisschen vorbei.“

„Hm?“, Irene sah Nana erstaunt an.

„Verrat’ es mir, was war der tatsächliche Grund, weshalb du heute Nacht die Flucht aus dem Nachbarhaus ergriffen hast?“

Irene senkte ihren Blick. „Tom hatte die Kon … – Tom hatte die Verhütung griffbereit im Wohnzimmer und ich war fix davon überzeugt, dass ich nicht über Nacht bleiben hätte sollen, weil das seine anderen One-Night-Stands auch nicht machen würden.“

„Hast du, seit du hier bist, schon jemals eine Frau nebenan gesehen, mit der sich Tom eingelassen hätte?“, fragte Nana ernst.

„Nein, aber …“

„Und hattest du gestern Nachmittag oder Abend irgendetwas an Toms Verhalten bemerkt, das auf eine einmalige Sache schließen hätte lassen.“

„Es war nicht nur ein Mal …“, brach es aus Irene hervor und Nana kicherte.

„Also hast du ein kleines Stück Information genommen und daraus eine Geschichte fabriziert und darauf basierend deine Flucht inszeniert.“

Wenn sie es so formulierte …

„Kommt dir das Muster bekannt vor?“, fragte Nana in deutlicher Anspielung auf Irenes überstürzte Abreise nach ihrem Schulabschluss vor 15 Jahren.

„Bei Frank hat mir auch ein kleines Stück Information gereicht, um ‚die Flucht zu inszenieren‘.“ Irene zeichnete Anführungszeichen mit ihren Fingern in die Luft.

„Nun ja“, Nanas Stimme wurde trocken, „diese Information war wohl unmissverständlich. Außerdem war die Flucht in diesem Fall ein großes Glück.“ Nana schluckte und sah Irene direkt in die Augen. „Für mich. Für uns alle hier.“

Mit schnellen Atemzügen kämpfte Irene gegen die plötzliche Rührung an und verpasste es, Nana zu antworten.

„Sag mir ehrlich, wieso machst du keinen Unterschied zwischen Frank und uns hier?“, fragte Nana schließlich ruhig. „Du müsstest doch sehen, dass wir dir wohlgesonnen sind. Und uns deine Interessen interessieren, dass wir deine Gesellschaft suchen.“

„Ja?“, Irene fühlte sich unsicher und ihre Augen brannten weiterhin.

„Ja!“, Nanas Gesicht begann zu strahlen. „Schau dir allein an, was du für Bella im Café erreicht hast. Oder für Bobby.“ Nana lächelte. „Tom, Lisa und Bobby waren wie sich wechselseitig anziehende und abstoßende Magneten, da war immer so viel Unruhe zwischen denen. Und plötzlich haben sie einen Weg gefunden, miteinander zu kommunizieren, miteinander zu leben.“ Nana lächelte. „Bis zu einem gewissen Grad hast du sogar in Hans' Familie eingegriffen, indem du Felix und Bobby zusammengespannt hast.“

„Ich habe doch nichts davon tatsächlich gemacht!“, widersprach Irene.

„Vielleicht nicht mit Absicht“, antwortete Nana ruhig. „Aber du bist im Umgang mit Menschen immer freundlich und herzlich. Du nimmst jeden ernst, du wirst dich immer dafür einsetzen, dass die Leute fair behandelt werden – so hast du schließlich auch Felix und Bobby kennengelernt.“ Nana sah sie ernsthaft an. „Solang du es nicht bemerkst, schaffst du innerhalb kürzester Zeit Verbindungen. Deshalb beherrscht du deinen Job auch so gut. Aber sobald du anfängst, drüber nachzudenken, verirrst du dich im großen Stil.“

Irene sah Nana skeptisch an.

„Wahrscheinlich ist es sogar ein bisschen meine Schuld“, gab Nana zu.

„Wie bitte?“, Irene sah sie verwirrt an und Nana zuckte mit den Schultern.

„Ich habe dir nie vorgelebt, wie man Beziehungen knüpft. Vor allem zu Männern. In Wahrheit mache ich es nicht wirklich anders als du – ich stelle Kontakte her, bin Anlaufstelle für alles und jeden hier in der Stadt und freue mich, wenn sich unter meinem beabsichtigten oder unbeabsichtigten Zutun zwei Leute finden. Aber wie man die Liebe erkennt, die echte, herzerfüllende Liebe, habe ich dir nie vorgelebt."

„Ach, Nana", sagte Irene leise und mitfühlend. Als Irene noch ein Teenager war, hatte es immer wieder Gerüchte gegeben über Nanas verheimlichtes Liebesleben. Manche der Geschichten, die in der Stadt kursiert waren, waren so abstrus gewesen, dass sie direkt lachhaft waren. Aber Irene hatte nie erfahren, ob nicht in einer der Geschichten doch ein Funken Wahrheit versteckt gewesen war. „Du hast doch so viel mehr gemacht, als jemals notwendig gewesen ist", sagte Irene schließlich mit tränenerstickter Stimme. „Hat sie dir eigentlich jemals dafür gedankt?" Irene konnte ihre Mutter nicht beim Namen nennen, wenn doch Nana in den wenigen Teenagerjahren, in denen sie für Irene gesorgt hatte, wesentlich mütterlicher gewesen war, als es ihre eigene Mutter je zustande gebracht hatte.

Nana macht eine wegwerfende Handbewegung. „Niemand muss mir dafür danken", sagte sie, „das war doch selbstverständlich."

Ohne zu zögern fiel Irene Nana um den Hals. „Danke", flüsterte sie. „Für damals. Und dafür, dass ich jetzt wieder bei dir Zuflucht gefunden habe."

„Immer“, antwortete Nana leise und drückte Irene, dann räusperte sie sich. „Immer gerne.“

30. Kapitel

Der Schotterboden unter den Radreifen knirschte umso lauter, je heftiger Irene in die Pedale trat. Ohne Ziel radelte sie seit einiger Weile durch die Gegend und erst jetzt, als sie wieder an der langen Spazierpromenade entlang des Flusses gelandet war, begann sie, ihre Umgebung wahrzunehmen. Zu sehr war ihr Gehirn mit den Aussagen von Nana und Tom beschäftigt gewesen, um aus ihrem Radausflug ein die Sinne berührendes Erlebnis zu machen. Vielmehr hielten ihre Beine sie in Bewegung und sie strampelte durch die Straßen, die die Stadt umrundeten, erklomm einen die Stadt abgrenzenden Weinberg und hielt auch dann nicht an, wenn ihr die Atemluft vor Anstrengung vorübergehend knapp geworden war.

War das ihr Fluchtimpuls? Vielleicht war es genug, nur ein Stück weit mit dem Rad zu fahren, anstatt immer gleich einen Ortswechsel durchzuführen.

Irene schnaubte lachend und für sich allein. Das war alles so irrsinnig geworden. Vor ein paar Monaten hatte sie ein Bilderbuch-ähnliches Leben geführt, mit beruflichem Erfolg, zufriedenen Kunden und einem Leben in der Stadt, von dem viele andere Menschen nur träumten. Und jetzt? Jetzt war sie hier zwischen den Weinbergen gestrandet, hin und her gerissen zwischen Träumen, Bewegung und intensiven Gefühlen, wie sie sie in ihrem Leben noch nie erlebt hatte. Bis in die Fingerspitzen.

Die anfängliche Wut über den Bruch mit Frank und die Enttäuschung über die Implosion ihres Stadtlebens waren mittlerweile wesentlich freundlicheren, aber nicht minder intensiven Empfindungen gewichen, die sich Tag für Tag an die Oberfläche drückten: der Beschützerinstinkt, den sie Bobby gegenüber empfand, zum Beispiel. Oder die Sicherheit, die Nana und ihr Zuhause ausstrahlten und ihren Rücken wärmten. Oder diese unkomplizierte Freude, die sie bei der Arbeit und beim Plaudern mit Bella erlebte.

Und natürlich Tom.

Tom, der für sie ein Rätsel war.

Wieder war Irene an jener Stelle gelandet, an der sie die gesamte Weingegend überblicken konnte. Ihre ersten Ausflüge mit Tom hatten sie hierher geführt und auch ihr emotionaler Ausbruch am Vortag verlangte nach einem Besuch dieser Aussichtsstelle. Hier war sie geschützt und hatte dennoch Weitblick. Hier spürte sie den Boden unter den Füßen und erlaubte sich gleichzeitig, von Möglichkeiten zu träumen.

Irene lehnte ihr Fahrrad an den Zaun und bewegte sich langsam zur Kuppe, unter der die ersten Weinreben deutlich erkennbare dunkle Weintrauben trugen.

In der Ferne sah sie, wie sich eine Gewitterfront zu erheben begann und wenn man sich konzentrierte, war sogar gelegentlich leiser Donner zu hören. Der Sonnenschein erreichte Irene aber noch dort, wo sie gerade stand, auch wenn sich immer wieder mal Wolken vor die Sonne schoben und somit die Temperatur etwas drosselten.

Irene atmete tief ein. Sie liebte den Geruch von trockener Erde und frisch gemähtem Gras – ein konsequenter Begleiter der Sommermonate. Damals wie heute. Manche Dinge änderten sich nie.

Ich will hier nicht mehr weg.

Ihre eigene Stimme war plötzlich laut und deutlich in ihrem Kopf zu hören und übernahm ihren gesamten Körper. Irene fühlte sich warm und sicher, sie spürte, wie sich ihre Fußsohlen trotz der sie umschließenden Schuhe ausbreiteten, als wollten sie möglichst viel Standfläche zur Verfügung stellen. Eine Leichtigkeit, die sich bis in die Fingerspitzen ausbreitete, überkam sie.

Ich kann hier bleiben. Ich muss hier nicht weg.

Sie lachte kurz und leise auf, das Lächeln, das ihr Gesicht überzog, erreichte Muskeln, die sich fast steif anfühlten – als wären sie schon länger nicht mehr benutzt geworden.

Für einige Minuten oder mehrere halbe Stunden – wer nahm das schon so genau? – blieb Irene an dieser Stelle stehen und atmete tief ein, horchte auf das beständige

Rascheln und Zirpen der sie umgebenden Natur, aufs dezente Brummen, das man aus dem geschäftigen Ortszentrum der Stadt vernehmen konnte, immer wieder durchbrochen vom sich langsam steigernden Donnergrollen.

Irgendwann war es dann genug und Irene bestieg ihr Fahrrad aufs Neue und radelte nach Hause.

Nach Hause.

Sie lächelte.

Sie wusste, was sie zu tun hatte und mit einer ihr gänzlich unbekannten Ruhe, in einem für sie neuen, entschleunigten Tempo schlug sie den bekannten Weg ein, bis sie vor jener dunkelblauen Haustür stand, durch die sie bisher noch so selten gegangen war.

Irene läutete und unterdrückte ein nervöses Zappeln, bis sie endlich hörte, wie sich langsam Schritte der Tür näherten.

„Hey", sagte Irene lächelnd, als sich die Türe öffnete.

„Hi", antwortete Tom.

„Wir müssen reden", begann Irene.

31. Kapitel

„Wo ist Bobby?“, fragte Irene, als sie sich auf einen der Stühle auf Toms Terrasse setzte. Ohne ein weiteres Wort hatte sich Tom nach ihrer Begrüßung umgedreht und war zurück ins Haus gegangen. Nachdem er die Eingangstür offengelassen hatte, hatte Irene dies als Einladung verstanden, ihm zu folgen – bis sie schließlich auf seiner Terrasse gelandet waren.

Mit einem freundlichen Gefühl im Bauch sah Irene über den Zaun hinweg zu Nanas Haus. Wie eigenartig es doch war, diese Zuneigung erschien so neu und gleichzeitig aber auch vertraut. Als wäre sie immer schon da gewesen, aber erst jetzt in ihrem Bewusstsein angelangt. Irene schüttelte leicht den Kopf über ihren Gedankengang.

„Bobby ist mit Felix im Freibad“, antwortete Tom, als er sich auch auf einem der Sessel niederließ.

„Es entsteht ein Gewitter in Richtung Süden“, teilte Irene ihre Beobachtung von der Aussichtsstelle mit.

Tom richtete seinen Blick nach oben zum Himmel, der noch keine deutlichen Anzeichen eines Wolkenbruchs zeigte, dann zuckte er mit den Schultern.

„Sie kennt sich mit dem Wetter aus“, sagte er ruhig, dann verlor er den Kampf gegen das stolze Lächeln, das sich unbedingt auf seinem Gesicht ausbreiten wollte.

Ein hochansteckendes Lächeln war dies, denn auch Irenes Gesichtszüge ließen sich nicht in Zaum halten. Ihre Blicke trafen sich und sie hielten länger aus, als es normal war. Rund um Toms Augen waren die kleinen Lachfältchen erkennbar und Irene spürte wieder diese vertraute Wärme im Bauch.

Ein Gefühl von Zuhause.

„Worüber wolltest du mit mir sprechen?“, fragte Tom schließlich, ohne den Blickkontakt zu unterbrechen und in Irenes Innerem flatterten plötzlich hunderte Schmetterlinge auf einmal los.

Sie lachte kurz auf, um der Nervosität Raum zu geben, hielt sich aber dennoch instinktiv an den Armlehnen fest.

„Ich habe über einige Dinge nachgedacht“, begann sie und langsam beruhigte sich ihr Atem. Sie dachte an ihren *moment of peace* an der Aussichtsstelle, an das Gefühl, endlich angekommen zu sein. Irgendwie würde ihr es wohl gelingen, das alles in Worte zu fassen.

Tom lehnte sich zurück und sah sie erwartungsvoll an.

„Ich denke immer nach“, setzte Irene fort, „in meinem Kopf herrscht immer Bewegung. Da läuft ständig ein Motor und setzt *mich* in Bewegung.“ Sie unterstrich das

Tempo mit einer hastigen Drehbewegung ihrer Hände. Dann holte sie tief Luft.

„Und ich kenne wenige Gefühle. Außer Wut“, gab sie schließlich zu. „Ich kann sehr gut wütend sein. Aber Traurigkeit zum Beispiel gibt es nur sehr selten. Und all die positiven Gefühle.“ Irene schluckte. „Ich erkenne diese nicht.“

Tom lehnte sich nach vorn, um ihr näher zu sein, stützte seine Arme auf seine Oberschenkel und musterte sie freundlich.

„Also, ich bin nicht abgestumpft oder so“, sagte Irene leise und ihre Stimme war etwas zittrig, „aber ich bin etwas gefühlsblind, wenn man es so nennen mag. Ich schaue nicht hin, außer zur Wut. Weil die war immer schon da.“

„Die lässt sich auch so schwer ignorieren“, sagte Tom leise und Irene nickte.

„Und sie gewinnt auch immer über alles hinweg“, antwortete sie flüsternd.

Irene richtete sich auf und atmete nochmals tief durch. „Wie auch immer“, setzte sie fort, „seit ich hier bin, gibt’s auch wieder mehr Anlässe für andere Gefühle.“ Irene lächelte. „Gute Gefühle“, ergänzte sie und Tom lächelte zurück.

„Welche denn?“, fragte er leise.

Irene dachte nach. „Zum Beispiel fühle ich mich willkommen, wenn es in Nanas Haus nach Apfelstrudel riecht, weil ich weiß, dass sie den nur wegen mir macht.“ Tom lachte leise auf.

„Was noch?"

„Ich fühle mich leicht und kampflustig zugleich, wenn ich mit Bobby Fußball spiele. Außerdem habe ich das Gefühl, etwas richtig zu machen, wenn ich sie lachen höre." Irene spürte, wie sie leicht rot wurde. Aber Toms Gesichtsausdruck wurde sanfter und er ließ eine seiner Hände nach vorn fallen, mit nach oben gedrehter Handfläche – eine Einladung an sie, danach zu greifen.

„Ich fühle mich gut unterhalten, wenn Otto ins Café kommt und mir drei Geschichten über die Stadt erzählen kann, während ich seinen Kaffee zubereite." Tom lachte laut auf.

„Kein Mensch erzählt schneller als er!", rief er aus.

„Kein Mensch erzählt schneller als er", wiederholte Irene lachend. „Und ich fühle mich gut aufgehoben, wenn ich sehe, wie Bella und Otto miteinander umgehen."

Tom drückte ihre Hand und Irene beugte sich nach vorn. Ihre Nervosität stieg wieder um ein paar Level, aber sie wusste, sie musste jetzt weitersprechen.

„Ich fühle mich zu Hause", begann sie leise und schluckte noch einmal, „ich fühle mich zu Hause, wenn ich in der Morgendämmerung durch mein offenes Zimmerfenster höre, wie du deine Terrassentür öffnest." Tom sah sie überrascht an. „Dann weiß ich, dass du munter bist, auch wenn ich dich gerade nicht sehen kann. Ich weiß, es dauert nur mehr ein paar Minuten, bis wir uns treffen. Und auch wenn wir beim Laufen dann nie drüber sprechen, kann ich dir ansehen, ob du gut geschlafen hast. Ich sehe, ob du dir wegen irgendetwas Sorgen machst oder ob du bereits fokussiert wie immer deinen Tag durchplanst. Und ich sehe, wie sich dein Gesicht entspannt, wenn du mich auf dich zukommen siehst.“

Irene wandte für einen Moment ihren Blick ab, aus Angst vor Toms Reaktion.

„Zumindest glaube ich, das zu sehen“, sagte sie schließlich leise und hob eine ihrer Schultern. „Worauf ich hinaus will, ist jedoch: Du bist in meinem Kopf und in meinen Gefühlen und das ist sehr neu für mich und ich kann das nicht sehr gut. Noch nicht. Ich bin bereit, das zu lernen. Und ich hoffe, du bist geduldig mit mir, denn ich kann nicht versprechen, dass ich nicht wieder mal durch den Garten verschwinde mitten in der Nacht, aber ich kann dir versprechen, dass ich nicht weit weglaufen werde, so wie früher. Nur hier nach nebenan, wo ich immer hinkommen darf. Das hat mir nämlich Nana versprochen. Obwohl ich es eigentlich schon gewusst habe. Aber mein Kopf und meine Gefühle sprechen nicht immer die gleiche Sprache und –“

Plötzlich sprang Tom auf und zog auch Irene an der Hand von ihrem Stuhl und noch bevor sie ihren chaotischen Monolog beenden konnte, hatte Tom sie in eine Umarmung gezogen und hielt sie mit beiden Armen fest.

„War das zu viel?“, murmelte Irene in seinen Nacken, völlig bewegungsunfähig, so fest hielt Tom sie in diesem Moment.

„Ja“, flüsterte Tom in ihr Ohr, „viel zu viel. Ich hätte dich schon geküsst, nachdem ich die Tür aufgemacht habe. Aber du wolltest ja reden.“ Er lachte leise und Irene beugte sich leicht nach hinten, um ihm in die Augen zu sehen. Tom zwinkerte ihr zu.

„Ich mag dich auch“, sagte er leise und in seinen Augen lag der freundlichste und liebevollste Blick, den Irene je gesehen hatte. Oder wahrgenommen hatte, wenn man ihre vorangegangenen Ausführungen in Betracht zog.

Tom beugte sich nach vorn und küsste Irene leicht.

So zart, dass ihre Lippen kitzelten.

„Und was passiert jetzt?“, flüsterte Irene einige Küsse später.

Tom umarmte sie noch eine Spur fester als zuvor. „Jetzt arbeiten wir uns durch alle Jahreszeiten“, sagte er und küsste sie ein weiteres Mal.

Und noch einmal.

Epilog

Fast genau ein Jahr später

„Komm! Schneller!“, rief Irene Tom über ihre Schulter hinweg zu und trat noch fester in die Pedale ihres Fahrrads. „Wir kommen sonst zu spät!“ Ihre Haare wehten locker im Fahrtwind und wie immer ließ sie sich von der beginnenden Sommerhitze nicht beeindrucken. Wenn sie in Bewegung war, war sie nicht zu bremsen.

Wunderschön, dachte Tom, wie immer.

Tom lächelte ihr hinterher und beschleunigte auch sein Tempo, während er das wärmende Gefühl, das Irene seit beinahe einem Jahr täglich in ihm auslöste, genoss.

Es wurde niemals weniger.

In der Ferne war bereits Bobbys Schule zu erkennen und der erwartbare Verkehrsstau baute sich drumherum auf.

Es war natürlich Irenes Idee gewesen, Bobby mit dem Fahrrad abzuholen, während alle anderen Eltern mit dem Auto um die wenigen Parkplätze rund um die Schule zu kämpfen hatten. Wie selbstverständlich sie diese kleinen, alltäglichen Entscheidungen mittlerweile gemeinsam trafen, Bobbys Wohlbefinden immer im Mittelpunkt. Details wie diese erfüllten Tom immer häufiger mit Stolz. Und Zufriedenheit.

Seit wenigen Tagen zeigte sich der beginnende Sommer erbarmungslos, wie häufig im Juni. Tom erinnerte sich an die gleiche Zeit im Vorjahr, als es ebenso Anfang Juni deutlich wärmer geworden war. Und mit der damals übers Land rollenden Hitzewelle, die dann gleich mehrere Wochen angedauert hatte, war auch Irene in seinem Leben erschienen.

Er fragte sich, ob Irene manchmal daran dachte, dass sich in wenigen Tagen ihre Ankunft hier in der Stadt zum ersten Mal jährte. Sie sprachen so gut wie nie über das Datum selbst, Irene neigte selten dazu, lange in Erinnerungen zu schwelgen. Sie machten eher gelegentlich Witze darüber, wie illuminiert sie sich in diesen ersten Tagen begegnet waren. Und meistens verlor sich Tom dann in einer ruhigen Erinnerung, in Gedanken daran, wie sehr sie sich seither verändert hatten. Wie sehr sich seine Gefühle für Irene verändert haben.

Er lächelte immer noch über ihre allererste Begegnung am Bahnsteig und wie sehr er sich damals geirrt hatte. „Das Kind ist wieder da“, hatte Nana an jenem Tag vor fast genau einem Jahr am Telefon zu ihm gesagt, als sie ihn überraschend gebeten hatte, Irene spätabends vom Bahnhof abzuholen. Aber *das Kind* war mittlerweile eine erwachsene, elegante Frau geworden, etwas wackelig auf den Beinen und mit verquollenen Augen, aber nichtsdestotrotz von einer besonderen Ausstrahlung umgeben, die ihn verunsichert hatte. Und auch wenn er Irene bereits als Schülerin gekannt hatte, war die Erinnerung an Nanas Schmerz nach ihrer überstürzten Abreise vor mittlerweile mehr als 16 Jahren präsenter gewesen. Unvergessen. Und so ließ er seiner Wut, die aus der Loyalität zu Nana entstanden war, für eine Zeit lang freien Lauf. Bis er Irenes Schmerzen sah. Und ihre Orientierungslosigkeit.

Daraufhin wollte er sie beschützen, ihr Kraft geben, Rückhalt und Zuversicht, aber er wusste nicht, wie er ihr das vermitteln sollte, ohne dass sie sich weiter in ihr unsichtbares Schneckenhaus zurückzog. Und so übte er sich in Geduld, beobachtete ihr langsames Aufblühen, wie sie sich mit Nana versöhnte und aus der Ruhe der Sommertage immer mehr Energie zog. Bis es plötzlich sie war, die Toms Perspektiven veränderte und eine Lücke füllte, die er niemals zuvor wahrgenommen hatte.

Im Laufe des vergangenen Jahres, vor allem auch, nachdem Irene sich erlaubt hatte, ein Zuhause zu haben, waren ein angenehmer Friede und ein unaufgeregter Alltag ihr Leben eingekehrt. Dabei haben nicht nur ihre weiterhin regelmäßigen Laufrunden in der Früh geholfen, sondern auch Irenes beruflicher Wiedereinstieg. Sie hatte in den Wochen ohne Job, bevor sie langsam übers „Kaffeekränzchen" und die Social-Media-Nachmittage im Café sowie in seinem eigenen Geschäft wieder in eine gewisse Regelmäßigkeit gerutscht war, gelernt, wie wichtig ihr Aktivitäten abseits des schlichten Geldverdienens waren. Mit dieser Erkenntnis und der konsequenten

Unterstützung all ihrer Freunde hatte Irene diverse unterschiedliche Projekte in der Region übernommen, bei denen sie ihre Talente einsetzen konnte und dennoch nicht den Bezug zu ihrer Umwelt verlor, wie sie es selbst gerne formulierte.

Für einzelne kleine Unternehmen im Bezirk hatte Irene seither digitale Kommunikationskampagnen entwickelt und auch für die Stadt selbst einige Projekte geleitet, die Ideen aus der Bevölkerung zur Umsetzung bringen sollten.

Für eine der Regionalzeitungen schrieb Irene nun auch regelmäßig Berichte über Sportveranstaltungen, nachdem ihr Artikel über die Aktivitäten ihrer Fußballinitiative für Mädchen so positiv aufgenommen worden war. Die sommerliche Fitnessstunde war relativ unkompliziert über die Ferien hinaus verlängert worden, nachdem der örtliche Fußballverein die steigende Popularität bemerkt hatte. Es gab nun eine eigene Mädchenmannschaft und mehrere Schnupperkurse für Mädchen jedes Alters, die so nach und nach ins Training integriert wurden.

Irene parkte ihr Fahrrad in der Nähe des Eingangs zur Schule, wo der Bus, der die Kinder nach Hause bringen würde, in wenigen Minuten erwartet wurde. Die Schule hatte den Kindern in diesem Schuljahr ein Sport-Camp angeboten: Für eine ganze Woche lang hatte man sich ins Salzkammergut zurückgezogen und hatte die Kinder mehrere Sportarten testen lassen, vom Surfen und Segeln am See über Klettern bis hin zu diversen Ballsportarten. Natürlich waren Bobby und Felix bei so einer Sportwoche vorn dabei gewesen, nicht nur, weil es die Wartezeit auf die anstehenden Sommerferien verkürzte.

Irene begrüßte zahlreiche Eltern, die bereits warteten und sich über die einzelnen Updates, die sie von ihren Kindern während ihrer Reise erhalten hatten, austauschten. Auch Tom parkte sein Fahrrad, begrüßte die anderen Erwachsenen und stellte sich nahe genug zu Irene, um einen Arm locker um ihre Taille legen zu können. Sie lehnte sich, wie immer, leicht in seine Umarmung, eine stillschweigende Zustimmung, ihre Form der wortlosen Kommunikation untereinander.

Als der Bus endlich ankam, die Kinder herausströmten und sich auf die wartenden Eltern verteilten, spürte Tom Irene neben sich zappeln.

„Bist du nervös?“, flüsterte er in ihr Ohr, erntete dafür aber ein strahlendes Lächeln und ein Kopfschütteln.

„Nein“, sagte sie leise und ihre Wangen wurden von leichtem Rot überzogen, „sie hat mir einfach gefehlt. Gut, dass sie wieder da ist.“

„Tom! Irene!“, hörten sie daraufhin Bobbys Stimme quer über den Parkplatz rufen, als sie aus dem Bus stieg, Felix wie immer dicht hinter ihr.

Bobby war im vergangenen Jahr ein gutes Stück gewachsen und ihre früher beständige Wut flammte nur mehr sehr selten auf, meistens, wenn es um ihren Mathe-Lehrer ging, der erstaunlicherweise nichts richtig machen konnte. Tom war jedenfalls erleichtert, dass sich Bobbys Temperament nicht mehr direkt nur gegen ihn und ihre Mutter richtete. Anstelle der Dauerablehnung, die ihm vor einem Jahr in jedem Augenblick begegnet war, war ein Mix aus Teenager-Emotionen getreten, der ihn zwar ebenso forderte, aber gleichermaßen unterhalten konnte.

Und wesentlich seltener provozierte. Bobby schwankte nunmehr zwischen himmelhochjauchzend und zu Tode betrübt – und das innerhalb eines Augenblinzelns. Dazwischen mischten sich aber ebenso und gleichermaßen vehement Schüchternheit und Eleganz sowie ein politisches Bewusstsein, das ihn mehrmals sprachlos machte. Irene konnte mit diesem Spektrum an Emotionen oftmals besser umgehen und er dankte ihr regelmäßig für ihre schnelle Reaktion, die häufig zur Deeskalation beitragen konnte.

Als Lisa ihnen zu Beginn des Jahres mitteilte, dass ihr Vertrag in Berlin verlängert werden würde, hatten sie in mehreren ruhigen Gesprächen zu einer für alle passenden Übereinkunft gefunden. Bobby würde weiterhin hier bei Tom bleiben und die neue Schule besuchen. Allerdings hatten sich Mutter und Tochter einen ganzen Monat voller Reisen während der Sommermonate vorgenommen, dem Tom mit gemischten Gefühlen entgegen sah: Diese eine Woche ohne Bobby war bereits ungewohnt und auch wenn er die viele Zeit zu zweit mit Irene sehr genießen konnte, hatte ihm Bobbys wechselhaftes Geschnatter vor allem während des Abendessens gefehlt. Und bald würde sie einen ganzen Monat weg sein.

Als Bobby ihn nun kurz zur Begrüßung umarmte, hielt Tom sie für einen Augenblick fest Sie war in diesen wenigen Tagen wohl wieder ein Stückchen gewachsen und etwas wehmütig sah er ihr hinterher, als sie sich aus seiner Umarmung löste, um Irene um den Hals zu fallen. Bald würde sie alles Kindliche gänzlich verloren haben und Tom fühlte sich immer etwas melancholisch, wenn er daran dachte.

Irene drückte Bobby eng an sich.

„Hiii“, seufzte Bobby und ließ sich von Irene über den kurzen Bob, den sie trug, seit ihre Haare wieder lange genug waren, streichen.

„Hi, Baby“, sagte Irene so leise, dass nur Tom es hören konnte und sein Brustkorb schwellte an vor Liebe zu den beiden. Abwesend strich er sich mit dem Handballen über sein Brustbein, um dem Druck nachzugeben.

Niemals hätte er sich erwartet, selbst jemals von so viel Liebe und Freundschaft umgeben sein zu können und der Friede, der ihn jedes Mal erfüllte, wenn er Irene und Bobby in ihrer für sie so eigenen Zärtlichkeit interagieren sah, war etwas, das er niemals verlieren wollte. Der Sinn, der ihm von seiner kleinen Familie, die sich regelmäßig um Nana und Felix erweiterte, gegeben wurde, war etwas, das ihn stärker werden ließ. Aufmerksamer für andere, geduldiger mit den Launen der Welt, die sie umgab. Der Grund dafür, wie er mit anderen Menschen sprach und sich die Zeit nahm, sich in der Stadt zu involvieren. Der Grund, um morgens aus dem Bett zu steigen.

„Ihr seid natürlich wieder die einzigen, die mit dem Fahrrad gekommen sind. Ihr Fitnessfreaks!“, grinste Bobby und verdrehte die Augen. „Wie soll ich denn bitte meinen Koffer nach Hause transportieren?“

„Wir haben das alles genau durchgeplant“, sagte Irene ruhig und entließ Bobby nur langsam aus der Umarmung. „Dein Fahrrad liegt bei Hans im Auto. Wir tauschen es einfach mit deinem Koffer aus.“

„Hans ist da?" Bobby drehte sich ungläubig um die eigene Achse und scannte die sie umgebende Menge aus sich umarmenden Kinder-Eltern-Gruppierungen. Und tatsächlich ganz am Rand sah man Hans, der Felix einen Arm um die Schulter gelegt hatte und dessen riesigen Rucksack lässig auf einer Seite trug.

Bobbys Gesichtsausdruck wurde von einer seltenen Zärtlichkeit überzogen, als sie die beiden entdeckte und sie tauschte einen wissenden Blick mit Tom aus. Auch wenn er Bobbys und Felix' Freundschaft nie ganz verstanden hatte, hatte sich ihm Bobby im Laufe des vergangenen Jahres weit genug anvertraut, um ihm ein Gespür dafür zu geben, was die beiden Kinder miteinander verband: Wurzeln.

Schließlich war es auch Irenes Geschichte, die sich über kurze Strecken vielleicht sogar mit jener von Bobby vergleichen ließ und ihm vor Augen hielt, wie wenig Halt man aus der Fülle an Möglichkeiten einer globalisierten Welt erhielt – ohne Gegenpol, der einen auf dem Boden hielt.

Für Tom war das Leben hier, zwischen den Weinbergen, immer genug gewesen, sodass er es selten infrage gestellt hatte. Aber während der vergangenen Monate, vor allem als sich die Welt für den Winter in die eigenen vier Wände zurückgezogen hatte und er sein Leben nicht mehr nur für sich gestalten musste, hatte er einen gewissen Rhythmus in ihrer aller Alltag einziehen lassen – im Bestreben, Bobby und auch Irene etwas Ruhe zu gewähren, Bodenhaftung zu geben.

Und so gab es seither mehrere Fixpunkte in ihrem Leben, das sich nunmehr zwischen seinem und Nanas Haus abspielte. Seit wenigen Tagen hatte sich ihr Leben auch wieder in den Garten verlagert, wo sie nun die kommenden Monate verbringen würden und zum ersten Mal in seinem Leben war die Gartentür zwischen den beiden Grundstücken rund um die Uhr geöffnet.

Bobby lief Felix und Hans hinterher, ihren Koffer hinter sich her polternd. Tom und Irene beobachteten aus der Entfernung, wie Bobby ihr Fahrrad in Empfang nahm, Hans ihren Koffer in die Arme drückte und dann wild gestikulierend mit Felix verhandelte. Wahrscheinlich ging es darum, wann sie sich das nächste Mal treffen würden. Hans lehnte währenddessen am Auto und sah den beiden lächelnd zu, dann ließ er seinen Blick so lange schweifen, bis er Tom in der Menge entdeckte und er winkte ihnen beiden lässig zu.

Tom hob seinen Arm und winkte retour, mit seiner anderen Hand zog er Irene wieder an sich. Er beugte sich nach vorn, um in ihr Ohr flüstern zu können. „Vorbei ist es jetzt mit unserer Ruhe", sagte er leise und Irene kicherte. Sie hatten eine ganze Woche lang das Haus nur für sich gehabt und es dementsprechend genutzt. Nachdem auch Nana verreist war, waren sie erstmals in diesem gemeinsamen Jahr für längere Zeit nur zu zweit gewesen und Tom fand, sie waren sich in diesen wenigen Tagen noch näher gekommen.

„Glaubst du, zieht Felix im Sommer zur Gänze bei uns ein?", fragte Tom schließlich mit Blick auf die diskutierenden Kinder, wohl wissend, dass er sich mit seiner Wortwahl auf unsicheres Terrain begab. Er dachte seit

Wochen darüber nach, ob Irene gänzlich zu ihm und Bobby ziehen wollte, aber er war sich nicht sicher, ob sie schon bereit war, Nana ein weiteres Mal zu verlassen. Wenn es auch nur für den Umzug ins Nachbarhaus wäre.

Die beiden Frauen hatten nach dem vergangenen Sommer ihre Freundschaft oder besser gesagt: ihre Familie neu definiert. Aus der ungleichen Dynamik zwischen wütender Teenagerin und älterer Freundin der ignoranten Mutter war nach dem klärenden Sommer im Vorjahr eine wechselseitig inspirierende Wohngemeinschaft geworden, von der die gesamte Stadt zu profitieren schien. Diese Mischung aus Offenheit, Innovationskraft und Fairness, die beide Frauen so speziell machte, ermöglichte immer wieder zahlreiche Verbindungen und neue Entwicklungen in der Stadt und nicht selten wurde Irene im „Kaffeekränzchen" oder Nana im „Seitenweise" gesucht, um einer Idee auf die Sprünge zu helfen oder einem Gedanken die entscheidende Dynamik zu verleihen.

Tom wunderte sich jedes Mal aufs Neue, wie sich Irene und Nana in ihrem Charakter so ähneln konnten, ohne tatsächlich jemals lange Zeit miteinander verbracht zu haben. Aber je länger er diese bunt zusammengewürfelte Familie, die ihn täglich aufs Neue verzauberte, beobachtete, war er überzeugt davon, dass sich Menschen untereinander finden konnten. Auch wenn sie nicht danach suchten.

Irene drehte sich in seiner Umarmung um und zog ihn an sich heran, als hätte sie seinen Gedanken zugehört. Als wollte sie seine Empfindung bestätigen. Als gäbe sie hier und jetzt ein weiteres Mal ihre Zustimmung dazu, sich auf diese Familie einzulassen.

Sie kicherte in seinen Nacken. „Manchmal habe ich das Gefühl, Felix ist schon längst eingezogen", nahm sie seinen Gedanken von vorhin auf. „Falls das Haus zu eng wird, lassen wir sie einfach im Garten campieren."

Tom lachte auf. „Ja, wer weiß, was ihnen heuer alles einfällt. Vielleicht werden sie wieder zu kleinen Kindern wie im Vorjahr." Irene lachte und lehnte sich zurück, um ihm in die Augen zu sehen.

„Du wirst es verkraften, wenn Bobby erwachsen wird", sagte sie leise und mit einem Zwinkern in den Augen.

Tom zog Irene an sich und legte seine Lippen auf ihren Haaransatz. „Ich glaube nicht", murmelte er in ihre Stirn und küsste sie leicht. „Aber vielleicht laufen uns ja noch ein paar Kinder zu."

Irene lachte auf. „Ja", sagte sie leise und ernsthafter, als er es erwartet hatte. „Wir sollten darauf achten, dass Nachschub da ist, bevor Bobby ins Erwachsenenleben verschwindet." Irene küsste ihn leicht auf die Wange und Tom kicherte.

„Ich liebe dich", murmelte er in Irenes Ohr.

„Ich liebe dich", lächelte sie zurück.

Ihre Zärtlichkeiten wurden schließlich dann doch von Bobby unterbrochen, die ihr Fahrrad über den Parkplatz schob und schon von Weitem zu berichten begann, wie sie sich die nächsten Stunden – bis zu ihrem Wiedersehen mit Felix – vorstellte. Ihre Wünsche reichten von einem

Kurzbesuch bei Bella im „Kaffeekränzchen“ über einen Zwischenstopp beim Eisstand und natürlich einem Halt bei Nana.

„Alles, was du willst“, sagte Irene und legte ihren Arm um Bobbys Schultern und zog sie an sich. „Schön, dass du wieder da bist“, murmelte sie in Bobbys Haare und küsste sie leicht.

„Schön, dass du noch immer da bist“, murmelte Bobby zurück.

Dann stiegen sie alle auf ihre Fahrräder und ließen sich auf dem Weg nach Hause durch den Tag treiben.

Es würde ein strahlender Sommer werden. Dessen war sich Tom sicher.

*** ENDE ***

Noch nicht genug vom Landleben?

HERBSTLIEBEN: LANDLIEBEN #2

In „Herbstlieben“ kehren wir zurück in die Steiermark und lassen uns von Felix’ Vater Hans und den bunten Farben des Herbsts verzaubern.

Und darum geht’s:

Es war wie eine Szene aus einem Musikvideo der 90er Jahre: Plötzlich fand sich Lucy nur in einem Hochzeitskleid bekleidet neben einem rauchenden VW-Bus mitten in einer unbekannten Kleinstadt wieder.

Die Flucht vor den kuriosen Zukunftsplänen ihrer Mutter hätte sie eigentlich ans Meer bringen sollen, aber ohne Geld, ohne Telefon, ohne Plan - und jetzt auch noch ohne Auto! - kam man eben nicht sehr weit...

NATURLIEBEN: LANDLIEBEN #3

Amina, die Inhaberin der charmanten Buchhandlung „Seitenweise“, wartet sehnsüchtig auf den Frühling, als im letzten Schneefall der Saison plötzlich der berühmte Schriftsteller Luis Kramer buchstäblich auf ihrer Türschwelle landet.

Mit dem Erwachen der Natur in den darauf folgenden Wochen taut auch die anfangs unerwartet harte Schale des Schriftstellers langsam auf. Und plötzlich sehen sich die beiden auch mit einem Umweltskandal konfrontiert …

WEITERE GESCHICHTEN VON KATRINA

WIEN FÜR ALLE SINNE

Guter Geschmack, viel Humor und Erlebnisse für alle Sinne: Die „Sinnvoll-Serie“ nimmt Dich mit auf eine genussvolle Tour durch Wien.

GENUSSVOLL

Der Prosecco fließt in Strömen, während es rund um den Wiener Naschmarkt so richtig Sommer wird und sich Eliza und ihr neuer Nachbar, der Koch Fred, mithilfe von Kaffeetrüffeln, Kirschküssen und dunkler Schokolade immer besser kennenlernen.

Eine unterhaltsame Geschichte voller Wärme und Humor, ein Roman über Freundschaften und Genuss, mit viel Witz und Leidenschaft.

HANDVOLL

Im zweiten Teil der Sinn.Voll-Serie folgen wir dem Brotspezialisten Ivo und der Alleinerzieherin Rosa, die sich an Freds Esszimmertisch kennen gelernt haben. Ein humorvoller Liebesroman mit zahlreichen Vanillecroissants, Musik aus den 80ern und einem Bäcker, dessen Verliebtheit vielleicht gar kein so großes Geheimnis ist, wie er glaubt.

SCHNEEKÜSSEN. EIN VALENTINSTAGSROMAN

Es ist Winter und eine dicke Schneedecke legt sich über Wien.

Und während sich der Valentinstag in großen Schritten nähert, kommen sich Val und Tino erst in E-Mails und schließlich auch von Angesicht zu Angesicht immer näher.

"Schneeküssen" ist ein E-Mail-Roman, der nach und nach in die Wirklichkeit hinaustritt. Mit viel Schneefall, einem magischen Ausflug ins Museum und unzähligen Herzkeksen. Inmitten einer Stadt zum Verlieben.

Weitere Informationen zu Katrinas Büchern gibt es auf ihrer Website unter www.katrinaverde.at.

VIELEN DANK

Vielen Dank, dass Du mit Irene und Tom die Weststeiermark erkundet hast!

Du willst nicht verpassen, wenn es weitere Geschichten von mir gibt? In meinem Newsletter informiere ich, sobald neue Bücher von mir erhältlich sind. Zur Überbrückung der Wartezeit verschicke ich monatlich eine kurze Alltagsszene – zur Unterhaltung und als Lesegenuss für unterwegs. Du kannst Dich unter www.katrinaverde.at dafür anmelden.

Als **Dankeschön** erhältst Du jedenfalls gleich nach Deiner Anmeldung eine **Kurzgeschichte** von mir, die es exklusiv nur via E-Mail gibt.

Ich freue mich auch über Feedback, Inspiration oder ein schlichtes „Hallo“ per Mail an schreibtisch@katrinaverde.at.

Wir lesen voneinander!

Alles Liebe, Katrina

ÜBER KATRINA VERDE

Katrina Verde schreibt unterhaltsame Liebesromane mit gutem Geschmack. Ihre Geschichten drehen sich ums Essen, um den Genuss - und natürlich um die große Liebe mit Happy End.

Ob in den steirischen Weinbergen oder nahe der Wiener Innenstadt, die Hauptdarsteller*innen in Katrinas Büchern finden ihr Glück in kleinen Gesten, guten Freundschaften und zahlreichen Wohlfühlmomenten. Katrina behandelt die großen Fragen zwischenmenschlicher Beziehungen. Aber auch Fußball. Oder den Klimaschutz. Jedenfalls aber immer auch die Schönheiten der Jahreszeiten und die Sinnlichkeit des kleinen Moments.

Katrina ist selbst stets in Bewegung, immer auf der Suche nach der Magie zufälliger Begegnungen - und gutem Kuchen. Man findet sie daher häufig in der Weststeiermark. Oder in Wien. Und auch hier: www.katrinaverde.at